HORST BOSETZKY

Abgerechnet wird zum Schluss

NEUER BERLIN-KRIMI VOM ALTMEISTER -KY Der 40-jährige Carlo Kolbatzki ist im Leben gescheitert und lebt ärmlich in einer Laube, als er von seinem Neurologen die Diagnose Gehirntumor erhält – lange wird er nicht mehr zu leben haben. Er will Selbstmord begehen, eine alte Pistole mit Schalldämpfer hat er bereits im Bettkasten liegen. Doch als er den Lauf an die Schläfe setzt, besinnt er sich eines anderen und beschließt, zunächst alle die umzubringen, die sein Leben ruiniert haben. Er schreibt eine Abschussliste mit acht Namen. Da ist ein Professor, der ihn durchfallen ließ; ein Chef, der ihn gefeuert hat; ein Fußballer, der ihn beim Spiel verletzt und seine Karriere beendet hat; eine Ex-Ehefrau, die ihn mit seinem besten Freund betrog; ein Hauswirt, der ihn auf die Straße setzte; ein Kulturjournalist, der ihn als Sänger lächerlich machte – und Hansjürgen Mannhardt, der ihn einst hinter Gitter brachte. Die ersten vier Namen auf seiner Abschussliste hat Kolbatzki bereits abgehakt, nun wäre Mannhardt an der Reihe! Wird Hansjürgen Mannhardt Kolbatzki aufhalten und weitere Morde verhindern können?

Dr. Horst Bosetzky (ky) wurde 1938 in Berlin geboren. Der emeritierte Professor für Soziologie veröffentlichte neben etlichen belletristischen und wissenschaftlichen Arbeiten zahlreiche, zum Teil verfilmte und preisgekrönte Kriminalromane. 1992 erhielt er den Ehren-Glauser des SYNDIKATS für das Gesamtwerk und die Verdienste um den deutschsprachigen Kriminalroman. 2005 wurde ihm der Verdienstorden der Bundesrepublik Deutschland verliehen. Zehn Jahre lang war Horst Bosetzky Sprecher des SYNDIKATS und Gründungsmitglied von QUO VADIS. Besuchen Sie: www.horstbosetzky.de

Bisherige Veröffentlichungen im Gmeiner-Verlag:
Die Brüder Sass – Geliebte Ganoven (2017)
Teufelssee (2017)
Eingebunkert (2016)
Witwenverbrennung (2015)
Fahnenflucht (2013)
Der Fall des Dichters (2012)
Nichts ist so fein gesponnen (2011)
Promijagd (2010)
Unterm Kirschbaum (2009)

HORST BOSETZKY

Abgerechnet wird zum Schluss

Kriminalroman

GMEINER SPANNUNG

Personen und Handlung sind frei erfunden.
Ähnlichkeiten mit lebenden oder toten Personen
sind rein zufällig und nicht beabsichtigt.

Besuchen Sie uns im Internet:
www.gmeiner-verlag.de

Im Ehnried 5, 88605 Meßkirch
Telefon 07575/2095-0
info@gmeiner-verlag.de

1. Auflage 2018

Lektorat: Claudia Senghaas, Kirchardt
Herstellung: Mirjam Hecht
Umschlaggestaltung: U.O.R.G. Lutz Eberle, Stuttgart
unter Verwendung eines Fotos von: © jock+scott/photocase.de
Druck: CPI books GmbH, Leck
Printed in Germany
ISBN 978-3-8392-2207-2

Berlin! Berlin! du großes Jammertal,/Bei dir ist nichts zu finden, als lauter Angst und Qual.

Heinrich Heine (1797–1856), *Das Buch der Lieder, Junge Leiden* (gedruckt 1817–1821)

EINS

Wenn die Leute sagten, Carlo Kolbatzki lebte in einer Laube an der Forckenbeckstraße im Berliner Bezirk Charlottenburg-Wilmersdorf, so stimmte das nicht ganz. Er *hauste* in einer Laube an der Forckenbeckstraße, wäre richtiger gewesen. Wenn man ihn sah, dann hieß es: »Da kommt ja der Penner wieder!«, denn sein Äußeres ließ nicht vermuten, dass er einmal das Abitur gemacht hatte und in Berlin wer gewesen war. Irgendwann, es musste so um 2002 gewesen sein, konnte er aber nur noch mit Hildegard Knef singen: »V*on nun an ging's bergab.*« Da war nichts mit dem, was in klugen Ratgebern stand, dass man aus Niederlagen nur lernen könne und das endgültige Scheitern keine beschlossene Sache sei. Er war in allem der große Loser.

Ein Sozialarbeiter aus der Fraktion der Gutmenschen hatte ihm einen Termin im Salernitana-Krankenhaus verschafft, als er immer häufiger unter Kopfschmerzen, Übelkeit, Erbrechen und Krampfanfällen zu leiden hatte.

Er raffte sich auf. Es waren nur etwas mehr als zwei Kilometer zu Fuß, ihm erschien es aber wie ein Halbmarathon. Das Geld für eine Taxe hatte er nicht, woher denn auch, und Freunde mit einem Auto schon lange nicht mehr.

Auf dem Flur der Neurologie gab es für Wartende Klappsessel wie im Kino oder Theater, nur dass sie hier nicht gepolstert waren, sondern aus härtestem Sperrholz gefertigt. Vier Sitze waren belegt, Carlo Kolbatzki nahm den fünften. Kurz darauf erhob sich die Frau links von ihm, obwohl sie nicht aufgerufen worden war, und schlenderte zum halb offenen Fenster. Klar, er müffelte ihr zu sehr. Irgendwie erinnerte ihn diese Frau an eine andere. Dann zuckte es wie ein Blitz durch sein Gehirn:

Flashback I

Er hat es unzählige Male im Kino und vor der Glotze gesehen, wie jemand einen Bankraub begeht: Maske übers Gesicht gezogen, Waffe gezückt und in den Schalterraum gestürzt: »Hände hoch! Keiner rührt sich! Dies ist ein Überfall!« Dann dicht vor dem Kassierer: »Geld her, oder …!« Schuss in die Decke. Nun ist er selber dieser Jemand. Träumt er das? Nein, es ist alles wirklich. Er fühlt sich reif für die Psychiatrie, als er Woody Allen vor sich am Werke sieht, wie er dem Kassierer einen Zettel hinüberreicht, auf dem *Waffel* steht, Waffel statt Waffe. Hat er, Kolbatzki, auch Waffel statt Waffe gerufen? Es ist der helle Wahnsinn. Eine der wartenden Kundinnen stürzt auf ihn zu. »Die Waffe weg! Hände hoch! Ich bin Polizistin, Sie haben keine Chance!« Da reißt er seine Pistole herum und feuert auf sie. Sie sinkt zu Boden.

Carlo Kolbatzki presste die Hände auf die pochenden Schläfen und suchte in die Realität zurückzufinden. Er lag nicht in seiner Laube auf dem Bett und starrte an die Decke, er saß im Krankenhaus und wartete auf seine Diagnose. Wie Gespenster, die sich in weiße Bettlaken gehüllt hatten, sausten Pulks von Schwestern, Ärztinnen und Ärzten an ihm vorbei. Alle hatten es eilig, alle hatten ein Ziel, alles, was sie taten oder ließen, hatte seinen Sinn. Und am Ende eines jeden Monats hatten sie eine Menge Geld auf ihrem Konto. Welch schöne Welt! Er hielt es nicht mehr aus, still dazusitzen und zu warten, sondern stand auf, um ein wenig hin und her zu wandern. Aus einem Papierkorb ragte eine leere Plastikflasche. Instinktiv nahm er sie heraus und steckte sie in seine Hosentasche. Wenn sein Leben wie geplant verlaufen wäre, hätte er keine Flaschen gesammelt, sondern Preise und Pokale.

Da kam der Neurologe auf ihn zu, der ihn untersucht hatte, Doktor Gruschwitz oder so ähnlich. Er hielt eine aufgeschlagene Krankenakte in der Hand und blätterte darin, um sich noch kurz kundig zu machen. Dann sah er flüchtig auf.

»Herr Kolbatzki …?«

»Ja …«

»Ich bin Professor Granschütz, kommen Sie bitte mit ins Besprechungszimmer.«

»Ja …« Carlo Kolbatzki folgte dem Arzt wie ein Hund seinem Herrchen.

Sie kamen in einen Raum, der so kärglich eingerichtet war, dass ihn sogar Ikea-Möbel zu einem Salon gemacht hätten. Der Tisch wackelte, und die Stühle schienen aus alten DDR-Zeiten zu stammen. Carlo Kolbatzki staunte ein wenig, denn das hier war *sein* Milieu. Von einem der besten Krankenhäuser Berlins hätte er anderes erwartet.

Professor Granschütz musterte ihn eine Weile, und es war ihm anzusehen, dass er bei aller Routine nach den passenden Worten suchte. Beide waren etwa im selben Alter, um die 40 herum, aber der Arzt sah wie 30 aus und Carlo Kolbatzki wie 60.

»Herr Kolbatzki«, begann der Neurologe schließlich, »ich habe leider keine guten Nachrichten für Sie.«

Carlo Kolbatzki reagierte mit einer Übersprungshandlung, beziehungsweise so, wie er es von einem Comedian auf der Bühne erwartet hätte, und lachte lauthals los. »Dass ich bald sterben muss, ist doch eine gute Nachricht: endlich befreit sein von allem, die Erlösung!«

Eine solche Reaktion hatte Professor Granschütz nicht erwarten können, und so wich er den Blicken seines Patienten aus, vertiefte sich in seine Unterlagen und sprach wie zu sich selbst: »Wir haben bei Ihnen einen Gehirntumor festgestellt …«

»… der bösartig und inoperabel ist«, ergänzte Carlo Kolbatzki mit anhaltender Heiterkeit. »Wie lange geben Sie mir denn noch?«

»Das kann man nie so genau vorhersagen, aber …«

»Ihr aber reicht mir!«, rief Carlo Kolbatzki und stürzte aus dem Zimmer.

Auf dem Weg zurück in seine Laube war Carlo Kolbatzki, als hätte der Arzt gesagt, dass er höchstens noch drei Monate zu leben habe. Aber er lebte ja sowieso schon seit Jahren nicht mehr, er vegetierte nur noch dahin. Auf der Bühne hätte er gesagt: »Früher war ich Vegetarier, jetzt vegetiere ich nur noch.« Wie ein Tier lebte er. Und wenn er starb, konnte er sich nur verbessern. Er sprach jetzt mit sich selbst und wiederholte immer wieder: »Lieber ein Ende mit Schrecken als ein Schrecken ohne Ende!« Der Schrecken ohne Ende, das wäre das Dahinsiechen in einem Hospiz, wenn es überhaupt eines gab, das ihn aufnahm.

Als er wieder in seiner Laube war, hob er eine lockere Diele an und holte eine Walther PPQ mit Schalldämpfer hervor, Kaliber 9x19. Kutte, ein alter Kumpel aus der JVA Tegel, hatte sie ihm kurz vor seinem Tod geschenkt. Für so manche Gefälligkeit. Seines Wissens steckten noch etliche Kugeln im Magazin. Er dachte noch einmal an Kutte.

»Gleich sehen wir uns wieder.«

Carlo Kolbatzki zögerte nun nicht mehr lange, sondern setzte sich die Pistole an die Schläfe und begann wie beim Start einer Weltraumrakete zu zählen.

»Zehn – neun – acht – sieben – sechs – fünf – vier – drei – zwei …«

Da brach er ab. Warum sollte *er* sterben und *die*, die ihn zum Opfer gemacht hatten, weiterleben? Das war höchst unlogisch. Er war zu intelligent, um die ganze Gesellschaft für sein Scheitern verantwortlich zu machen und sich ohne Ansehen der Person an ihr zu rächen, so wie es Amokläufer oder Selbstmordattentäter taten. Er wusste ganz genau, wer an seinem Elend schuld war und wer es verdient hatte, vorzeitig wie er auf dem Friedhof zu landen.

Also warf er seine Pistole aufs Bett und machte sich daran, eine Abschussliste zu schreiben. Nach einer Viertelstunde intensiven Nachdenkens hatte er acht Namen notiert, mit den Gründen für seine Rache:

Johann Sebastian Zabakuk, der Professor, der mich aus reiner Willkür hat durchfallen lassen.

Sören Möller, der Chef, der mich gefeuert hat, wodurch ich angefangen habe zu trinken.

Michael Kuhnert, der mich beim Fußball absichtlich so schwer verletzt hat, dass es mit meiner großen Karriere vorbei war.

Sandra Schwarz, meine Ex-Ehefrau, die mich verraten und mit meinem besten Freund betrogen hat.

Marcel Rackow, das ist dieser beste Freund.

Hansjürgen Mannhardt, der Kriminalbeamte, der mich hinter Gitter gebracht hat.

Bernhard Sandberg, der Hauswirt, der mich aus meiner Wohnung geworfen hat.

Christian Schloch, Pseudonym A. R. Schloch, der Kulturjournalist, der mich als Sänger und Comedian lächerlich gemacht und meine Karriere verhindert hat.

Er war nun, als er alles beschlossen hatte, so heiter und gelöst, dass er zum Heidelberger Platz lief, um sich am Kiosk unter der Autobahnbrücke einen Döner zu gönnen. Dabei überlegte er schon, wie er es am besten anstellen konnte, Professor Zabakuk zu erlegen. Er dachte es in der Jägersprache.

ZWEI

Johann Sebastian Zabakuk … Etwas kürzer: Johann S. Zabakuk. Er hasste seinen Nachnamen, denn der sorgte bei den einen für die Assoziation: »Ah, ein Syrer!«, und bei den anderen für: »Oh, einer vom Zirkus!« Dabei leitete er sich vom Dorfe Zabakuk her, das im Jerichower Land gelegen war und heute zur Stadt Jerichow gehörte. Schlimmer aber noch wäre es gewesen, wenn man Zabakuk aus dem Altslawischen übersetzt hätte, denn dann hätte »Froschesser« auf seinem Türschild gestanden. Das hatte ihm sein Großvater verraten, und seitdem vermied er alle grünen Kleidungsstücke. Trotzdem lag das mit dem Frosch wie ein Fluch über ihm. Seine Augen traten ein wenig unter den Brauen hervor. Klar: Froschaugen. Beim Gehen watschelte er ein wenig. Klar: wie bei einem Frosch. Und einen Froschbauch hatte er auch. Als sie ihm bei einer Schulaufführung angeboten hatten, den Froschkönig zu spielen, hatte er einen Tobsuchtsanfall bekommen. Auch das »Johann Sebastian« machte ihn nicht glücklich, denn schon immer hatte man gespottet: »Deine Eltern haben wohl die Elbe für einen Bach gehalten.« In der ersten Klasse hatten ihn alle Kuckuck genannt und bei seinem Anblick Vogellaute ausgestoßen oder Kuckucksuhr gespielt. Na, immerhin besser Kuckuck als Frosch. Gebildete Leute, sein Pfarrer etwa, hatten ihn ab und an auch Habakuk gerufen, denn das war einer der drei Heiligen Ärzte aus Persien.

In der DDR war Zabakuk gut über die Runden gekommen, da es sein Vater mit Hilfe der SED zu Amt und Würden gebracht hatte. Wie es in Betrieben zuging, hatte Zabakuk in Magdeburg im SKET gelernt, dem Schwermaschinenbau-Kombinat Ernst Thälmann. Um zu promovieren, war er nach der Wende nach Berlin gegangen, hatte eine Assistentenstelle an der Humboldt-Universität bekommen und nach diversen Veröffentlichungen und seiner Habilitation einen Lehrstuhl an der Freien Universität. Obwohl er weiß Gott kein Adonis war, hatte er die Frau fürs Leben gefunden, denn zum Glück liefen ja auch auf deren Seite nicht nur Topmodels à la Heidi Klum herum. Was ihn und Uta betraf, so hatten sie unter der Überschrift »Frosch sucht Fröschin« zueinandergefunden und, obwohl das ihre Freunde anatomisch für unmöglich hielten, zwei Kinder gezeugt. Sie wohnten in einem prächtigen Altbau in Friedenau, genauer gesagt in der Schwalbacher Straße.

Zabakuk wusste, dass ihn seine Studenten nicht liebten, und so war er immer auf der Suche nach Menschen, die das taten und die ihm dankten und ihm Respekt entgegenbrachten. Da waren ihm die Flüchtlinge gerade recht gekommen, die im alten Rathaus Wilmersdorf eine halbwegs annehmbare Unterkunft gefunden hatten. Seine Frau zählte zu der Schar ehrenamtlicher Helfer und Helferinnen, ohne die keine deutsche Gemeinde auskam, Berlin mit seiner kaputt gesparten Verwaltung schon lange nicht. Zabakuk hatte in etlichen Aufsätzen und Interviews die menschenunwürdigen Zustände vor dem Landesamt für Gesundheit und Soziales Berlin in Moabit kritisiert und dadurch endlich den Prominentenstatus erreicht, von dem er so lange Jahre vergeblich geträumt hatte. Auch jetzt wieder, als er seine Frau zur Flüchtlingsunterkunft gefahren hatte, kamen die Journalisten scharenweise mit Mikrofonen und Kameras auf ihn zu. Dies nicht vor dem Haupteingang des Rathauses am Fehrbelliner Platz, sondern etwas versteckt am Nebeneingang, der auf der Rückseite des Gebäudekomplexes in der Mansfelder Straße gelegen war.

»Herr Professor Zabakuk, haben Sie neue Ideen, wie man die vielen Flüchtlinge und Asylanten hier auf die ganze Stadt verteilen und sie damit besser integrieren kann?«

»Ja, man sollte alle Pegida-Aktivisten aus ihren Wohnungen holen und hier im Rathaus, in den vielen Traglufthallen in ganz Berlin oder in den Hangars des alten Flughafens Tempelhof unterbringen – und dafür Hunderte von Flüchtlingen und Asylanten in ihren leergemachten Wohnungen unterbringen.«

Zabakuk konnte sich sicher sein, dass ihm das hohe PR-Werte einbringen würde, und wenn der shitstorm des Hasses aller Rechtsradikalen über ihn hereinbrach, wurde er schnell zu einer Kultfigur der sogenannten Gutmenschen. Das schien sich nicht schlecht zu entwickeln, und bald würden die Macher der großen Talkshows bei ihm anrufen.

Derart beschwingt, setzte er sich in seinen Porsche, um vom Fehrbelliner Platz zur Garystraße 21 in Dahlem zu fahren, wo sie im Flachbau der alten WiSo-Fak den Fachbereich Wirtschaftswissenschaft angesiedelt hatten. Das war, nahm man den Weg über Schmargendorf und die Pacelliallee, in einer Viertelstunde zu schaffen. Seinen angestammten Parkplatz aber hatte er für ein Semester einem Gastprofessor aus Stanford freundlicherweise überlassen, und so musste er ein wenig durch die Gegend kurven, um seinen Porsche schließlich in der Eppinger Straße abzustellen. Von dort führte ein Pfad zur Garystraße. Schon nach wenigen Minuten hatte er den grauen Flachbau mit seinen Hörsälen und Büros erreicht. Seine Sekretärin befand sich im Urlaub, sodass er zwar die Zeit einsparte, die für die nötige Konversation einzusetzen gewesen wäre, dafür aber selber den Computer hochfahren und nebenbei einige Briefumschläge aufschlitzen musste. Um nicht gestört zu werden, hatte er die Tür hinter sich wieder abgeschlossen. Ein paarmal wurde angeklopft, und er freute sich über diese Vorsichtsmaßnahme, denn er hatte weder Lust, mit IQ-80-Studenten zu plaudern, noch mit Kollegen, bei denen er eine paranoide Persönlichkeitsstörung diagnostiziert hatte, vor allem, was ihre Selbstüberschätzung betraf. Sein Kurzzeitwecker klingelte. Es war Zeit, in den Hörsaal zu eilen.

Während sich einige Kollegen als Wissenschafts-Entertainer verstanden und munter drauflos plauderten und andere nur Anhängsel an ihren Beamer waren, nahm Zabakuk eine Vorlesung noch als das, was sie vom Begriff her war, und las seinen Studierenden etwas vor. *Studierende* empfand er zwar als Unwort, aber nur Studenten für alle durfte man ja nicht mehr sagen, und Studenten und Studentinnen beziehungsweise StudentInnen war ihm zu umständlich oder einfach zu blöd.

Sein Thema hatte eine erstaunlich große Zahl von Studierenden angelockt. Oder vielleicht waren sie nur durch seine erhöhte Medienpräsenz auf ihn aufmerksam geworden, denn »Die bedeutendsten Vertreter der allgemeinen Betriebswirtschaftslehre im 20. Jahrhundert« riss ja eigentlich so keinen richtig vom Hocker.

»Meine Damen und Herren«, begann er. »Wir wollen heute über Eugen Schmalenbach reden. Auf die Welt gekommen ist er am 20. August 1873 in Halver-Schmalenbach als Sohn eines Kleineisenwarenfabrikanten, dessen Betrieb er auch übernahm, nachdem er in Velbert eine kaufmännische Lehre absolviert hatte. Obwohl er das Gymnasium ohne Abitur verlassen hatte, konnte er sich 1898 an der neu gegründeten Handelshochschule Leipzig immatrikulieren und reüssierte bald mit einer Arbeit über die damals völlig neue Deckungsbeitragsrechnung. Nachdem er die Handelshochschule mit der Note 1,0 abgeschlossen hatte, studierte er in Leipzig bei Karl Blücher Nationalökonomie und wurde später dessen Assistent. 1903 wurde er dann Dozent an der Handelshochschule Köln und habilitierte sich dort mit der Arbeit ›Die buchhaltungstechnische Darstellung der Betriebsgebarung‹. Lassen Sie mich darauf noch kurz eingehen …«

*

In der Sekunde, in der Zabakuk dies sagte, erblickte ihn Carlo Kolbatzki von der Freifläche aus, die sich zwischen dem Komplex der Wirtschaftswissenschaften in der Garystraße und den Gebäuden der Juristen und der ELSA-Berlin erstreckte. Man konnte ohne Mühe in die

Hörsäle hineinsehen. Wo Zabakuk wohnte, das wusste Carlo Kolbatzki nicht, und ihn hier in Dahlem auf dem Freien Universitäts-Gelände aufzuspüren, war kein großes Kunststück gewesen. Darum sollte der BWL-Professor ja auch als Erster dran glauben, bei den anderen Kandidaten auf seiner Abschussliste würde er mehr Mühe haben. Carlo Kolbatzki ging weiter. Nur nicht auffallen! Dass er hier mit seinen 40 Jahren kaum mehr als Student durchging, war ihm schon klar, obwohl sich angeblich ja auch viele Senioren in den Hörsälen tummelten. Vielleicht nahm man ihn als Dozenten wahr. Er hatte sich extra einen dunklen Anzug aus einem schlecht gesicherten Altkleidercontainer beschafft. Hier in seiner alten Trainingshose und als Penner herumzulaufen, war ja schlecht möglich. So aber fiel er niemandem auf, keiner war in der Lage, der Mordkommission später wichtige Hinweise zu liefern. Sein Jackett war weit genug, die Walther PPQ samt Schalldämpfer darunter zu verbergen.

Sein Blick ging zu dem Raum hinauf, in dem die entscheidende Prüfung bei Professor Zabakuk stattgefunden hatte. Zwölf Jahre war es nun her, aber er hatte alles noch deutlich vor Augen …

Flashback II

Er hat nach 20 Minuten das sichere Gefühl, dass Professor Zabakuk wild entschlossen ist, ihn bei der Magister-Prüfung durchfallen zu lassen. Wie der Mann ihn ansieht! Das kann nur heißen, dass er ihn hasst. Vielleicht sieht er, Carlo Kolbatzki, einem Sohn zu ähnlich, mit dem Zabakuk seit Jahren gebrochen hat, vielleicht auch dem jugendlichen Lover seiner Frau.

Zabakuk fixiert ihn. »Kommen wir zur Leitungsspanne.«

»220 Volt.« Carlo Kolbatzki ist so durcheinander, dass er gedacht hat: Spannung in der Leitung. Er fährt zusammen. Da ist der Komiker mit ihm durchgegangen.

»Span of control«, wiederholt Zabakuk und wird richtig bissig. »We may also like to talk in English, if you prefer.«

»Nein, nein!« Carlo Kolbatzki reißt sich noch einmal zusammen. »Die Leitungsspanne ist die Anzahl der einer Führungskraft unmittelbar unterstellten Mitarbeiter, also, äh, wie viele Mitarbeiter … und Mitarbeiterinnen sich hierarchisch direkt unter einer Person befinden.« Er merkt, wie zweideutig das sein kann, und will sich sofort korrigieren. »Ich meine, nicht unter dem Chef liegen und … na ja, sondern sich seinen Anweisungen fügen müssen.«

Zabakuk wirft einen bösen Blick zu seinem Protokollführer hinüber, der grinst, weil er sich bildlich vorstellt, wie das angeht, wenn ein Chef gleichzeitig an die sieben Frauen penetrieren will, die unter ihm liegen. Carlo Kolbatzki bemerkt das und geht in seiner Not sofort darauf ein.

»Eine Leitungsspanne sollte nur so groß sein, dass der Chef nicht überfordert ist.«

Nun kann der Protokollführer, ein Assistent, der von einem anderen Lehrstuhl kommt und Zabakuk nicht sonderlich mag, nicht mehr an sich halten und prustet los. Damit verschlechtert sich Zabakuks Laune noch weiter.

»Sagen Sie, Herr Kolbatzki …«

Offensichtlich sucht Zabakuk nach einer Frage, bei der Carlo Kolbatzki unweigerlich sehr blass aussehen muss.

»… was würde passieren, wenn es in unseren Großorganisationen gar keine Hierarchie mehr gäbe?«

»Da … äh …«

»Ährenberg, genauer gesagt: Herbert Ehrenberg, hat damit nichts zu tun. Der war zwar 1976 Bundesminister für Arbeit und Sozialordnung in der Regierung von Helmut Schmidt, hat sich aber um die Leitungsspanne nicht gekümmert.«

»Also …« Carlo Kolbatzki weiß keine rechte Antwort auf Zabakuks Frage und beginnt wiederzugeben, was er gelernt hat. »Wenn eine Leistungsspanne zu groß ist, so führt dies zur Überlastung des Vorgesetzten …«

»Ah ja!« Zabakuk grinst. »Gratuliere, Kolbatzki, Sie haben soeben einen neuen Begriff in unserer Wissenschaft kreiert: die *Leistungs*spanne. Die gab es bisher nur bei der Deutschen Jugendfeuerwehr.«

Carlo Kolbatzki bemüht sich, den Begriff »Leitungsspanne« zu vermeiden. »In der Erweiterung der Führungsspanne wird in vielen Firmen eine Möglichkeit zu Einsparungen gesehen.«

Zabakuk ringt die Hände. »Das habe ich Sie nicht gefragt! Ich habe Sie gefragt: Was würde passieren, wenn es in unseren Großorganisationen gar keine Hierarchie mehr gäbe?«

Die Antwort, die der Prüfer erwartet, ist so einfach, dass Carlo Kolbatzki sie nicht finden kann: »Na, dann könnte niemand mehr aufsteigen!«

Zabakuk wartet noch ein paar Sekunden, dann ruft er: »Schluss, aus!«

DREI

Dass er mit 49 Jahren einmal Erster Kriminalhauptkommissar (EKHK) sein würde, hatte sich Gunnar Schneeganß als Junge in seinen kühnsten Träumen nicht erhoffen können. Er kam aus einer total zerrütteten Familie. Sein Vater war Alkoholiker, andauernd arbeitslos und schlug, wenn ihn die große Wut überkam, auf alles ein, was in seiner Nähe war. Die Mutter hatte immer wieder in ein Frauenhaus flüchten müssen, mal mit, mal ohne das Kind, wenn ihn die Leute vom Jugendamt gerade in ein Heim gesteckt hatten. Zudem hatte es Schneeganß in seinem Schöneberger Kiez als Deutscher ungemein schwer gehabt, zu groß war die Dominanz von Klassenkameraden mit Migrationshintergrund. Aber er hatte es geschafft sich durchzuboxen und war nach Abschluss der Hauptschule von der Schutzpolizei genommen worden, denn sein IQ lag weit über dem Durchschnitt, seine Allgemeinbildung war besser als die vieler Abiturienten, und sportlich war er ein Ass. In allen seinen Stationen war er glänzend beurteilt worden, hatte sich von Besoldungsgruppe zu Besoldungsgruppe hochgearbeitet und sich durch seine Mitgliedschaft in der Polizeigewerkschaft und der SPD ein ansehnliches Netzwerk aufgebaut, sodass man ihn schließlich, nachdem er in der Abendschule das Abitur gemacht hatte, als Kommissarsanwärter zum Studium an die damalige Fachhochschule für Verwaltung und Rechtspflege geschickt hatte. Nach drei Jahren hatte er es als Jahrgangsbester geschafft, war Beamter des gehobenen Dienstes geworden, bei der Kripo gelandet und langsam, aber sicher aufgestiegen.

Vor drei Jahren hatte er, eigentlich unfassbar für ihn, doch noch geheiratet. Silke passte zu ihm. Sie war Physiotherapeutin und hatte ihn behandelt, als man ihn beim Betriebssport durch einen Tritt gegen den Knöchel arg lädiert hatte. Sie hatte gerade ihre Scheidung hinter sich und ließ sich gerne trösten. Ihr Ex war in den tiefen Süden geflohen und hatte ihr ein kleines Grundstück mit einem Häuschen in der Krokusstraße in Rudow hinterlassen.

Dort im Keller hatte sich Schneeganß ein kleines Fitnessstudio eingerichtet, und zu dem gehörte auch eine nicht eben billige Steeldartscheibe aus Sisalfasern. Er trainierte in jeder freien Stunde und träumte davon, in dieser »Sportart« einmal so groß rauszukommen wie Phil Taylor. Kein Freund oder Verwandter, der ihn in Rudow besuchte, blieb von der Einladung zu einer Runde Darts verschont, so auch Huschel, sein Schwager, eigentlich Hubert Schel. Sein Spitzname war aber nicht nur aus der ersten Silbe seines Vornamens und seinem Nachnamen entstanden, sondern er lag auch darin begründet, dass er furchtbar verhuscht war. Einen Beruf hatte er nicht gelernt, sein täglich Brot verdiente er sich damit, dass er Hausflure und Treppenhäuser reinigte. Seine Allgemeinbildung wie auch seine Intelligenz hielten sich in engen Grenzen, er hielt sich aber dennoch für den Größten, weil er irgendwie »um x Ecken« mit dem

Kunstmaler Sebastian Schel verwandt war (* um 1480; † 1554). Er selbst beglückte zu Weihnachten und zu Geburtstagen alle Freunde und Verwandten mit Gemälden aus der Schublade »Malen nach Zahlen«.

»Weißt du eigentlich, wo das Dartspiel erfunden worden ist?«, fragte Huschel, als sie die Kellertreppe hinuntergingen.

Schneeganß musste da nicht lange überlegen. »Na, in England.«

»Und wo genau?«

»Keine Ahnung …«

Huschel lachte überlegen. »Na, in Dartmoor, im Gefängnis. Als die Knackis Langeweile hatten.«

Schneeganß machte ein erstauntes Gesicht. »Ich dachte immer, das kommt von *dart* gleich Pfeil.«

»Denken und Wissen sind eben zweierlei, und *arrow* ist übrigens der Pfeil.«

Schneeganß musste bei Huschel immer an Helmut Schmidt denken. Bei dessen Ableben hatten verschiedene Zeitungen getitelt: »Jetzt erklärt er Gott die Welt«.

Sie spielten »Around the clock«, wobei ein Spieler, nacheinander im Uhrzeigersinn, beginnend bei der 1, alle Zahlen auf der Scheibe einmal treffen musste. Dabei war es egal, ob sein Pfeil in ein Single-, Double- oder Treble-Segment einschlug. Schneeganß hatte so oft geübt, dass er die Reihenfolge der Zahlen mit geschlossenen Augen fehlerfrei in Dreierblöcken aufsagen konnte: 1-18-4 || 13-6-10 || 15-2-17 || 3-19-7 || 16-8-11 || 14-9-12 || 5-20. Da jeder Spieler pro Runde drei Pfeile zur Verfügung hatte, konnte ein Könner in sieben Runden das Ziel erreicht haben. Bei Schneeganß im Keller brauchte man aber im Schnitt dreimal so lange, und Huschel hatte immer noch mit der 1 zu tun, als Schneeganß schon bei der 19 angelangt war.

Jetzt traf Huschel die 20, die ja links von der 1 gelegen war, und riss die Arme hoch. »Hurra, wer zuerst die 20 trifft, der ist Sieger, und das bin ich! Das ist wie bei dem Märchen vom Hasen und dem Igel: ›Ick bün al dor!‹«

Schneeganß drückte ihm die Hand. »Gratuliere.«

Huschel freute sich und erklärte ihm zum Dank dafür, warum der neue Berliner Flughafen, der BER, bestenfalls fünf Jahre später als geplant in Betrieb gehen konnte.

»Da stecken die Grünen dahinter, die sabotieren da alles, weil sie das Fliegen abschaffen wollen. Wegen der Luftverschmutzung.«

Mit Rücksicht auf seine Frau, die ihren komischen Bruder irgendwie liebte, verkniff sich Schneeganß jede Bemerkung und flehte das herbei, was er sonst immer verfluchte: einen Anruf vom Koordinator aller Berliner Mordkommissionen, dass er bitte zu einem Tatort eilen möge. Er spottete immer über alle, die an Psi-Phänomene glaubten, und war deshalb wie vom Schlag gerührt, als sein Handy Laut gab und der Kollege Koordinator ihn zu sprechen wünschte.

»Du, Gunnar, sofort rein ins Auto und ab nach Dahlem in die Eppinger Straße, da ist ganz offenbar ein Mann erschossen worden. Und hol die Jessica Schamp von zu Hause ab!«

»Okay!«

*

Für eine Kriminalbeamtin hatte Jessica Schamp ziemlich viel zu verbergen. Vor allem ihre ungewöhnliche hohe Allgemeinbildung und ihre wache Intelligenz, aber auch die Tatsache, dass sie lesbisch war. Wäre sie von Gunnar Schneeganß durchschaut worden, hätte es wieder einmal geheißen: »Gerissen!« Bei der wachen Öffentlichkeit heute wäre sie wohl nicht gemobbt worden, höchstens auf sehr subtile Art und Weise, aber es gab viele Möglichkeiten, sie bei anstehenden Beförderungen ganz legal zu übergehen. »Gerissen!« Dieses Urteil war sozusagen das Damoklesschwert, das über ihr schwebte. Mit 15 Jahren hatte sie mit dem Stabhochsprung begonnen, orientiert an der großen Jelena Issinbajewa, die drei Jahre älter war als sie. Als junge Himmelsstürmerin war sie angetreten, die Welt zu erobern. 2005 hatte sie deutsche Meisterin werden wollen, war aber schon an der Einstiegshöhe gescheitert. Dreimal gerissen. Diesen Schock hatte sie nie überwunden. Verletzungen waren dazugekommen, und so hatte sie schließlich aufgegeben. Mit einer Bestleistung von 4,35 Metern. Der deutsche Rekord von Silke Spiegelberg lag inzwischen bei 4,82 Meter. Doch Jessica hatte nicht nur auf die Karte Stabhochsprung gesetzt – mit anschließender Karriere als Fernsehreporterin und -moderatorin, sondern nach dem Abitur auch begonnen, Jura zu studieren. Immer so nebenbei und nach dem Prinzip des *muddling through*, des Sich-Durchwurstelns. Nun, beim Jurastudium kam es nicht so sehr auf die Höhe des IQ an, sondern auf die Fähigkeit, stumpfsinnig seinen Stoff zu pauken, ohne dabei krank zu werden oder an Selbstmord zu denken. Und diese Gabe hatte ihr die Natur nicht mitgegeben, sodass sie beim ersten Staatsexamen gescheitert war. »Gerissen!« Ein Freund aus der Leichtathletikabteilung ihres Vereins hatte ihr geraten, sich um einen Studienplatz an der Hochschule für Wirtschaft und Recht (HWR) zu bewerben, und so hatte sie dort Kriminologie und Kriminalistik studiert. Diesmal war es ihr gelungen, jede geforderte Höhe zu überspringen. Pech allerdings, dass sie nach bestandenem Examen ausgerechnet Gunnar Schneeganß zugeteilt worden war. Der schien ihr von seiner politischen Einstellung her rechts von der CSU angesiedelt zu sein, jedenfalls sah sie ihn als leicht faschistoiden Macho, kurz: einen Mann von gestern. So war ihr Dienst nicht gerade eine ständige Freude. Aber sie hatte ja als Ausgleich noch ihren geliebten Stabhochsprung, wenn auch nur noch als Trainerin.

Ihr hoffnungsvollstes Talent war Mia Kissenbrück. Sie kam vom einfachen Hochsprung, war 21 Jahre alt und studierte an der Hochschule für Wirtschaft und Recht Berlin Tourismus. »Mia, den Stab bitte auf der Seite halten, der deinem Absprungbein entgegengesetzt ist, also rechts, wenn du mit links abspringst. Wenn du den Stab vor dem Anlauf anhebst, dann musst du die rechte Hand so drehen, dass der Handrücken oben ist.«

Sie zeigte es Mia, und als sich dabei ihre Hände berührten, spürte sie das berühmte Kribbeln im Bauch. Mia war genau der Typ von Frau, auf den sie abfuhr. Bei Männern hätte man gesagt, sie entspräche voll und ganz ihrem Beuteschema. Aber durfte man sich als Trainerin auf eine Liebesbeziehung mit einer Sportlerin einlassen? Ja, warum nicht, da gab es einige Beispiele für. Aber ob Mia auch auf Frauen stand?

»Der Anlauf ist ein Steigerungslauf, nur musst du, anders, als du es gewohnt bist, immer daran denken, den Stab kontinuierlich so zu senken, dass er auf den letzten drei bis fünf Schritten vor dem Einstichkasten in Hüfthöhe in eine waagerechte Position kommt.«

Jessica Schamp konnte sich nur schwer konzentrieren, weil sie ununterbrochen darüber nachdachte, ob Mia sich nach dem Training zu einem kleinen Imbiss in eine Sushi-Bar einladen ließ.

»Alles kommt nun darauf an, dass bei der Abfolge Einstich-Absprung alles klappt, wobei …«

Weiter kam sie nicht, denn ihr iPhone gab Laut. Sie zog es aus der Tasche ihrer Trainingshose und meldete sich. Es war Gunnar Schneeganß. »Ein toter Mann in Dahlem«. So ein Mist!

»Ich bin hier auf dem Dominiscus-Sportplatz am Priesterweg beim Stabhochsprung!«

»Dann fahr nach Hause und zieh dich um. Ich bin in etwa 20 Minuten bei dir und hole dich ab. Das schaffst du dicke!«

Jessica Schamp blieb nichts anderes übrig, als dem Folge zu leisten, was ihr Vorgesetzter von ihr verlangte. Wie gern hätte sie Mia beim Abschied in die Arme genommen, doch nun musste sie es bei einem Händedruck belassen. Sie rannte zum Parkplatz. Vom Sportplatz bis zur Akazienstraße waren es nur knapp über zwei Kilometer, und die waren in etwa sieben Minuten zu schaffen, aber die Parkplatzsuche in ihrem angesagten Kiez konnte ewig dauern. Also ließ sie ihren Wagen stehen und rief sich eine Taxe.

*

Schneeganß bog in die Akazienstraße ein, sah Jessica Schamp am Straßenrand warten, hielt an und kurbelte das Fenster hinunter.

»Was kostet es heute bei dir?«

Sie lächelte verführerisch. »Mit oder ohne?«

»Ohne … Ich meine: ohne kugelsichere Weste, denn der Täter wird ja nicht auf uns gewartet haben, um sich nach einem heftigen Schusswechsel gefangen nehmen zu lassen.«

»Besonders, wenn es um einen Selbstmörder geht.« Jessica Schamp stieg ein und machte es sich auf dem Beifahrersitz bequem.

Schneeganß sah zu ihr hinüber. »Nun wird dein Schützling ohne Training die Latte schon bei drei Metern unterqueren.«

»Die Mia, ja …«

»Mamma mia!«

Schneeganß wendete und kehrte auf die Hauptstraße zurück. Auf der ging es dann Richtung Rhein- und Schlossstraße bis kurz hinter das Rathaus Steglitz und dann Unter den Eichen bis zur Thielallee. Auf der war rechts abzubiegen, und über die Breisacher kam man dann zur Eppinger Straße.

Weder Schneeganß noch Jessica Schamp hatten je von einer Eppinger Straße gehört, was bei insgesamt 9.950 Straßen in Berlin auch nicht weiter verwunderlich war.

»Eppinger …?« Jessica Schamp überlegte. »War das nicht bei euch in der BRD ein Politiker?«

»Ja, das schon, allerdings hieß er Eppler, Erhard Eppler, und war ein Linker in der SPD. Eppingen …? Das hört sich so nach Stadt an, siehe Götting*en* oder Tübin*gen*.«

Jessica Schamp sah auf ihrem iPhone nach und sorgte für das nötige Allgemeinwissen bei ihnen beiden. »Eppingen ist eine Stadt im Nordwesten Baden-Württembergs. Sie liegt etwa 22 Kilometer westlich von Heilbronn und etwa 41 Kilometer nordöstlich von Karlsruhe …«

Schneeganß winkte ab. »Die haben keinen vernünftigen Sportverein, weder beim Fuß-, Hand-, Basket- und Volleyball noch beim Eishockey. Da muss ich Eppingen nicht kennen.«

Jessica Schamp lachte. »Schneeganß, setzen! Fünf!« Sie hatte bei Wikipedia ein wenig weitergescrollt. »Was steht hier: *Bundesweit bekannt wurde auch der örtliche Fußballverein VFB Eppingen, der am 26. Oktober 1974, in der 1. Amateurliga Nordbaden spielend, den damaligen Tabellenführer der Fußball-Bundesliga, den Hamburger SV, im DFB-Pokal überraschend mit 2:1 schlug*.«

»Gott, da war ich noch gar nicht geboren!« Das stimmte zwar nicht, war aber ein überzeugendes Argument, zumal Jessica Schamp das ohne Taschenrechner nicht nachprüfen konnte.

Jessica Schamp meinte nun, mit der Eppinger Straße sei es so wie mit Bielefeld: Beide gab es nicht, sie waren nur Fiktion. Doch dann sahen sie wirklich das Straßenschild mit dem gesuchten Namen.

»Es lebe dein Navi!«, lobte Jessica Schamp ihren Chef.

»Ja, obwohl es nicht von der Royal Navy ist.« Schneeganß musste bremsen, weil die Straße von einem quer stehenden Streifenwagen gesperrt war. Sein rotierendes

Blaulicht tat in den Augen weh. Schneeganß drehte das Fenster herunter.

Ein Schutzpolizist kam auf ihn zu. »Sie können leider nicht weiter. Wohnen Sie hier?«

Schneeganß lachte. »Leider nicht. Aber wir arbeiten hier.«

»An der Freien Universität?«

»Nein, beim Polizeipräsidenten, Dezernat LKA 11, Tötungsdelikte. Meine Kollegin und ich.« Er hielt seine Dienstmarke ins schwache Licht.

»Ah, der Herr Gennat!« Der junge Kollege bewies Humor. Entweder er kannte sich in der Geschichte der Berliner Kriminalpolizei bestens aus und wusste, dass der Besagte ihr großer Guru war, oder er las Kriminalromane.

»Das ehrt mich einerseits«, sagte Schneeganß beim Aussteigen, »ist aber andererseits eine Beleidigung, denn Gennat soll an die drei Zentner gewogen haben, während ich gertenschlank bin.«

Schneeganß und Jessica Schamp hielten nun auf den Punkt zu, wo sich besonders viele Kolleginnen und Kollegen vom Ersten Angriff versammelt hatten. Schneeganß, der ab und zu an der Hochschule für Wirtschaft und Recht (HWR) als Gastdozent Lehrveranstaltungen abhielt, hatte das sofort im Kopf: »Die PDV 100 Ziffer 2.2.3 legt fest, dass der Tatort zu sichern ist und wesentliche Feststellungen über den Tathergang zu treffen sind.« Der Erste Angriff begann mit dem Sicherungsangriff und ging anschließend in den Auswertungsangriff über, den Tatortbefund.

Deetz, der diensthabende Erstzugriffsbeamte, kam

auf sie zu. Man kannte sich und begrüßte sich mit einem gehörigen Hallo.

»Ihr hättet eigentlich gar nicht kommen müssen«, begann Deetz seinen Rapport. »Wir wissen schon fast alles. Der Tote ist ein gewisser Johann Sebastian Zabakuk, etwa 50 Jahre alt, nobel gekleidet und schon auf dem Wege in die Gerichtsmedizin. Er ist mit einem Genickschuss getötet worden, als er seinen Wagen besteigen wollte, diesen Porsche hier. Er hat an dieser Stelle auf dem Asphalt gelegen – bewundert einmal unsere wunderschöne Kreidezeichnung – und ist von einem Radfahrer gefunden worden. Dem jungen Mann da hinten.«

Schneeganß lobte Deetz und hielt Ausschau nach Doktor Christian Viellechner, dem Gerichtsmediziner. Dass der Mann so hieß, empfand Schneeganß als außerordentlich witzig, denn er hatte kaum einen Menschen kennengelernt, der weniger lächelte. Viellechner war die personifizierte Verbitterungsstörung. Den Grund kannten sie alle: Er hatte seine medizinische Laufbahn als Chirurg begonnen und zu großen Hoffnungen Anlass gegeben. Bis ihm dann mehrere Patienten als Folge gravierender Kunstfehler »auf dem Tisch geblieben« waren und der erboste Klinikchef geschrien hatte: »Viellechner, lassen Sie die Hände von den Lebenden und schneiden Sie nur noch Tote auf!«

Viellechner bestätigte das, was Deetz gesagt hatte. »Genickschuss.«

Kornmesser, der Staatsanwalt, der nach Dahlem geeilt war, lächelte. »Sieht ganz nach einer Hinrichtung aus.«

Nun wollte auch Jessica Schamp den Nachweis erbringen, dass sie ihr Geld nicht umsonst verdiente, und brachte sich ein. »Hinrichtung klingt so, als ob der Tote irgendeiner Bande angehört hat …?«

Der Staatsanwalt lachte. »Ja, der Bande der Hochschullehrer! Auf seinem Ausweis stand Doktor Johann Sebastian Zabakuk, und im Auto hat ein Buch gelegen, das er geschrieben hat, und da war der ›Professor‹ mit drauf. ›Die Geschichte der europäischen Betriebswirtschaftslehre‹ oder so ähnlich. Muss also ein BWLer gewesen sein.«

»Darauf wäre ich nie gekommen«, murmelte Schneeganß.

»Kann doch aber auch ein Historiker gewesen sein«, wagte Jessica Schamp einzuwenden.

Schneeganß lächelte. »Na, vielleicht wissen die in der Freien Universitäts-Verwaltung Genaueres. Und über Projektil und Waffe werden uns ja unsere lieben Kollegen vom LKA bald einmal unterrichten, und Herr Doktor Viellechner wird vielleicht bei der Obduktion einiges herausfinden, was von Interesse für uns sein könnte. Fragen wir erst einmal den Radfahrer da hinten und klingeln dann bei den Leuten ringsum, ob einer was gesehen hat.«

Das taten er und Jessica Schamp dann auch, aber das Ergebnis war mager.

»Was soll ich groß sagen?«, begann der Radfahrer. »Ich komme von der Thielallee her und überfahre den Mann fast, dunkel, wie es schon war.«

Jessica Schamp hakte nach. »Wie spät war es denn etwa?«

»So gegen halb neun …«, gab der junge Mann zu Protokoll. »Und ich habe dann gleich mein Handy hervorgeholt und 110 angerufen.«

»Okay, ja. Und jemand, der der Täter hätte sein können, ist Ihnen nicht aufgefallen?«, fragte Schneeganß.

»Nein, tut mir leid.«

Sie bedankten sich bei ihrem Zeugen und befragten dann der Reihe nach die Anwohner der Eppinger Straße. Die Leute standen fast alle am Gartenzaun oder auf dem Bürgersteig, zu klingeln brauchten sie da nicht erst. Aber so groß der Menschenauflauf auch war, so gering war das Ergebnis aller Befragungen: Niemand hatte verdächtige Personen gesehen, niemand hatte einen Schuss gehört.

VIER

Wenn man »HJ Mannhardt« sagte oder schrieb, reagierte er wütend, denn er wollte um alles in der Welt nicht mit der Hitlerjugend in Verbindung gebracht werden, aber man hatte es mit seinem Vornamen auch schwer, lautete der nun korrekt Hansjürgen oder Hans-Jürgen? In seinen Papieren fand sich zumeist der Bindestrich, und früher hatte er ihn auch gebraucht, jetzt aber ließ er ihn gerne weg, weil es irgendwie einfacher war. Mannhardt war schon seit einiger Zeit pensioniert worden, konnte aber nicht loslassen. Nicht von seiner Lehrtätigkeit an der Hochschule für Wirtschaft und Recht (HWR) und nicht von seiner Sucht, Verbrecher zu jagen. Von der konnte er auch deswegen nicht lassen, weil sein Enkel Orlando Jura studierte und Strafrichter oder Staatsanwalt werden wollte und ihn andauernd drängte, sich in die Belange seines Nachfolgers Gunnar Schneeganß einzumischen. Von seiner Ehefrau war Mannhardt schon seit vielen Jahren geschieden und lebte nun mit Heike zusammen, Heike Huhnholz, einer Journalistin, und dem Kind, das sie in die Welt gesetzt hatten.

»Musst du denn unter der Woche so früh aufstehen?«, fragte Heike, als sie ihn schon kurz nach sechs am Frühstückstisch sitzen sah.

»In Berlin sagt man nicht ›unter der Woche‹, sondern ›mitten in der Woche‹!«, erregte sich Mannhardt.

»Es heißt auch nicht ›an Weihnachten‹ und ›an Ostern‹, sondern ›zu Weihnachten‹ und ›zu Ostern‹.«

»Mein Gott, hast du Sorgen!«

»Man sollte endlich einen Verein zur Erhaltung der berlinischen Mundart gründen«, fand Mannhardt.

Heike lachte. »Und wer sorgt dafür, dass unser Sohn nicht berlinert?«

»Ick weeß, det ick bin olle Icke, aba wenna berlinern tut, kriegta doch bei die Lehrarinnen, die alle zujereist sind, schlechte Zensuren.«

»Na siehste!«, rief Heike. »Und du willst dich heute wieder auslehren?«

»Ich bin froh und glücklich, dass sie mir wieder einen Lehrauftrag gegeben haben. A brauche ich die Bühne Hörsaal, und b gibt es ja auch ein paar Euro dafür.«

»Und dafür der ewig lange Weg?«

Sie wohnten in Tegel, und das Fachgebiet Kriminologie der HWR war auf dem Campus Lichtenberg, Alt-Friedrichsfelde 60, angesiedelt. Wenn er um 7.15 Uhr in Alt-Tegel in die U-Bahn stieg und Friedrichstraße in die S-Bahn wechselte, kam er Punkt acht Uhr auf dem Bahnhof Friedrichsfelde Ost an, von wo er auch noch gute zehn Minuten zu laufen hatte, wenn der Bus gerade weg war. Von der Haus- bis zur Hörsaaltür waren knappe anderthalb Stunden zu veranschlagen, denn irgendetwas war bei der S-Bahn immer gestört, und bei den Bussen der BVG waren die ausgehängten Fahrpläne nur unverbindliche Willenserklärungen.

»Du musst endlich lernen loszulassen«, riet ihm die Gefährtin des Lebens und begann mit einem längeren Vortrag zu diesem Thema. »Fangen wir mit dem an, was

Buddha gesagt hast: *Lerne loszulassen, das ist der Schlüssel zum Glück*. Du aber verhältst dich wie ein Hund, der sich in sein Stöckchen verbissen hat und es nicht wieder hergeben will. Das Stöckchen ist bei dir deine Jugend und das beste Mannesalter: Da bist du der große Leiter deiner Mordkommission, da lehrst du überall: *crime doesn't pay,* und alle Welt bewundert dich. Mal bist du im Fernsehen, mal im Radio, mal in der Zeitung. Das ist dein Stöckchen! Und dein Glaube, dass sie in der Hochschule nicht ohne dich auskommen und dein geliebter Schneeganß ohne dich nie einen Fall lösen kann. Aber das ist doch hirnrissig, das zu glauben!«

»Ja, aber was soll ich sonst mit meiner Zeit anfangen?« Mannhardt klang fast kläglich. »Ich kann doch nicht nur Senf einkaufen, wie der Rentner in ›Papa ante portas‹, oder bei uns auf dem Balkon sitzen und auf meinen Tod warten beziehungsweise meine Einweisung ins Heim.«

»Ich werde dir zum Geburtstag einen Kurs schenken, wo du das Loslassen lernen kannst.«

Mannhardt versuchte, ins Lächerliche zu flüchten. »Das Loslassen habe ich früher in der Hundertmeterstaffel stundenlang geübt. Da war immer der Teufel los, wenn einer beim Wechseln den Stab zu früh oder gar nicht losgelassen hat.«

Ihr fruchtbarer Dialog wurde von ihrem Sohn unterbrochen, der sich auch mühte, in den Tag zu kommen. Eigentlich hieß der Knabe Silvester, weil er an einem solchen Tage gezeugt worden war, nannte sich aber Silvio, weil ihm das nicht ganz so albern vorkam.

Mannhardt fand es witzig, ihn in der gängigen Jugendsprache zu begrüßen. »Äih, hallo, Alter! S'los? Isch geh mit U-Bahn, kommst du mit?«

»Papa, das ist peinlich!«

»Vallah, sch'seh aus wie Kartoffel, ieberhässlich, isch weiß. Isch geh mit U-Bahn. Kommst du mit?«

»Nein, isch geh Schule.«

»Cool. Dann pass aber auf, dass sie disch nisch Hurensohn sagen.«

Jetzt ging Heike dazwischen. »Meine Herren, jetzt reicht es!«

Mannhardt fing an zu singen. »Die ganze Welt ist eine Comedy, und wir alle sind Comedians.«

Heike seufzte. »Schön wär's, gäbe es da keine Kriege, keine Vertreibung und kein Elend.«

»Und neben den staatlichen keine sozusagen privaten Mörder und Mörderinnen«, fügte Mannhardt hinzu. »Die Damen und Herren, denen ich mich nun von acht bis zehn in der HWR zuwenden werde.« Damit verabschiedete er sich von seinen Lieben. »Bis heute Abend! Orlando will auch vorbeikommen.«

Damit verließ er die Wohnung und lief zur U-Bahn. Alt-Tegel war Endstation und er bekam einen Sitzplatz. Ganz ohne Platzkarte und vorherige Reservierung. Es war verwunderlich, dass die BVG diese Chance zu erheblichen Mehreinnahmen nicht nutzte. Nun gut, das mit der Zugbindung wäre schwierig geworden. Schade auch, dass man bei der U-Bahn keine Doppelstockzüge einsetzen konnte, Mannhardt wäre gern nach oben geklettert. Ringsum begannen sie auf ihren elektronischen Geräten zu tippen und zu wischen, und als er in einem dicken Buch zu lesen begann, wirkte das exotisch und war ihm schon geradezu peinlich. Es gehörte schon einiger Mut dazu, sich als Ewiggestriger zu outen, aber er musste noch ein wenig in Wolfgang Mittmanns »Tatzeit. Große Fälle der Deutschen Volkspolizei« blättern, um sich auf seine Lehrveranstaltung vorzubereiten. Von U Alt-Tegel bis S+U Friedrichstraße dauerte es an sich 20 Minuten, aber seine Lektüre war so spannend, dass die Relativität der Zeit in Kraft trat und er es in zwei Minuten schaffte. Friedrichstraße von der U- in die S-Bahn umzusteigen, erforderte den ganzen Menschen. Man musste die Robustheit eines American-Football-Spielers, die Ausdauer eines Bergsteigers und die Geduld und Gelassenheit eines Buddha haben, um alles durchzustehen und ohne als Opfer im Krankenhaus oder aber als Täter im Knast zu landen. Mannhardt schaffte es trotz seines Seniorenstatus und ergatterte auch in der S75 nach Wartenberg einen Sitzplatz. Wartenberg … Das brachte ihn auf eine Idee, wie er seine Vorlesung mit einem Gag beginnen konnte. Kaum saß er, machte er sich Notizen …

Wartenberg-Syndrom – Gefühlsstörungen beim Strecken von Daumen und Zeigefinger durch Druckschädigung des Nervus radialis. Auslöser können sein: enge Uhrenbänder, Armbänder, Gipsverbände oder Handschellen, daher spricht man auch von Arrestanten- oder Fesselungslähmung.

Jetzt hatte er für das wenige Geld genug getan, um im Hörsaal an den Start gehen zu können, und genoss die Fahrt auf den Viadukten der Stadtbahn wie eine Sightseeingtour, dabei aber immer wieder gestört von Wilhelm-Busch-Musikanten. So nannte er die »Künstler«, die an die Weisheit des großen Humoristen erinnerten: *Musik wird oft nicht schön gefunden,/Weil sie stets mit Geräusch verbunden.* Und noch etwas anderes verringerte sein Wohlbehagen: die Angst, dass jemand zustieg, den er von irgendwoher kannte und mit dem er gezwungenermaßen plaudern musste – ein ehemaliger Kripo-Kollege, ein Nachbar, ein Student, einer, den er früher einmal in den Knast gebracht hatte, seine Ex-Ehefrau. Gott sei Dank, niemand störte ihn in seiner rollenden Kontemplation. Fast hatte er jenen Zustand des gänzlichen Entrücktseins vom aktuellen Tagesgeschehen erreicht, der bei Csikszentmihály »Flow« hieß, da entdeckte er Gunnar Schneeganß, das heißt, er trat ihm beim Besteigen des Busses, der von der S-Bahn zum HWR-Campus fuhr, in die Hacken.

»Bitte nicht zurücktreten!«, rief er. »Man braucht Sie noch, Herr Kollege!«

Schneeganß fuhr herum und konnte das, was er an Beschimpfungen auf der Festplatte hatte, gerade noch unterdrücken.

»Ah, der harte Mann!«

»Soll ich nun antworten: die schneiende Gans?«

Man war sich nicht ganz grün. Mannhardt hatte noch immer nicht ganz verdaut, dass man ihn in Pension geschickt und Schneeganß zu seinem Nachfolger gemacht hatte. Er hielt den jungen Kollegen für einen leicht rechtslastigen arroganten Schnösel, während Schneeganß seinerseits über Mannhardt spottete, der sei ein typischer Sozialdemokrat, über die schon Lenin gesagt habe, dass sie sich bei einer Revolution erst eine Bahnsteigkarte lösen würden, bevor sie einen

Zug stürmten. Natürlich ärgerte er sich darüber, dass es Mannhardt zusammen mit seinem Enkel sozusagen als Privatdetektiv gelungen war, einige Fälle zu lösen, an denen er sich die Zähne ausgebissen hatte.

»Haben Sie wieder eine Lehrveranstaltung aus der Reihe ›Mein langes Leben bei der Kripo‹?«, fragte Schneeganß mit leicht ironischem Unterton.

»Nein, ich will mich über Berlins berühmteste Mörder auslassen. Und Sie?« Mal duzte man sich, ein andermal sagte man Sie zueinander.

»Über die Aufklärung von Kapitalverbrechen als Teamwork: die Leute vom Ersten Angriff, die Mordkommission, der Gerichtsmediziner, die Spurensicherung, der Gerichtsmediziner – und so weiter.«

Mannhardt lachte. »Kapitalverbrechen ... Die Verbrechen des Kapitals gehören doch eigentlich in die Politologie oder die Volkswirtschaftslehre. Aber was gibt es denn bei Ihnen, Herr Kollege ... bei dir, Gunnar, ... aktuell zu tun: Habt ihr bei diesem Freien Universitäts-Professor mit dem komischen Namen schon die berühmte heiße Spur?«

»Nein, nur kalte.«

Sie redeten noch über komische Figuren wie Doktor Viellechner, dann trennten sich ihre Wege. Beide eilten in ihre Hörsäle.

Als Mannhardt den seinen betrat, ergriff ihn eine tiefe Traurigkeit: Da saßen lauter junge Menschen am Anfang ihres Lebens, und er bewegte sich unaufhaltsam auf dessen Ende zu. Vor einiger Zeit hatte er den Film »Ewige Jugend« gesehen, und die war es, die er sich ersehnte. Nur mit Mühe konnte er sich auf die ersten Sätze konzentrieren.

»Guten Morgen allerseits, also: nicht aufseiten Allahs, sondern aufseiten der Aller, dem Nebenfluss der Weser. Was fällt Ihnen denn ein, wenn Sie das Wort ›Wartenberg‹ hören?«

»S-Bahn, S75, nach Westkreuz.«

»Ortsteil von Lichtenberg.«

»Friedrich Wilhelm von Wartenberg, preußischer Generalleutnant.«

»Sehr schön! Und kennt einer auch das Wartenberg-Syndrom?« Mannhardt machte eine kleine Pause. »Nein … Das sollten Sie als werdende Kriminalbeamte aber kennen.« Er zog seinen Notizzettel aus der Tasche und trug vor, was er sich vorhin in der S-Bahn aufgeschrieben hatte. Es kam an, und er war froh, das *warming-up* geschafft zu haben. Nun konnte er zum Eigentlichen kommen. Altmodisch, wie er war, hatte er sich einen Overhead-Projektor in den Hörsaal stellen lassen, denn Beamer waren immer noch nicht seine Sache. So legte er erst einmal die Folie mit den Mörderinnen und Mördern auf, die er für dieses Semester ausgesucht hatte:

Berlins berühmteste MörderInnen

Paul Ogorzow
Karl Großmann
Elisabeth Kusian
Friedrich Schumann
Johann Ullmann und Anna Sonnenberg
Paul Krantz
Wilhelm Blume
Bruno Lüdke

Karl-Heinz Petgen und Elisabeth Lemke
Thomas Rung
Die Ärzte Stefan Sch. und Wenzinger
Orhan S.
Rainer Sturz

Die drei Erstgenannten hatte er schon abgehakt, und über diese Serientäter gab es auch dokumentarische Romane dieses komischen Soziologie-Professors, der unter dem Kürzel -ky Kriminalromane schrieb, also wandte er sich Friedrich Schumann zu.

»Friedrich Schumann hat das Pech, wenn man das so nennen will, weithin unbekannt zu sein, obwohl er immerhin mindestens sechs Morde, elf Mordversuche und eine Reihe von Notzuchtverbrechen aufzuweisen hat. Auf die Welt gekommen ist er am 1. Februar 1893 in Spandau. Er war Alkoholiker und hat es im Ersten Weltkrieg zum Eisernen Kreuz gebracht. Obwohl er von einem trunksüchtigen und geistig minderbemittelten Vater abstammt, scheint es mit seiner Sozialisation zu einem nützlichen Mitglied der menschlichen Gesellschaft, wie man damals sagte, geklappt zu haben, denn er beendete seine Schlosserlehre und heiratete dann auch. Wie es dann dazu gekommen ist, dass er Pärchen auflauerte, die sich im Falkenhagener Feld sexuell vergnügten, und erst den Mann umbrachte und dann, nachdem er sie vergewaltigt hatte, auch die Frau, ist von der forensischen Psychologie nie richtig erforscht worden. Es gibt aber Quellen, nach denen er, als man ihn endlich gefasst hatte, geradezu darum gefleht hatte, hingerichtet zu werden, um von sich selbst erlöst zu werden. Schließlich ist er vom Landgericht III in Moabit sechsmal zum Tode, zu lebenslangem Zuchthaus und zu zahlreichen Nebenstrafen verurteilt und am 27. August 1921 in Plötzensee enthauptet worden. Wer mehr über ihn wissen will, der findet im Heimatmuseum Falkensee Dokumente und Fotos von ihm. Wer also von Ihnen, meine Damen und Herren, unsterblich werden will, der starte eine Karriere als Serienmörder oder Serienmörderin.«

»Das ist zynisch!«, kam es von hinten.

»Jaja, sobald es bei einem Menschen um seine Jugend geschehen ist, wird er zum Zyniker, was soll man da machen? Lassen Sie mich nun noch auf zwei mordende Frauen eingehen, die zu ihrer Zeit Stadtgespräch waren und denen Regina Stürickow in ihrem Buch ›Der Kommissar vom Alexanderplatz‹ allein 20 Seiten einräumt: Johanna Ullmann und Anna Sonenburg. Im Zentrum des Geschehens steht die Elsässer Straße, heute Torstraße, wo sich im Hause 17/18 ein Frisiersalon befindet. Wir haben das Jahr 1916, sind also mitten im Ersten Weltkrieg. Es beginnt damit, dass in Stettin in einem Reisekorb, der in Berlin aufgegeben worden ist, eine Frauenleiche gefunden wird. Offensichtlich hat man ihr mit einem Messer die Kehle durchgeschnitten, wohl auch versucht, den Kopf vom Rumpf zu trennen. Ernst Gennat kann mit seinen Ermittlungen beginnen. Es kommt heraus, dass die Tote eine gewisse Martha Franzke ist, die in einer lesbischen Beziehung mit einer Helene Bahl zusammengelebt hat. Als ein ›Mordplakat‹ an den Litfaßsäulen hängt, sagen Zeuginnen aus, dass die Franzke eine Menge Geld gehabt haben soll und sich andauernd mit der Helene Bahl gestritten hat, weil die auch hinter Männern her war. Dann erscheint ein Dienstmann bei der Polizei und kann sich erinnern, wo er den Reisekorb mit der Leiche abgeholt hat: nämlich im besagten Frisiersalon, wo eine gewisse Johanna Elsner die Chefin ist. Die Männer stehen ja alle im Felde. Gennat vernimmt die Johanna Elsner, die zuerst angibt, nichts zu wissen, auch nicht, wo Helene Bahl steckt, mit der sie befreundet sein soll, dann aber der Kripo folgende Geschichte auftischt: Sie sei in ihre Stube hinter dem Frisiersalon gekommen, als die Bahl die Franzke gerade mithilfe eines Rasiermessers getötet habe. Aus purem Mitleid habe sie der Freundin dann bei der Beseitigung der Leiche geholfen. Der Fall scheint geklärt, dann kommt aber eine Anna Sonnenberg ins Spiel, die behauptet, dass die Elsner unter falschem Namen in Berlin lebt, eigentlich Ullmann heißt und in Kiel wegen gewerbsmäßiger Unzucht gesucht wird. Sie beschuldigt nun die Elsner/Ullmann, die Franzke aus Habgier getötet zu haben, Gennat aber bringt dann die Wahrheit ans Licht: Beide, die Elsner/Ullman und die Sonnenberg, haben gemeinsam die Franzke ermordet.«

»Das ist alles ein bisschen verworren«, kam die kritische Stimme aus dem Hintergrund.

»Diese Verworrenheit liegt nun einmal in der Natur eines Mordfalles«, entgegnete Mannhardt altersweise. »Viel einfacher wäre es natürlich, wir dehnten die Videoüberwachung dahingehend aus, dass wir jedem Menschen eine winzige Kamera ins Gehirn implantieren, die alles aufnimmt, was er sieht und sagt. Dann hätten wir seinen Mörder gleich auf dem Schirm. Es sei denn, jemand wird von hinten erschossen wie dieser Professor Zabakuk vor ein paar Tagen.«

»Gut, dass *Sie* nicht Professor sind!«, kam es von rechts außen.

Mannhardt merkte sich den Zwischenrufer. Es konnte ja sein, dass es einmal die Gelegenheit zu einem Revanchefoul geben würde.

Auch diese Lehrveranstaltung ging einmal zu Ende, und Mannhardt hoffte, rechtzeitig zu Hause zu sein, um eine Wiederholung der Serie »Um Himmels Willen« zu sehen. Das schaffte er auch und konnte wieder in die Welt der bayerischen Kleinstadt Kaltenthal eintauchen. Selbstverständlich wusste er, dass Landshut als Kulisse für die Stadt Kaltenthal diente und dass Kloster Kaltenthal das Schloss Niederaibach war, aber das tat seiner Begeisterung keinen Abbruch. Er lebte mit Bürgermeister Wöller und Schwester Hanna und multiplizierte damit sein eigenes Leben. Nachdem er den Fernseher wieder ausgeschaltet hatte, kehrte er aus Kaltenthal/Landshut nach Berlin-Tegel zurück und tat das, was ihm Elke ins Drehbuch dieses Tages geschrieben hatte: Er räumte die Geschirrspülmaschine ein, brachte den Müll zum Container hinunter, saugte Staub, ging einkaufen und bereitete dann das Mittagessen für sich und seinen Sohn vor, das heißt, er schob die Lasagne, die er im Supermarkt aus der Tiefkühltruhe gefischt hatte, in den vorgeheizten Backofen. Silvio kam pünktlich aus der Schule.

»Na, wie war's?«

»Wie soll's schon gewesen sein?«

Silvio hatte nach sechs Schulstunden keine Lust, auch

noch über die Schule zu reden. Außerdem verlängerte jede Dialogminute mit seinem Vater die gemeinsame Mahlzeit und er kam nicht an Computer und Smartphone. Mannhardt litt darunter, dass er für seinen Sohn derart uninteressant war. Nicht einmal als Fußballexperte konnte er herhalten.

»Wo Hertha wohl am Ende der Saison landen wird?«

»Sage ich dir nach dem letzten Spieltag.«

Mannhardt gab noch nicht auf. »Hast du noch was vor?«

»Ja, ich gehe nachher zum Training.«

»Sehr schön. Orlando kommt uns heute besuchen und will mal sehen, wie du dich als Messi-Nachfolger so machst.«

»Von mir aus.«

Mannhardt überlegte, ob sich die Psychologen einen Begriff für Wortkargheit ausgedacht hatten. Für das Gegenteil gab es ja einen: die Logorrhoe, die krankhafte Geschwätzigkeit. Er sah im Internet nach. Zuerst stieß er da auf die Abulie, die sich auch in einer wortkargen Sprache mit langen Pausen und der Unfähigkeit zu längeren Monologen äußern konnte, der Alogie. Was er darunter bei Wikipedia fand, beunruhigte ihn etwas, denn die Alogie gehörte zu einer Unterform der Schizophrenie.

Man versteht darunter eine Denkstörung mit Sprachverarmung oder Verarmung des Sprachinhalts. Sie äußert sich auch in einer Verlängerung der Antwortlatenz. Das heißt, der Patient antwortet nur sehr zögerlich und ausgesprochen karg auf Fragen. Die Führung eines Gespräches wird mühsam.

Vielleicht sollte man mit Silvio doch einmal zu einer Psychologin gehen. Vielleicht gab es auch schon eine Vater-Sohn-Therapie?

Die Zeit, bis Elke nach Haus kam, schien sich endlos zu dehnen, alles, was ihn ausfüllte, war eine einzige Leere. Er sehnte sich nach seinem alten Büro in der Keithstraße. Die Leute mussten sich ihren »Tatort« im Fernsehen ansehen, er hatte ihn jeden Tag live gehabt. Nun, nicht jeden Tag gab es in Berlin einen Mord aufzuklären, aber immerhin hatte es 2014 bei Mord und Totschlag einen Anstieg um 23,6 Prozent von 106 auf 131 Taten gegeben, und wenn man 365 durch 131 teilte, dann ergab das, wie ihm sein Taschenrechner zeigte, jeden 2,786ten Tag einen Fall von Mord und Totschlag.

Er hatte Elkes Stimme im Ohr: »Wenn du Langeweile hast, dann lies doch was!« Und dazu seine Antwort: »Am liebsten lese ich in deinen Augen.«

Er war ratlos. Was sie ihm an Büchern hingelegt hatte, langweilte ihn und war nur dazu angetan, ihn noch elegischer zu stimmen. Auch Radio mochte er nicht mehr hören, da gab es ja nur eine Schreckensmeldung nach der anderen. Im Info-Radio des rbb wurde das alles auch noch x-mal wiederholt, dazu kam die selten dämliche Werbung. Noch mehr fernzusehen traute er sich nicht, weil ihn Elke dafür, erfuhr sie es, nur ausgeschimpft hätte. Blieb nur, dass er sich aufs Sofa legte und zu schlafen versuchte. Aber auch das misslang ihm. Er war wütend auf sich selber: Lang wirst du nicht mehr zu leben haben, und da verschenkst du Idiot deine wertvolle Lebenszeit auf diese Art und Weise!

Endlich kam sein Enkel. Orlando wohnte jetzt in der Nähe des Heidelberger Platzes, von wo aus es bis zur Freien Universität in Dahlem nur ein paar U-Bahn-Stationen waren. Noch immer studierte er Jura mit heißem Bemühen, und auf Mannhardts Frage, womit er sich denn im Augenblick beschäftigte, kam als Antwort ein kleines Referat.

»Der Schwerpunktbereich Strafrechtspflege und Kriminologie besteht aus drei Unterschwerpunkten: Strafverfahrens- und Gerichtsverfassungsrecht, Kriminologie und Sondergebiete der Strafrechtspflege. Ich sitze gerade an einem Referat über das Wiederaufnahmeverfahren. Darunter ist eine Wiederholung oder das neuerliche Aufrollen eines gerichtlichen oder behördlichen Verfahrens zu verstehen, das zuvor bereits mit einer rechtskräftigen Entscheidung beendet wurde. Ausgangspunkt ist der Paragraph 359 der Strafprozessordnung ...«

Mannhardt winkte ab. »Danke! Können wir auch das Verfahren wieder aufnehmen, eine Tasse Kaffee zu trinken und ein Stück Käsetorte zu essen, selbst gekauft?«

»Sehr wohl, großväterliche Gnaden.« Orlando setzte sich an den Küchentisch. »Und bei Zabakuk juckt es dir noch nicht in den Fingern, dem Kollegen Schneeganß ehrenamtlich beizuspringen?«

Mannhardt grinste. »Wieso denn jetzt schon? Noch steht ja nicht fest, dass er den oder die Täter nicht dingfest machen kann.« Mannhardt goss beiden den Kaffee ein und platzierte die Käsetortenstücke auf ihren Tellern. »Hast du denn mal eine Vorlesung von Zabakuk besucht?«

»Nein, warum auch? Aber ich habe mich einmal bei Kommilitonen umgehört, die ihn kennen: Er soll ein ziemlicher Kotzbrocken gewesen sein, ein aufgeblasener Frosch.«

»Wenn man alle Kotzbrocken dieser Welt umbringen würde, dann müsste man Leute wie mich auf der Stelle reaktivieren, so viele Mord gäbe es«, fand Mannhardt.

»Das also wünschst du dir«, stellte Orlando fest. »Du definierst dich nur über deine Arbeit – schlimm, schlimm! Jaja: Arbeitssucht oder *workaholism* bei Pensionären. Du hast also eine zwanghafte Haltung zu Leistung und Arbeit entwickelt und bist behandlungsbedürftig.«

»Elke erzählt mir auch immer, dass ich loslassen soll. Also gut: Klettere ich bei uns aufs Dach, klammere mich an die Regenrinne – und lasse los.«

Orlando lachte. »Aber bitte erst, wenn das Sprungkissen aufgeblasen ist!«

»Wer ist aufgeblasen?« Silvio war aus seinem Zimmer gekommen und hatte noch etwas aufgeschnappt.

»Der Luftballon für deinen Geburtstag.« Mannhardt sah seine Sporttasche. »Gehst du jetzt zum Training?«

»Nein, ich will bei Aldi klauen gehen und habe meine größte Tasche rausgesucht.«

Mannhardt freute sich, dass sein Sohn einen längeren Satz hervorgebracht hatte. Also doch keine Abulie oder Alogie bei ihm.

»Warte mit dem Klauen bitte so lange, bis Orlando Richter ist, dann kommst du mit einer Bewährungsstrafe davon.«

Orlando wurde philosophisch. »Manchmal denke ich, dass jedes Leben eine Bewährungsstrafe Gottes ist.«

»Das klingt ganz nach dem Samsara«, erklärte Silvio, der in der Schule gerade den Hinduismus durchgenommen hatte, »dem Kreislauf des Leidens und der Wiedergeburten. Da muss die Erleuchtung her, *bodhi* genannt.«

»Diese Erleuchtung erhofft sich dein Vater von der SPD«, spottete Orlando. »Aber wohl vergeblich, seit Willy Brandt weg ist.«

Mannhardt stand auf. »Ab zum Fußball, denn wie heißt es doch so schön: Die Wahrheit ist aufm Platz. Abgesehen davon war ›Die Wahrheit‹ die Zeitung der Sozialistischen Einheitspartei Westberlins (SEW), bei denen ohne Bindestrich geschrieben.«

Sie marschierten nun zu dritt zum Sportplatz an der Hatzfeldtallee. Das waren gerade einmal anderthalb Kilometer, aber Silvio tat so, als wäre es ein Marathonlauf.

»Beschwere dich bei deiner Mutter«, riet ihm Mannhardt. »Die ist mit dem Auto mal eben weg.«

»Wie?«, staunte Orlando. »Kann man denn auch mit dem Auto nach Santiago de Compostela wandern?«

»Sie ist nur in Schiffmühle. Das gehört zu Bad Freienwalde, da soll sie etwas über das Fontanehaus machen«, klärte ihn sein Großvater auf. »Ob sie da auch Komposthaufen haben, weiß ich nicht.«

»Papa, peinlich!«, rief Silvio. »Du wirst nie ein Comedian.«

»O my God, das war mein Lebenstraum!«

Orlando hatte inzwischen den Übersetzer in seinem Smartphone bemüht. »Ihr werdet es nicht glauben, aber Kompost heißt auf Spanisch *compost*. Und der Komposthaufen *El compost heap*.«

»Ein schönes Beispiel für die europäische Wertegemeinschaft«, lästerte Silvio.

Sie kamen nun an die S-Bahn-Schranke an der Gorkistraße und mussten eine Weile warten.

»Hoffentlich nicht so lange, bis wir Herrn Gorki um ein Nachtasyl bitten müssen«, sagte Mannhardt.

Wieder seufzte sein Sohn. »Papa, du mit deinem Bildungsfimmel! Wer interessiert sich heute noch für Gorki?«

»Bestimmt nicht die Zuschauer von RTL«, stellte Orlando fest.

Der Zug nach Hennigsdorf ratterte vorüber, die Schranke hob sich, sie konnten ihren Weg fortsetzen.

»Jetzt musst du mir nur noch erklären, wer Hatzfeldt war«, reizte Silvio seinen Vater.

Der überlegte kurz. »Die Straße heißt so, weil das früher hier ein Jagdrevier des Großen Kurfürsten war, wo die Hatz stattfand, die Hetzjagd.«

»Haha!« Der Enkel hatte inzwischen mittels seines Smartphones bei Wikipedia nachgesehen. »Die ist benannt nach dem Grafen von Hatzfeldt, einem Diplomaten, der es bis zum kaiserlichen Botschafter in London gebracht hat.«

»Papa, setzen! Fünf!«, rief Silvio. »Heute muss man eigentlich nichts mehr wissen, wenn man Internetzugang hat.«

Damit erreichten sie den Sportplatz, und Silvio eilte in die Umkleidekabine, während sich sein Vater und Orlando auf die Tribüne setzten. Bald erschien der Trainer mit seiner Schar auf der Szene und scheuchte die Jungen über die Tartanbahn. Dann spielte man sieben gegen sieben und übte anschließend das Treten eines Eckballs auf den Kopf des Längsten im Verein.

»Der Trainer gebärdet sich wie ein kleiner Jürgen Klopp«, fand Mannhardt. »Dabei scheint er übersehen zu haben, dass Silvio Linksfüßer ist. Den lässt man doch nicht auf der rechten Seite spielen!«

»Wie heißt denn der Mann?«, wollte Orlando wissen.

»Michael Kuhnert.«

»Nie gehört …«

»Der war früher mal Spieler bei namhaften Vereinen und Rekordhalter, was das Sammeln von Roten Karten betrifft.« Mannhardt sah seinen Enkel an. »Gut, dass du nicht Innenverteidiger, sondern Strafverteidiger werden willst.«

FÜNF

Zeitungen konnte sich Carlo Kolbatzki nicht leisten, aber zum Glück funktionierte sein uraltes Radio immer noch. Was er da in den Lokalnachrichten hörte, ließ ihn aufschrecken.

»Die Kriminalpolizei tappt bei der Suche nach dem Täter, der vorgestern am späten Abend den Freien Universitäts-Professor Johann Sebastian Zabakuk neben seinem abgestellten Wagen in der Eppinger Straße in Dahlem erschossen hat, noch immer im Dunkeln.«

Zabakuk, den kannte er doch, bei dem hatte er studiert. Der BWL-Frosch war das, ein ganz gemütlicher Mann. Er hatte ihn immer gemocht. Welches Schwein konnte es auf den abgesehen haben? Ah ja, da sagten sie es ja, dass man den Täter in rechtsradikalen Kreisen vermuten würde. Hoffentlich kriegten sie den bald.

Kolbatzki setzte sich an den Frühstückstisch. Bei der Berliner Tafel hatte er Joghurt, Haferflocken und einiges an Obst bekommen, sodass er heute geradezu fürstlich speisen konnte. Nur am Kaffee fehlte es ihm, aber ein Glas Leitungseimer tat es auch. Nachdem er fertig war, legte er sich wieder aufs Bett. Er hatte Kopfschmerzen und wollte nur noch eins: schlafen, schlafen, schlafen, den ganzen Tag über. Bis in alle Ewigkeit. Eigentlich nie wieder aufstehen.

Als er erwachte, war es schon high noon. Er sah das

auf seinem alten Wecker. Das war einer, den man noch mit der Hand aufziehen musste. Das ersparte ihm das Klauen von Batterien. Ein Sonnenstrahl fiel auf seinen wackligen Tisch. Er schrie auf. Da lagen drei grüne und vier braune Scheine, insgesamt 500 Euro. Jetzt fiel es ihm wieder ein: Die hatte er Zabakuk, nachdem er ihn erschossen hatte, noch aus der Tasche gezogen.

Kolbatzki richtete sich auf und hatte sofort seine Abschussliste im Kopf. Wer war nach Zabakuk als Nächster abzuhaken?

Wäre er zu einem Psychiater gegangen, so hätte der bei ihm eine ausgeprägte dissoziative Identitätsstörung festgestellt. Denken, Handeln, Erinnerung und Identität zerfielen bei ihm, und es bildeten sich gleichsam mehrere Persönlichkeiten heraus, also Kolbatzki I und Kolbatzki II, die nichts voneinander wussten. Die integrative Funktion des Bewusstseins war bei ihm außer Kraft gesetzt, womöglich durch die Auswirkungen seines Tumors.

Jetzt hatte Kolbatzki II die Oberhand, und damit bestimmte der Rachedurst sein Handeln. Er sah sich seine Abschussliste noch einmal ganz genau an. Sieben Namen standen da noch: Sören Möller, Sandra Schwarz, Michael Kuhnert, Marcel Rackow, Hansjürgen Mannhardt, Bernhard Sandberg und Christian Schloch. Mit wem sollte er anfangen? Wer hatte bei seiner gesellschaftlichen Hinrichtung die größte Schuld auf sich geladen? Er war sich da nicht ganz schlüssig und hätte am liebsten gewürfelt. Doch einen Würfel mit sieben Seiten gab es nicht. Also losen. Aber das war ihm zu umständlich, also beschloss er, der Reihe nach vorzugehen, also Sören Möller, Sandra Schwarz und Michael Kuhnert als Nächste ins Jenseits zu befördern. Aber wo fand er die? Berlin war nicht Mexiko-Stadt, Tokio, New York, Peking oder São Paulo, aber groß genug, um zu verzweifeln. Drei Nadeln in einem Heuhaufen von der Größe eine Turnhalle zu finden, war eigentlich unmöglich. Zumal wenn man nur wenig Zeit hatte, da der Tod auf einen wartete. Was bei Zabakuk so einfach gewesen war, zeigte sich jetzt als schier unlösbares Problem.

Bald wurde ihm klar, dass er da anzusetzen hatte, wo die drei verortet gewesen waren, als sie sein Schicksal so negativ beeinflusst hatten, dass es einem Mord gleichkam. Bei Sören Möller lag es nahe, dorthin zu fahren, wo sich das Geschäft von Möbel-Möller befand, und das war in der Turmstraße unweit der Stromstraße. Nachdem er bei Zabakuk gescheitert war, hatte er dort gearbeitet. Damals war er mit der U-Bahn zur Arbeit gefahren. Das war auch heute die beste Möglichkeit. Zum Glück hatte er sich vor einem Monat ein Sozialticket besorgt und konnte so die öffentlichen Verkehrsmittel benutzen, ohne Angst zu haben, als Schwarzfahrer geschnappt zu werden. So lief er denn zum Heidelberger Platz, um von dort mit der U3 zum Zoo und von da mit der U9 zur Turmstraße zu fahren. Obwohl er seinen besten Anzug anhatte und nicht im Geringsten auffiel, hatte er das Gefühl, im Zug ein Fremdkörper zu sein. Alle mussten ihm doch den Penner ansehen, zumal wenn er den Mund aufmachte und sein mehr als lückenhaftes Gebiss sichtbar wurde. Einmal Penner, immer Penner. Aber nicht nur das war er, sondern ein Mörder. Einer, der auf dem besten Weg war, ein Serientäter zu werden. Verse aus den »Kranichen des Ibykus« fielen ihm wieder ein. *Doch wehe, wehe, wer verstohlen/ Des Mordes schwere Tat vollbracht!/Wir heften uns an seine Sohlen ...* Er hatte es einmal gelernt, als er auf der Bühne gestanden hatte, um es in sächsischer Mundart vorzutragen und die Leute zum Lachen zu bringen. *Wir heften uns an seine Sohlen ...* Das tat die Kripo inzwischen mit Gewissheit, aber seine Tat in der Eppinger Straße kam nahe an den perfekten Mord heran. Und es schreckte ihn wenig, verhaftet zu werden. Ging es in den letzten Wochen seines Lebens wenigstens spannend zu. Er reimte sogar: Ein Todgeweihter wird endlich heiter. Seit er dabei war, seine Abschussliste abzuarbeiten, kam er wenigstens wieder unter Leute und hockte nicht den ganzen Tag in seinem stinkenden Bau. Seit Ewigkeiten war er nicht mehr U-Bahn gefahren, bekam die Stationen zwischen Zoo und Turmstraße nicht mehr zusammen und war überrascht, als er beim Halt die Stationsschilder lesen konnte. Hansaplatz. Ah ja. Und dann kam auch schon Turmstraße. Er konnte sich wieder erinnern, welchen Ausgang er zu nehmen hatte, um auf dem schnellsten Wege vor den Schaufenstern von Möbel-Möller zu stehen.

Als er die Treppen genommen hatte und wieder ans Tageslicht kam, schrie er unwillkürlich auf. Es war wie in einem Horrorfilm. Das Haus, in dem sich das Möbelgeschäft befunden hatte, wurde gerade abgerissen. Abrissbirnen und Bagger wüteten da, wo er einstmals gearbeitet hatte. Wie gelähmt stand er an der Ecke Turm- und Stromstraße und sah den Bauarbeitern zu. Die zu fragen, wo Möbel-Möller abgeblieben war, erschien ihm sinnlos, und unter den Trümmerhaufen lag Sören Möller nun sicher nicht. Wo war sein früherer Chef abgeblieben? Wahrscheinlich hatte er woanders ein Geschäft aufgemacht. Jemand mit Internetzugang hätte das schnell herausgefunden, aber wie sollte Kolbatzki das schaffen. Nicht einmal ein Handy hatte er. Und Leute nach Sören Möller zu fragen, wäre ja idiotisch gewesen, das wäre ja ein gefundenes Fressen für die Mordkommission gewesen. Früher wäre er in eine Telefonzelle gegangen und hätte im Telefonbuch nachgesehen, aber so etwas gab es ja heute nicht mehr. Ratlos lief er zum Kleinen Tiergarten hinüber und setzte sich auf eine Bank, um in Ruhe nachzudenken. Gegenüber auf dem Gelände des ehemaligen Krankenhauses Moabit befand sich das Lageso, und es wimmelte da von Flüchtlingen und Asylsuchenden. Einerseits hatte er Mitleid mit den armen Teufeln, andererseits auch nicht, denn eigentlich ging es ihm auch nicht besser als ihnen.

Wo steckte Sören Möller? Das war die große Frage, die ihm durch den Kopf ging. Vielleicht hatte er gar keine eigene Firma mehr, weil die kleinen Händler gegen die großen Möbelhäuser keine Chance hatten, sondern arbeitete bei einem von ihnen als Fachverkäufer. Ja, das war am wahrscheinlichsten. Er überlegte, was es da alles gab. Möbel-Hübner kannte er noch von früher, als es die Werbung an den Doppeldeckerbussen gegeben hatte. *Ich soll Sie schön grüßen von Möbel-Hübner*. In der Genthiner Straße waren die ansässig. Sein Vater hatte immer gereimt: »Möbel Kunst, der wohnt, das weiß ich, Blücherstraße 32 – zwischen Südstern und Halleschem Tor.« Möbel-Krieger fiel ihm auch noch ein, aber da wusste er nicht, wo der saß. Die derzeit größten Möbelhäuser, das hatte er sogar in seiner Laube mitbekommen, waren Möbel-Kraft und Ikea, und die, so erinnerte er sich, waren in der Gegend Sachsendamm/Südkreuz zu finden. Wie kam er von der Turmstraße aus dorthin? Mit der U-Bahn nicht, nur mit der S-Bahn. Aber wo war hier die nächste S-Bahn-Station? Er war seit Ewigkeiten nicht mehr in dieser Gegend gewesen, vermutete aber, dass bis zu den Bahnhöfen Bellevue und Hauptbahnhof kilometerweit zu laufen war. Also stieg er wieder in die U-Bahn hinunter und studierte dort die Netzspinne. Dabei fand er schnell heraus, wie er am besten zu fahren hatte: mit der U9 bis Bundesplatz und von da weiter mit der Ringbahn bis Südkreuz. Wunderbar. Nach 20 Minuten war er am Ziel.

Südkreuz, Kreuz des Südens … Es musste im März 2001 gewesen sein, da war er mit Sandra nach Lanzarote geflogen, hatte nachts mit ihr am Papageienstrand gelegen und am Himmel das Kreuz des Südens gesucht. Vorbei …

Auf dem Bahnhof Südkreuz war der Weg zu Ikea ausgeschildert. Beim Laufen dachte er über die optimale Vorgehensweise nach. Um keine Spuren zu hinterlassen, konnte er niemanden nach Sören Möller fragen. Die Kripo durfte ihn auf keinen Fall erwischen, bevor er am Ende seiner Abschussliste angekommen war. Nur wenn man alle acht Kandidaten vor ihm begraben hatte, war sein Rachedurst gestillt. Außerdem hatte er die Chance, mit acht Morden als Serientäter unsterblich zu werden. Er dachte es mit einem Buchtitel: Carlo Kolbatzki, *Meine posthume Karriere*.

Er betrat das Möbelkaufhaus, ohne irgendwie aufzufallen. Wie denn auch? Sein Plan war klar: Sören Möller entdecken, vor dem Personaleingang bis zum Schichtende auf ihn warten, ihm unauffällig folgen, herausbekommen, wo er wohnte, und dann auf eine günstige Gelegenheit warten, bis er ihn dahin schicken konnte, wohin er gehörte: in die Hölle. Vielleicht gab es aber auch die Chance, Sören Möller zu erschießen, wenn er allein in einer Vorführküche stand und auf Kunden wartete. Mithilfe des Schalldämpfers war sein Schuss nicht lauter als der Knall eines umgefallenen Stuhls.

Über eine Stunde streifte er durch Ikea, ohne Sören Möller zu entdecken. Er fluchte leise vor sich hin. Um etwas zu kaufen, fehlte ihm das Geld. Hoffentlich fiel er nicht auf, wenn er mit leerer Hand dem Ausgang zustrebte. Nur keine Spuren hinterlassen! Möglicherweise gab es Videokameras an den Decken. Scheiße! Da fiel ihm ein, dass er ja 100 Euro bei sich hatte, Zabakuks Geld. Also griff er sich einen Karton mit Gläsern.

Trotz der Gefahr, irgendwo abgespeichert zu werden, machte er auch noch, da das so schön nahe war, einen Rundgang durch Möbel-Kraft. Aber auch hier war Sören Möller nicht zu entdecken.

Heute weiter nach ihm zu suchen, fehlte ihm die Kraft. Er kehrte also heim in seine vergammelte und nach Schwarzschimmel riechende Laube. Sie war wie sein Sarg. Er warf sich auf seine Bettstelle und überlegte, ob es nicht einfacher war, alle die, die noch auf seiner Abschussliste standen, unter einem Vorwand hierher einzuladen und dann alle in die Luft zu jagen. So nach Art der Selbstmordattentäter des IS. Sören Möller, Michael Kuhnert, Sandra Schwarz, Marcel Rackow, Hansjürgen Mannhardt, Bernhard Sandberg und Christian Schloch. Sie hielten gerade alle ihr Glas Sekt in der Hand, da zündete er seinen Sprengstoffgürtel. Eine schöne Vorstellung, nur gab es dabei viele Aber. Er hatte kein Geld, sich Sprengstoff zu kaufen oder selbst welchen zu mixen. Er wusste nicht, wo seine Todeskandidaten wohnten. Und warum sollten sie zu ihm in die Laube kommen? Sie lachten doch nur, wenn er schrieb, er habe eine Million im Lotto gewonnen und wollte vor seinem Umzug in eine Villa am Schlachtensee den Abschied von seiner Lauben-Existenz feiern, indem er alle einlud, die ihm im Leben etwas bedeutet hatten. Nein, das war eine reine Schnapsidee! Er konnte sein Werk nur vollenden, wenn er vorging wie bei Professor Zabakuk.

Also fuhr er am nächsten Vormittag in die Genthiner Straße, wo sowohl Möbel-Krieger als auch Möbel-Hübner angesiedelt waren. Das Ergebnis seiner Bemühungen: kein Sören Möller weit und breit. Abermals fluchte er leise vor sich hin. Früher wäre alles ganz einfach gewesen, da wäre er in ein Postamt gegangen und hätte im Telefonbuch nachgesehen, wo Sören Möller wohnte. Heute war man ohne Internetzugang nur noch eins: völlig hilflos. Und so stand er auch auf dem Hochbahnhof Nollendorfplatz und überlegte, ob es für ihn nicht das Beste war, sich vor den nächsten Zug zu werfen. In ein paar Sekunden wäre er dann erlöst von allem …

*

Sören Möller war nach einem Vorhofflimmern ins Salernitana-Krankenhaus eingeliefert worden, und man hatte ihm inzwischen zwei Stents eingesetzt. Damit konnte er hundert werden. Morgen sollte er wieder entlassen werden. Seine Freude darüber hielt sich in Grenzen, denn seit seiner Scheidung lebte er allein in einer Eineinhalb-Zimmer-Wohnung in der Nähe des U-Bahnhofs Paracelsusbad. Feudal sah anders aus. Und das dauernde Alleinsein. Richtige Freunde hatte er keine mehr, von Freundinnen ganz zu schweigen. Seine Ex hatte ihm vorgeworfen, unter einer Verbitterungsstörung zu leiden. Quatsch! Es ging aufwärts mit ihm. Jetzt war er trocken und hatte Arbeit in einer Tischlerei in Hermsdorf gefunden. Nun dieses blöde Vorhofflimmern.

Den alten Herrn im Nachbarbett hatte es schlimmer getroffen, dem hatten sie einen Herzschrittmacher eingesetzt. Jetzt schlief er und gab nur ab und an Schnarchtöne von sich, die sich anhörten, als kämen sie von einer alten Dampflokomotive. Kein Wunder, der Mann war Modellbahner und Eisenbahnromantiker. Gern hätte Sören Möller mit ihm geplaudert, aber nun hieß es warten, bis sein Zimmergenosse wieder zu sich kam.

So hatte er Zeit genug, an die Decke zu starren und darüber nachzudenken, warum in seinem Leben alles schiefgelaufen war. Seine Ehe war ebenso gescheitert wie sein Studium an der UdK Berlin, Produkt- und Modedesign. Dann hatte er von seinem Vater ein florierendes Möbelgeschäft übernommen – und es unaufhaltsam in die Pleite getrieben. Freunde wollten ihn damit trösten, dass das nicht seine Schuld gewesen sei, denn gegen die großen Möbelhäuser hätte auch ein kommerzielles Genie keine Chance gehabt. »Zu klein, die falsche Lage. Kein Türke hat bei dir was kaufen wollen.« Er fluchte leise vor sich hin und trat, um sich irgendwie Luft zu verschaffen, mit dem rechten Bein gegen das Fußende seines Bettes. Das hatte zur Folge, dass der alte Herr im Nachbarbett hochschnellte.

»Hat hier jemand geschossen?«

Sören Möller lachte. »Ja, Sie, auf den Mann, der Ihnen Ihre schönen Biopflaumen vom Baum pflücken wollte. Von dem reden Sie doch immer.«

»Damit spaßt man nicht.« Herr Plagefenn war pensionierter Grundschullehrer und besaß ein Grundstück in Rudow. »Im Kopf geht's los, sagt meine Frau immer, und mein Sohn ist Neurologe, was der erst erzählt. Fehlschaltungen im Gehirn. Und die Psychiater erst, ein bisschen habe ich mich da eingelesen: paranoide Persönlichkeitsstörungen. Der Mann, der vor Ihnen in Ihrem Bett gelegen hat, muss darunter gelitten haben: Dauernd hat er sich auf den Schlips getreten gefühlt, wollte immer recht haben und war richtig streitsüchtig. Kolbatzki hieß er, Carlo, das werde ich nicht vergessen, und einmal hat er mich sogar mit einem Messer attackiert. Zum Glück kam gerade ein Pfleger ins Zimmer.«

Sören Möller hatte aufgehorcht. »Carlo Kolbatzki Den kenne ich, den habe ich mal bei mir im Möbelgeschäft eingestellt, weil er ein paar Worte Türkisch gesprochen hat. Doch das hatte keinen Cent mehr in die Kasse gebracht. Kurz vor Weihnachten 2006 hat er mir dann mein Lager abgefackelt. Mit einem trocknen Adventskranz, wo er er die Kerzen nicht richtig befestigt hat. Das war dann für mich der Anfang vom Ende.«

Er hielt inne, um zu fragen, was denn Carlo Kolbatzki jetzt machen würde.

»Der wohnt hier ganz in der Nähe an der Forckenbeckstraße in einer Laube.«

Hier brach Plagefenn ab, denn der Oberarzt rückte an, im Schlepp ein halbes Dutzend Unterärzte und Studierende. Zuerst wandten sie sich dem alten Lehrer zu. Bevor Sören Möller an der Reihe war, malte er sich genüsslich aus, wie er Kolbatzkis Laube in Brand steckte. Wie du mir, so ich dir!

*

Carlo Kolbatzki hatte sich nicht vor den Zug geworfen. »Sogar dazu bist du nicht in der Lage, du elender Versager!« Nun, immerhin hatte er Professor Zabakuk ins Jenseits befördert, und das war ein perfekter Mord gewesen. Und wenn nicht Sören Möller als Nächster, dann eben Sandra Schwarz. Bei der Suche nach ihr hörte Carlo Kolbatzki auf einmal eine Stimme, die Heinrich Heines Gedicht *K.-Jammer* vortrug: *Diese graue Wolkenschar/ Stieg aus einem Meer von Freuden;/Heute muss ich dafür leiden,/dass ich gestern glücklich war.* Das brachte sein Schicksal auf den Punkt, aber bald würde über ihn bei Wikipedia stehen: *Carlo Kolbatzki (* 22. Januar 1976 in Berlin; † 14. Juli 1916 in Berlin) war ein deutscher Serienmörder.* Damit hätte er ein großes Ziel seines Lebens doch noch erreicht. Große Serienmörder erlangten so viel an Ruhm und Unsterblichkeit wie sonst nur große Staatsmänner, Literaten und Künstler. »Carlo Kolbatzki, das war doch der mit der Abschussliste.«

Für Sören Möller galt: Aufgeschoben ist nicht aufgehoben, jetzt war angesagt, Sandra Schwarz aufzustöbern. Er konnte sich noch gut daran erinnern, dass sie in den Neuköllner »Gropius Passagen« gearbeitet hatte, in einem Shop für Fanartikel, Fußball. Von Bayern München bis Hertha BSC hatten da Trikots und Schals gehangen, und es hatte Biergläser, Kaffeetassen und Sitzkissen mit den Emblemen aller Bundesligavereine gegeben. Er lief also zum S-Bahnhof Heidelberger Platz, fuhr mit der S42 bis Neukölln und stieg dort in die U7 Richtung Rudow. Auszusteigen war Johannisthaler Chaussee. Nach einiger Zeit fand er den Laden, in dem Sandra Schwarz jahrelang gestanden hatte. Aber keine Spur von ihr. Scheiße! Wie einfach wäre es gewesen, ihr von hier in die Tiefgarage zu folgen, und dann … Er wagte es nicht, die Verkäuferin im Shop nach Sandra Schwarz zu fragen. Nur keine Spuren hinterlassen! Was blieb ihm übrig als frustriert abzuziehen und zu hoffen, dass sie immer noch da wohnte, wo er sie unzählige Male besucht und geliebt hatte: Moabit, Pritzwalker Straße.

Als geborener Berliner brauchte er nicht einmal auf die Netzspinne von U- und S-Bahn zu blicken, um den optimalen Weg dorthin zu finden: mit der U7 bis Berliner Straße, dann umsteigen in die U9. Sein Zug fuhr ein, und er bekam sogar noch einen Sitzplatz. Neben ihm lag eine ausgelesene Sportzeitung. Er jubelte innerlich. Für ihn war das ein Fund wie für einen Alki eine noch volle kleine Wodkaflasche. Natürlich suchte er zuerst nach den Neuigkeiten aus dem Bereich des Fußballs. Das war eine Sucht, die irgendwie geblieben war. Beim Blättern stieß er auf die Überschrift: *Berlin Real will in diesem Jahr unbedingt aufsteigen.* Das interessierte ihn wenig, die Unterzeile aber ließ ihn auffahren: *Mit Michael Kuhnert hat man einen neuen Trainer gefunden.* Im Artikel selbst war dann zu lesen, dass Kuhnert Sportlehrer an der Johann-Nepomuk-Vogl-Schule in Friedenau war, Homburger Straße. Hurra! Wenn das kein Wink des Schicksals war. Er musste sich immer wieder selbst ermahnen: erst Sandra, dann Michael Kuhnert!

Die Pistole mit dem Schalldämpfer steckte in seinem Rucksack. Traf er Sandra in der Pritzwalker Straße an, dann konnte er vielleicht schon heute Abend ein Häkchen hinter ihrem Namen machen. Er stellte sich das Abhaken richtig bildlich vor: Sandra Schwarz √

*

Gunnar Schneeganß und Jessica Schamp hatten auch im Fall Zabakuk nicht damit gerechnet, dass ihnen der Täter auf einem silbernen Tablett serviert wurde und sie schon am Tage nach der Tat auf einer Pressekonferenz glänzen konnten, dass sie aber derart langsam vorankamen und den Polizeireportern ständig nur mit der Floskel »leider noch immer keine heiße Spur« kommen konnten, sorgte bei ihnen für ziemlichen Frust.

»Es hat sowieso alles keinen Zweck«, stellte Jessica Schamp fest. »Wir werden den Täter nie finden, denn es war ein Alien – und der ist schon längst wieder auf dem Weg zu seinem Heimatplaneten.«

Schneeganß nickte. »Klar, der Zabakuk ist vom Planeten Melmac auf die Erde gekommen so wie damals der Alf in dieser amerikanischen Serie. Allerdings hat

Alf immer darüber geklagt, dass Melmac zerstört worden ist. Wie soll der Mörder dann von diesem Planeten gekommen sein?«

»Dann ist er von Kepler-452b gekommen. Den haben sie gerade entdeckt, und der soll sehr erdähnlich sein, sozusagen der ›ältere Cousin‹ der Erde. Und da haben sie wahrscheinlich Angst gehabt, dass Zabakuk nach seiner Mission auf der Erde zurückkommt und ihnen auch solche idiotischen Kaputtsparprogramme beschert, wie sie die Betriebswirte bei uns durchgesetzt haben. Darum der Mord in der Eppinger Straße.«

»Klingt logisch.«

Sie ließen also alles so lange weiterschleifen, bis ihr Vorgesetzter im Zimmer stand und sie fragte, ob sie inzwischen Kontakt mit Uta Zabakuk aufgenommen hätten.

»Ja, da haben wir alles versucht, aber Zabakuks Frau ist nach der Nachricht vom Tod ihres Mannes zusammengebrochen und ins Salernitana-Krankenhaus eingeliefert worden, wo sich die Ärzte aber weigern, außer ihrem Sohn jemanden zu ihr vorzulassen. Und Bernhard Zabakuk musste erst aus Bremen anreisen, wo er arbeitet.«

Alles zog sich hin, auch der Termin mit Zabakuks Freund und Kollegen, dem Honorarprofessor Doktor Peter Thießen, musste einige Male verschoben werden. Endlich geruhte der Herr, sich bei ihnen in der Keithstraße einzufinden.

»Tut mir leid«, beteuerte Thießen, nachdem er sich vorgestellt und Platz genommen hatte. Dann tönte er: »Aber Termine über Termine, der Vorstand, der Aufsichtsrat, der Wirtschaftsminister, dann meine Lehrveranstaltungen – und, und, und. Wer ganz weit oben ist, der … Aber das werden Sie nicht verstehen. Das alles, obwohl auch mich der Tod von JoSe, Johann Sebastian, ganz schön mitgenommen hat. Wir haben uns schon seit Ewigkeiten gekannt. Er war immer darauf aus, mit der Prominenz zusammen gesehen zu werden.«

Schneeganß war schon dabei, ein »innerliches Protokoll« anzufertigen, wie er das nannte, denn aufschreiben, was er über Thießen dachte, konnte er in dessen Gegenwart ja schwerlich: Kein Intellektueller, sondern ein Manager, der auch gern einmal in einem Hörsaal auftrat. Riesige schwarze Brille. Höchst unsympathisch und schon ein wenig dämonisch. Einer, der mit Lust unliebsame Mitarbeiter feuerte und über Leichen ging, wenn es sein musste.

»Nun, Herr Professor Thießen«, begann Schneeganß ihr Gespräch, »wenn Sie Zabakuk so gut gekannt haben: Ist Ihnen da jemand aufgefallen, der ein großes Interesse daran gehabt haben könnte, dass er nicht mehr zu den Lebenden gehört? Hat er irgendwo an einer attraktiven Uni auf einer Dreierliste auf Platz eins gestanden, und der Konkurrent auf Platz zwei könnte …«

Thießen schüttelte den Kopf. »Nicht dass ich wüsste …«

»Und hier an der Freien Universität? Könnten da welche auf seine Nachfolge spekuliert haben, auf seinen Lehrstuhl?« Er hielt es für nützlich, Thießen provozierend anzublicken.

Der fuhr auch prompt auf. »Wenn Sie mich damit meinen, dann hätte ich nicht übel Lust, Sie wegen übler Nachrede anzuzeigen!«

Jessica Schamp hob besänftigend die Hände. »Nein, nein, so hat mein Kollege das nicht gemeint. Wir sind aber von unserem Amt her verpflichtet, Sie nach Ihrem Alibi zu fragen.« Sie nannte ihm Tag und Stunde.

Da wurde Doktor Thießen um einiges ruhiger. »Moment bitte ...« Er zog sein Smartphone heraus, um nachzusehen. »Da steht leider nichts«, kam es geradezu kleinlaut. Sekunden später aber war er schon wieder ganz obenauf und schrie geradezu: »Wenn Sie nun meinen, ich hätte JoSe umgebracht, dann kann ich Sie nur warnen!«

Schneeganß kannte die verfilzte Welt zu gut, um nicht zu wissen, dass das keine leere Drohung war. In den Netzwerken, in denen Thießen angesiedelt war, gab es bestimmt auch Leute, die seine Oberen gut kannten. So blickte er hilfesuchend zu Jessica Schamp hinüber, die wesentlich weniger zu verlieren hatte als er.

»Ja, Herr Doktor Thießen. Das ›Professor‹ lasse ich lieber weg, damit Sie das nicht gegen uns auslegen. Ich muss Ihnen aber leider sagen, dass Sie so lange zu unseren Tatverdächtigen gehören, bis wir ganz sicher sein können, dass Sie keine Chance haben, Nachfolger auf dem Lehrstuhl von Professor Zabakuk zu werden.« Damit stand sie auf und ging zur Tür.

Thießen schien begriffen zu haben, dass es das Beste für ihn war, wenn er jetzt ganz ruhig und mit den üblichen Höflichkeitsfloskeln den Raum verließ.

Als er gegangen war, telefonierten Schneeganß und Jessica Schamp sofort mit allen möglichen Gremien und etlichen Professoren an der Freien Universität, um herauszubekommen, ob Thießen als Nachfolger von Zabakuk infrage kam. Das Ergebnis war eindeutig: Alle hatten ihn als die Nummer eins auf dem Schirm.

»Der Außerirdische heißt also Thießen«, stellte Schneeganß fest. »Und damit …« Weiter kam er nicht, weil das Telefon klingelte.

»Das wird er sein«, vermutete Jessica Schamp. »Er wird schon wieder auf Kepler-452b angekommen sein. Mit dem Beamen geht das blitzschnell.«

Am Apparat war aber nicht Thießen, sondern Doktor Bernhard Zabakuk. Nach einleitenden Worten und Floskeln kam er schnell zur Sache.

»Ich bin jetzt bei uns zu Hause in der Schwalbacher Straße, und meine Mutter ist zurück aus dem Krankenhaus. Aber sie fühlt sich noch immer so schwach, dass sie Sie bittet, doch zu uns nach Friedenau zu kommen.«

»Aber selbstverständlich.«

So setzten sich Schneeganß und Jessica Schamp in ihren Dienstwagen und fuhren gen Süden. Die Keith- und die Schwalbacher Straße lagen zwar nicht im selben Berliner Bezirk, waren aber nur 5,2 Kilometer voneinander entfernt, sodass sie schon nach kaum mehr als einer halben Stunde ihr Ziel erreichen würden.

»Warst du schon einmal in Schwalbach?«, fragte Jessica Schamp.

»Nein. Und bis eben wusste ich auch gar nicht, dass es ein Schwalbach gibt. Die haben auch keinen Verein in einer der oberen Ligen im Fuß-, Hand-, Volley- und Basketball oder Eishockey, sind also für mich gar nicht existent«, höhnte Schneeganß.

Jessica Schamp fummelte inzwischen an ihrem Smartphone herum. »Insgesamt gibt es vier Orte mit Namen

Schwalbach, einmal ist sogar ein ›Bad‹ davor. Und nach dem ist die Straße benannt, die wir gerade ansteuern: Bad Schwalbach, Kreisstadt des Rheingau-Taunus-Kreises im Bundesland Hessen.«

»Da wäre ich jetzt lieber als hier«, erklärte ihr Schneeganß. »Und zwar zur Kur und als Kurschatten.«

»Männerfantasien!«, rief Jessica Schamp.

Schneeganß lachte. »Mit dir würde ich nie zusammen eine Kur beantragen. Da lieben wir dann dieselbe Frau und müssen die Sache im Duell entscheiden.«

Sie kamen die Laubacher Straße herunter und entdeckten die Schwalbacher Straße links von der gewaltig aufragenden katholischen Pfarrkirche St. Marien. Natürlich war kein Parkplatz zu finden, aber wofür gab es hier genügend breite Bürgersteige. Sie stiegen aus und standen Minuten später an der Wohnungstür von Professor Zabakuk. Auf ihr Klingeln hin erschien ein Mann von knapp 40 Jahren in der Tür, der ein solches Ebenbild seines Vaters war, dass man nicht extra fragen musste. An Jessica Schamp war es, noch einmal ihrer beider Beileid auszusprechen, Schneeganß übernahm dann das Amtliche.

»Wir sind hier, um etwas mehr über das Umfeld Ihres Vaters zu erfahren. Sie sind Arzt, Herr Doktor Zabakuk?«

»Nein, leider nicht, nur Lehrer, Deutsch und Geschichte, und das auch noch in Bremen. Aber meine Frau kommt von dort.«

Schneeganß lachte. »Na, solange Werder nicht aus der Bundesliga absteigt, kann man ja in Bremen durchaus leben. Aber reden wir nicht vom Fußball, so schön das ist, weil man da immer den Täter, äh: den Meister kennt, sondern über Ihren Vater. Gab es da unter seinen Kollegen und Freunden jemanden, dem man zutrauen kann, notfalls über Leichen zu gehen?«

Bernhard Zabakuk antwortete mit vier Zeilen aus Schillers »Die Kraniche des Ibykus«: »*Sind's Räuber, die ihn feig erschlagen?/Tat's neidisch ein verborgner Feind?/Nur Helios vermag's zu sagen,/Der alles Irdische bescheint.*«

»Nicht mal der kann uns in diesem Fall helfen«, wandte Schneeganß ein. »Denn es war ja schon dunkel, als …«

»Räuber können wir nicht ganz ausschließen«, übernahm Jessica Schamp nun die Gesprächsführung, »denn aus der Brieftasche Ihres Vaters haben an die 500 Euro gefehlt, das wissen wir, weil er am Nachmittag am Geldautomaten gewesen ist, aber … Wie sieht es mit Freunden und Kollegen aus?«

Bernhard Zabakuk überlegte eine Weile. »Tja, Sie denken da an eine Beziehungstat, daran, dass er mit der Frau eines anderen etwas gehabt hat?«

Schneeganß verneinte das. »Aber der Spur wäre auch noch nachzugehen. War denn da was?«

»Meines Wissens nicht, aber …«

»Und wie sieht es mit dem Neid aus? Könnte da ein Freund und/oder Kollege darauf spekuliert haben, dass er den schönen Lehrstuhl an der Freien Universität bekommt, wenn Ihr Vater nicht mehr da ist?«

»Sie verlangen da etwas von mir, was etwas unmoralisch ist …« Bernhard Zabakuk suchte, Zeit zu gewinnen, und entschied sich dann zu schweigen. »Von mir werden Sie keinen Namen hören.«

Jessica Schamp lächelte. »Die müssen Sie uns auch gar nicht nennen, Sie müssen nur – rein zufällig – das Zimmer verlassen, um Ihre Mutter zu holen, wenn ich Ihnen jetzt einen Namen nenne. Etwa: Peter Thießen …«

Bernhard Zabakuk verschwand aus dem Zimmer und kam mit seiner Mutter zurück. Es dauerte eine Weile, bis sie die Rituale der Begrüßung, des Sich-gegenseitig-Vorstellens und der Beileidsbekundung hinter sich gebracht hatten und zum Eigentlichen kommen konnten. Damit begann dann Uta Zabakuk.

»Ich weiß: Der Lauscher an der Wand hört seine eig'ne Schand. Ich hab's trotzdem getan, weil ich befürchtet habe, die Dame und der Herr von der Kripo kommen auf die Idee, mich als Täterin zu sehen, habe ich doch ein einleuchtendes Motiv: Mein Mann hat mich betrogen, und zwar mit einer Frau aus – Sie werden es nicht glauben! – der Eppinger Straße.«

Es schwiegen erst einmal alle, weil das zu überraschend kam. Schneeganß fand als Erster seine Sprache wieder.

»Da wären zwei Fragen an Sie zu stellen, Frau Zabakuk: Erstens, wer ist diese Dame, und zweitens, wo waren Sie zur Tatzeit.«

»Die Dame heißt Susanne Sundermann und war Studentin bei ihm. Und mein Alibi: Fragen Sie die Leute von arte. Ich habe nämlich vor dem Fernseher gesessen. Das muss ich beruflich tun, denn ich bin Übersetzerin aus dem Französischen. *Parce que vous pouvez appeler divers éditeurs et d'obtenir des conseils.*«

»Danke, das glauben wir Ihnen gerne. Und ich erkläre Ihnen nun einmal auf Deutsch, was eine Beziehungstat ist: ein Gewaltakt innerhalb einer engen interpersonalen Beziehung. Zu denken ist dabei an Konflikte mit starker emotionaler Beteiligung aufseiten des Täters.«

»Dass Frauen mit Pistolen morden, ist doch aber nahezu auszuschließen«, suchte Bernard Zabakuk seiner Mutter beizuspringen. »Und wenn, dann hätte sie doch eher diese Susanne Sundermann töten müssen.«

Am besten beide beim Koitieren in deren Bett, dachte Jessica Schamp, hielt aber klugerweise den Mund und sah ihren Vorgesetzten an: Was nun?

Schneeganß freute sich, nun gleich drei Tatverdächtige zu haben: Peter Thießen, Uta Zabakuk und diese Susanne Sundermann, denn die konnte es ja auch gewesen sein, warum auch immer. Die Neurologen fanden garantiert bestimmte Fehlschaltungen im Gehirn. Er wollte sich schon von Mutter und Sohn verabschieden, da fiel Jessica Schamp noch etwas ein.

»Frau Zabakuk, eine Frage noch: Gibt es unter den Studenten Ihres Mannes jemanden, der ihn so gehasst hat, dass er …?«

»Er war streng, und da werden ihn nicht alle geliebt haben, aber dass einer Mordpläne gehegt hätte? Höchstens eine seiner studentischen Hilfskräfte. Warten Sie. Das war dieser Till Lachmund. Den hat mein Mann gefeuert, weil er geglaubt hat, Lachmund hätte Prüfungsarbeiten heimlich kopiert und an die verkauft, die Klausuren zu schreiben hatten. *Pour cinquante Euro un peu corrige la fortune.*«

Schneeganß und Jessica Schamp konnten sich nun mit dem Gefühl aus der Schwalbacher Straße verabschieden, reiche Beute gemacht zu haben.

»Gleich vier Tatverdächtige!«, jubelte Schneeganß und sah Jessica Schamp tadelnd an. »Von wegen, es kann nur ein Außerirdischer gewesen sein.«

»Gut, klappern wir also die nächsten beiden Erdlinge ab, die ein Motiv gehabt haben.« Sie blickte auf ihren Notizzettel. »Till Lachmund und Susanne Sundermann. Da beide ja im Bereich der Freien Universität zu finden sind, sparen wir uns das Hin- und Hergefahre.«

Sie machten sich auf zur Freien Universität und fragten in der Verwaltung, wo sie die studentische Hilfskraft von Professor Zabakuk finden könnten. Das sei kaum zu beantworten. Man könne nicht wissen, wo dieser Till Lachmund sich zurzeit aufhalte, schließlich statte man die Studierenden nicht mit elektronischen Fußfesseln aus.

»Was wäre das ein Segen für uns, wenn alle Menschen so etwas trügen«, sagte Schneeganß, und Jessica Schamp wunderte sich über diesen seinen sprachlichen Höhenflug.

»Klappern wir also alle Lehrveranstaltungen ab«, stöhnte sie. »Vielleicht haben wir Glück.«

Schneeganß winkte ab. »Gehen wir erst mal zum Büro von Zabakuk. Das wird ja noch nicht ausgeräumt sein, und da haben sie sicher seine Adresse oder seine Handynummer.«

Die hatte man in der Tat, und als Schneeganß sie wählte, hörte er Sekunden später Lachmunds Stimme. »Ja bitte, worum geht's?«

»Die Kriminalpolizei, Schneeganß. Wir möchten im Fall Professor Zabakuk gern mit Ihnen sprechen. Wo können wir Sie finden?«

»Ich stehe vor dem Hörsaal 101.«

Sie ließen sich von der Sekretärin beschreiben, wie denn Till Lachmund aussähe – bullig und ein bisschen wie ein Rocker –, und machten sich auf den Weg. Sie erkannten ihn schon von weitem. Er war ins Gespräch vertieft – mit Doktor Thießen. Der aber verschwand im Hörsaal, als sie sich näherten. Vielleicht wollte er ihnen nicht begegnen, vielleicht begann seine Vorlesung.

Sie steuerten auf den Studenten zu, der Till Lachmund sein musste. Und Schneeganß sprach ihn an. »Wir sind auf der Suche nach Todfeinden, die Professor Zabakuk gehabt haben könnte, auch unter den Studenten. Und er war ja sozusagen Ihr Chef …«

»Ja. Durch die Arbeit bei ihm habe ich mein Studium bezahlt, und bei ihm hätte ich für meine Bachelor-Arbeit eine Eins bekommen. Warum sollte ich ihn da umbringen? Das wäre reiner Selbstmord für mich gewesen.«

»Und warum haben Sie eben mit Doktor Thießen gesprochen?«, fragte Jessica Schamp.

Till Lachmund ließ keinen Zweifel daran erkennen, dass er das für eine selten dämliche Frage hielt. »Gott, warum wohl! Weil ich einen neuen Ansprechpartner für meine Arbeit brauche und weil ich ihn gefragt habe, ob sie in seiner Firma einen Job für mich haben.«

Schneeganß fixierte ihn. »Nicht, weil er Zabakuks Nachfolger werden könnte?«

Der Student lachte. »Ehe so eine Berufung durch ist, will ich schon längst mit dem Studium fertig sein.«

»Okay.« Schneeganß hakte ihn ab. »Aber gibt es unter Ihren Kommilitonen jemanden, der Zabakuk gehasst haben könnte?«

»Da wird es viele geben, denn er hat ganze Scharen von uns fürchterlich schlecht benotet oder durchfallen lassen. Diese Spur können Sie vergessen!«

Damit verabschiedete sich Till Lachmund von ihnen und schlüpfte in den Hörsaal 101, um Thießen zu lauschen.

Wenig euphorisiert traten sie auf die Garystraße hinaus. Über sie zog eine gewaltige schwärzliche Krähenschar hinweg.

»Mensch!«, rief Jessica Schamp. »Vielleicht ist das wie bei Schiller, nur dass es hier nicht die Kraniche sind, sondern die Krähen. Die waren dabei, als Zabakuk erschossen worden ist, und geben uns ein Zeichen.«

Schneeganß lachte. »Ja, und wir gehen in die Waldbühne. Neben uns sitzen ganz zufällig die beiden Mörder des Professors, und einer ruft: ›Sieh da, sieh da, mein kleiner Muck, die Krähenschar des Zabakuk!‹«

Jessica Schamp stieß einen Laut des Erstaunens aus. »Mensch, ich wusste gar nicht, dass in dir ein Dichter steckt.«

»Ich wollte schon als Kleinkind keine Windeln mehr haben, sondern dichter werden.«

Damit griff Schneeganß zu seinem Handy, um Susanne Sundermann anzurufen. Auf dem Amtsweg hatten sie erfahren, dass sie verheiratet war, und da wollten sie sie nicht in Gegenwart ihres Mannes befragen.

»Schneeganß, 12. Mordkommission. Frau Sundermann, wir möchten Sie gern im Mordfall Zabakuk sprechen. Geht das in etwa fünf Minuten, wir sind gerade hier auf dem Gelände der Freien Universität?«

»Ja, ich bin allein, mein Mann ist auf einer Geschäftsreise.«

Von der Gary- zur Eppingerstraße war es ein Katzensprung. Als Susanne Sundermann ihnen die Tür öffnete, waren sie mehr als erstaunt, denn sie war eine ungewöhnlich schöne Frau. Schneeganß konnte sich daran erinnern, dass es einmal eine deutsche Schönheitskönigin mit diesem Vornamen gegeben hatte: Susanne Erichsen. Und eine solche Frau sollte ein Verhältnis mit diesem Frosch namens Zabakuk gehabt haben? Na schön, Sophia Loren war ja auch auf Carlo Ponti abgefahren …

Sie legitimierten sich und wurden hereingebeten. Man war filmreif eingerichtet, also mehr als teuer.

Susanne Sundermann sah die ungläubigen Blicke ihrer Besucher. »Martin, mein Mann, ist Reiseverkehrskaufmann, Thailand, China und Indien, und hat ein eigenes Reisebüro. Im Augenblick ist er allerdings nur in Hamburg.«

»Auf alle Fälle ist er viel unterwegs«, nahm Jessica Schamp den Faden auf. »Da sitzen Sie dann viele lange Abende in Ihrem Schloss und sehnen sich nach menschlicher Wärme …«

»… und intellektuell etwas höherwertigen Gesprächen«, vollendete Susanne Sundermann den Satz. »Ich bin nämlich von Haus aus nicht Hausfrau, sondern betreibe ein Café in Zehlendorf mit angeschlossener Nugat-Manufaktur.«

»Wie süß!«, entfuhr es Schneeganß. »Süß wie die Liebe. Und da war Professor Zabakuk bei Ihnen zu Gast …«

»Nein, ich bei ihm. Bei einem Workshop für Start-up-Unternehmen. Daran habe ich teilgenommen, weil ich mein Café aufmachen wollte. Vorher war ich ja Stewardess.«

Jessica Schamp ließ sich von der Ironie ihres Vorgesetzten anstecken. »Ah, und da ist Zabakuk gleich auf Sie geflogen?«

Susanne Sundermann grinste. »Ja, er bei diesem Workshop auf der Erde, mein Ehegatte im Airbus 321 mitten in der Luft. Wenn es Vielweiberei gibt, warum nicht auch Vielmännerei.«

Schneeganß sah Jessica Schamp vorwurfsvoll an. »Schade, dass nicht alle Frauen so denken wie Sie. Aber um wieder ernst zu werden: Sie waren nicht bei sich hier im Haus, als Zabakuk vor Ihrer Haustür erschossen worden ist?«

»Nein, ich war noch im Café, hatte aber schon geschlossen. Aber Ihr Verdacht erscheint mir absurd.«

Jessica Schamp hakte nach. »Ja, wollte denn Zabakuk noch zu Ihnen oder nicht? Hat er lediglich bei Ihnen geparkt und wollte, nachdem er an der Freien Universität alles erledigt hatte, gleich nach Hause in die Schwalbacher Straße?«

Susanne Sundermann zögerte mit einer Antwort, denn sie schien in dieser Frage eine Falle zu wittern. »Ja, ich weiß es nicht so genau. Wir waren zwar verabredet, aber er hätte doch wissen müssen, dass ich vor 20 Uhr nicht zu Hause bin. Vielleicht hat er da was durcheinandergebracht …«

Schneeganß lächelte. »Jaja, die zerstreuten Herren Professoren. Und wo war Ihr Mann zur Tatzeit?«

»Na, auch wieder in der Luft. Martin hatte sich noch aus Baoding gemeldet, das liegt südlich von Peking. Er wollte von dort aus zurückfliegen und hat mir gesagt, dass er erst kurz vor Mitternacht bei mir in Dahlem sein würde.«

Jessica Schamp hatte schon ihr Smartphone aus der Tasche gezogen. »Und bei welcher Gesellschaft hat er den Rückflug gebucht?«

»Na, bei Air Berlin natürlich.«

Jessica Schamp gab die entsprechenden Daten ein und hatte die gewünschte Information in Sekundenschnelle auf dem Display. »Air Berlin, Flug 5811. Ab Peking 13.40 Uhr. Ankunft in Berlin TXL, also Tegel: 17.20 Uhr. Das hätte dicke gereicht, zur Tatzeit in der Eppinger Straße zu sein …«

Schneeganß konnte sich über einen weiteren Tatverdächtigen freuen: Martin Sundermann.

SECHS

Pünktlich um 8.15 Uhr betrat Hansjürgen Mannhardt auch an diesem Mittwoch den Hörsaal, den ihm die Verwaltung der HWR zugewiesen hatte. Seine 20 Schäfchen, weitaus mehr Männer als Frauen, begrüßten ihn nicht so, wie die 20.000 Besucher in der Arena am Ostbahnhof es mit Elton John getan hätten. Sie nahmen lediglich dadurch von ihm Kenntnis, dass sie ihre elektronischen Geräte ausschalteten. Immerhin.

»Seid gegrüßt, werdende Kolleginnen und Kollegen!«, rief er mit aufgesetzter Munterkeit und hielt sich an das, was zum Einmaleins der Rhetorik gehörte: immer mit einer Anekdote zu beginnen. »Zum Anfang das Neueste aus der Rubrik: Von Mördern und Menschen. Sitze ich gestern mit der Frau, die mein Leben gefährdet, also mit meiner Lebensgefährtin, beim Italiener und muss auf die Toilette. Ich begebe mich in den Vorraum. Wer kommt mir da aus der Damentoilette entgegen: mein alter ›Freund‹ Gernot Brachvogel. Der hatte vor Jahren einmal seine Ehefrau mit einem Kollegen im Bett erwischt und den kurzerhand erwürgt, und ich hatte den Fall aufgeklärt und ihm zu zehn Jahren Knast verholfen. Nun war seine Strafe abgelaufen. ›Mensch!‹, rufe ich. ›Hat man Sie in Tegel einer Geschlechtsumwandlung unterzogen?‹ – ›Nee‹, antwortet er. ›Ich habe Prostatakrebs, und um nicht operiert zu werden, wird meine Prostata sozusagen stillgelegt, das heißt, ich muss Medikamente einnehmen, die meinen Testosteronspiegel senken. Dadurch bekommen aber die weiblichen Hormone Oberhand, und mir wachsen schon so die Brüste, dass mir meine Frau zu Weihnachten einen BH schenken wollte. Und jetzt habe ich mich in die Damentoilette verirrt.‹« Mannhardt wartete, bis das Gelächter verstummt war, dann fuhr er fort und kam langsam zum Thema. »Nun, Gernot Brachvogel war und ist zweifellos ein Mörder, doch wer von Ihnen kennt schon Gernot Brachvogel? Wer den Namen bis eben schon einmal gehört hat, der hebe bitte die Hand.« Niemand meldete sich. »Danke. Was schließen wir daraus? Dass ein gewöhnlicher Mord nicht ausreicht, sich im Gedächtnis der Menschen festzusetzen oder es bis zu einem Wikipedia-Eintrag zu bringen, da muss man schon Serienmörder werden, oder es müssen ganz besondere Umstände vorliegen, die zu hohen PR-Werten führen. Sehen wir uns einmal an, wie es die Männer und Frauen, die noch auf meiner Liste stehen, dazu gebracht haben, prominent und irgendwie unsterblich zu werden.« Damit legte er seine Folie auf den altmodischen Overheadprojektor:

Berlins berühmteste MörderInnen – 2. Teil

Paul Krantz
Wilhelm Blume
Bruno Lüdke
Karl-Heinz Petgen und Elisabeth Lemke
Thomas Rung

Die Ärzte Stefan Sch. und Wenzinger
Orhan S.
Rainer Sturz

»Lassen Sie mich heute aus ganz bestimmten Gründen mit Wilhelm Blume beginnen. Seinen Fall finden Sie in dem Buch von Regina Stürickow ›Der Kommissar vom Alexanderplatz‹, wo sie Kriminalfälle im Berlin der Ernst-Gennat-Zeit schildert. Wilhelm Blume ist Buchhalter gewesen, aber gefeuert worden, nachdem man seine Unterschlagungen entdeckt hat. Nun geht es ihm finanziell sehr schlecht, zumal die Theaterstücke, die er schreibt, niemand aufführen will. Da kommt er auf die Idee, Geldbriefträger zu überfallen. Im September 1918 kommt ihm bei seinem ersten Überfall die Rentnerin Marie Rühle in die Quere, und er schneidet ihr die Kehle durch ebenso wie später dem Geldbriefträger Albert Weber. Bei Regina Stürickow wird das alles ausführlich geschildert, und der -ky hat daraus einen Kriminalroman gemacht: ›Der Fall des Dichters‹.« Mannhardt hielt die beiden genannten Bücher hoch. »Wenn Sie mehr über Wilhelm Blume wissen wollen, können Sie es hier erfahren.«

»Heute gibt es leider keine Geldbriefträger mehr!«, kam es aus der hinteren Reihe. »Was soll ich da machen, um zu Geld zu kommen?«

»Mit einem Bagger zu einer Bankfiliale fahren, die Wand durchbrechen und den Geldautomaten aufladen«, riet ihm Mannhardt. »Nun aber zu Karl-Heinz Petgen und Elisabeth Lemke, Bruno Lüdke überspringe ich mal, ebenso wie Paul Krantz.«

»Warum denn das?«, kam die Frage.

»Weil das sozusagen berühmte Nicht-Mörder sind. Aber nun zu Karl-Heinz Petgen und Elisabeth Lemke. Auch die werden Sie nicht kennen, aber immerhin haben die beiden es dahin gebracht, in Wolfgang Mittmanns dickem Buch ›Tatzeit. Große Fälle der Deutschen Volkspolizei‹ aufgenommen zu werden. Mordende Pärchen sind ja immer interessant, siehe Bonnie und Clyde, die es in den USA auf 14 Morde gebracht haben. Wir haben den Herbst 1948, und die Polizei Ost darf mit der Polizei West nicht kooperieren. Das nutzen Elisabeth Lemke und Karl-Heinz Petgen aus. Sie ist die Frau eines wohlhabenden Westberliner Kaufmanns, und Karl-Heinz Petgen, ein arbeitsloser Schauspieler, ihr 28 Jahre jüngerer Geliebter. Sie fahren nun nach Angermünde, wohin sie Heinrich Lemke gelockt haben, um ihn dort in einem Hotel umzubringen. Näheres bitte ich, bei Mittmann nachzulesen.«

Mannhardt hatte die beiden von ihm erwähnten Bücher herumgereicht, und nun kam die Frage, ob es denn für die Unsterblichkeit reiche, in diesen Werken aufzutauchen.

»Ja, nun …« Mannhardt wand sich ein wenig. »Was heißt prominent? Im Privatfernsehen ist man es schon, wenn man beim Kochen und Shoppen oder im Dschungel auftreten darf, obwohl man eigentlich gesellschaftlich nur ein Nichts ist und kaum etwas anderes kann, als stundenlang völlig sinnentleert zu plappern. Frei nach Descartes: Ich bin im Fernsehen, also bin ich. Nimmt man das als Maßstab, so gehören weder Wilhelm Blume noch Elisabeth Lemke und Karl-Heinz Petgen zur Prominenz, dürften also auch nicht berühmt oder bekannt genannt werden. Aber in unserem Genre sind sie halt wichtig.«

»Gibt es denn Belege dafür, dass Menschen Verbrechen begehen, um dadurch in unserer kollektiven Erinnerung weiterzuleben?«, kam die nächste Frage.

»Vielleicht …« Mannhardt war kein Psychiater. »Vielleicht ist es, zumindest unbewusst, eine gewisse narzisstische Bedürftigkeit bei ihnen. Und als Mörderin und Mörder stehen sie plötzlich im Mittelpunkt, x Menschen kümmern sich um sie, die Medien berichten über sie. Mag sein, dass das nur für einige Zeit gilt und keiner von ihnen ein Herostratos wird, aber sie leben eine Weile wie im Rausch. Auch diese ungeheure Spannung: Werden sie mich fassen oder nicht? Mehr *thrill* geht nicht, das ist hundertmal mehr als beim WM-Endspiel Deutschland-Argentinien.«

»Hören Sie auf!«, rief jemand. »Sie machen uns das ja richtig schmackhaft, Mörder zu werden.«

Mannhardt lachte. »Wenn, dann trete ich vor Gericht als Entlastungszeuge auf und nehme alle Schuld auf mich.«

»Und warum sind *Sie* noch nicht zum Mörder geworden?«, fragte eine Studentin.

»Woher wissen Sie denn, dass ich noch nicht …? Ich warte nur darauf, von Ihnen überführt zu werden. Das muss herrlich sein!«

Damit ging auch diese Stunde zu Ende. Mannhardt war ziemlich erschöpft und freute sich darauf, bei der Heimfahrt wie Buddha mit abgesenktem Bewusstsein in der S-Bahn zu sitzen und nicht mehr sprechen und denken zu müssen. Doch da lief ihm Jessica Schamp über den Weg.

»Hallo!«, rief er. »Du hier – gibt es denn in der Mensa ein Leichtathletikmeeting? Hochsprung in der Halle mit und ohne Stab?«

»Erraten, da komme ich ja gerade her. Leider habe ich die Anfangshöhe von fünf Metern nicht geschafft.« Jessica Schamp machte ein betrübtes Gesicht. »Gerissen!«

Mannhardt lachte. »Ganz schön gerissen ist wohl auch der Täter im Mordfall Zabakuk?«

Jessica Schamp machte eine hilflose Geste. »Da haben Gunnar und ich auch noch keinen Blumentopf gewinnen können. Es gibt ein paar Leute, die ein Motiv haben … haben könnten, aber …« Sie brach ab. »Ich muss zurück in den Hörsaal, Fortbildung bei einem Gerichtsmediziner: ›Tote können uns vieles verraten‹.« Sie drehte sich schon um.

»Dann grüß mal den Narren mit der Flinte schön von mir, den *Gun*-Narr, und fahre mit deinen Stabhochsprungkünsten zum Padstockspringen nach Nordfriesland. Und guckt beide schön nach dem Zaba.«

Jessica Schamp ließ ihre rechte Hand vor der Stirn kreisen, dann verschwand sie in einer Hörsaaltür.

*

Sandra Schwarz stand vor dem Spiegel und schminkte sich. Da knallte es im Innenhof gewaltig. Sie zuckte derart zusammen, dass sie mit ihrem Eyeliner-Pinsel abrutschte und sich ein langer dunkelbrauner Strich von der Augenbraue die Stirn hoch bis zum Haaransatz hinzog. »Idiot du!« Das galt einem Jungen im Hinterhaus, der immer einen Knaller aus dem Fenster warf, wenn Hertha ein Tor geschossen hatte. Während sie ihre Stirn wieder säuberte, musste sie an die Zeiten denken, da sie selbst Hertha-Trikots, -Schals, -Sitzkissen und dergleichen im Fanshop in den »Gropius-Passagen« verkauft hatte. Dort hatte sie auch Carlo Kolbatzki kennengelernt und sich in ihn verliebt. Er hatte eine große Fußballkarriere vor sich gehabt und sie von einem Promistatus á la Sylvie Meis geträumt. Aber Carlo war kein zweiter Rafael van der Vaart geworden, und nach seinem Scheitern hatte sie sich mit seinem Freund eingelassen, mit Marcel Rackow. Den hatte sie dann auch geheiratet, inzwischen aber lebten sie getrennt voneinander, waren aber keineswegs so richtig verfeindet, schon der gemeinsamen Tochter wegen, ihrer Jana, geboren 2004. Die stand jetzt im Flur und fragte, ob sie heute bei ihrem Vater übernachten solle.

»Ja, Marcel muss jede Minute da sein.«

Da klingelte er auch schon. Jana ließ ihn herein. Marcel Rackow war so sehr der Prototyp des erfolgreichen Managers, dass er wunderbar in die Castingshow »Die Höhle der Löwen« gepasst hätte und sofort als junger Start-up-Unternehmer gefördert worden wäre. Das allerdings hatte er gar nicht mehr nötig, denn nach Ende seines Studiums an der Freien Universität Berlin hatte er durch seine *connections* in seinem Tennisverein eine gut dotierte Stelle in der Geschäftsführung einer renommierten Firma bekommen. Eigentlich hatte er Journalist werden wollen und darin auch seine eigentliche Berufung gesehen, da dies aber zu Beginn des 21. Jahrhunderts als brotlose Kunst galt und Arbeitslosigkeit zu bedeuten schien, hatte er dem Druck seiner Eltern nachgegeben und war Betriebswirt geworden. Als sein Freund Carlo überall gescheitert war und Sandra daran gedacht hatte, Selbstmord zu begehen, war es ihm ein Herzensbedürfnis gewesen, sie zu retten. Schön, auch ihre erotische Anziehungskraft und ihre unverstellte Sexualität hatten dazu beigetragen. Nachdem sie mit Jana schwanger geworden war, hatten sie geheiratet, aber es nicht länger als sechs Jahre miteinander ausgehalten. Sandra war ihm zu selbstbewusst geworden, nachdem sie eine Ausbildung zur Verwaltungsfachangestellten gemacht hatte und jetzt im Bezirksamt Neukölln arbeitete.

Marcel Rackow zog mit Jana ab, und Sandra Schwarz wartete auf ihre Freundin Nadine. Nicht, dass sie nun wieder atemlos durch die Nacht ziehen wollten, aber sie liebten es beide, in den »Wintergarten«, ins »Chamäleon«, die »Bar jeder Vernunft« oder ins »Tipi« zu gehen. Letzteres war heute an der Reihe. Von der Pritzwalker Straße bis dorthin waren es zu Fuß etwas mehr als zwei Kilometer, und die waren in weniger als einer halben Stunde zu schaffen, doch sie hatte die Freundin gebeten, doch mit dem Auto zu kommen, denn man musste in der Turmstraße am Lageso vorbei, wo immer Scharen von Asylsuchenden standen, und da wagte sie es nach den Ereignissen in Köln nicht mehr, sich hindurchzuschlängeln, und mit dem Kleinen und dem richtigen Tiergarten waren zudem finstere Grünanlagen zu durchqueren. So freute sie sich jetzt, als es klingelte und Nadine durch die Gegensprechanlage zu hören war. »Ihre Equipage steht bereit, gnädige Frau, wenn Sie sich freundlicherweise nach unten bemühen wollten.« Nadine, die Sozialarbeiterin war, las bergeweise historische Romane und liebte die geschwollene Sprache von damals.

Als Sandra Schwarz unten angekommen war, sah sie sich, ähnlich einem sichernden Tier, nach allen Seiten um. Nadine musste das auffallen.

»Nanu? Hier bin ich doch, du musst nicht extra nach mir suchen. Was treibt dich um? Lass es mich auf der Stelle hören, o herzliebste Freundin!«

Sandra Schwarz zögerte etwas mit ihrer Antwort. »Ich habe seit ein paar Tagen das Gefühl, dass ich verfolgt werde.«

»Gott behüte! Hast du den Kerl schon einmal zu Gesicht bekommen?«

»Nein, aber … Ich weiß es irgendwie, dass da einer hinter mir her ist.«

Nadine nahm sie in den Arm. »Keine Angst, ich bin ja bei dir. Folge mir getrost.«

*

Michael Kuhnert tippte seinen Ball mehrfach auf und sah dabei seine Schüler fragend an. »Wisst ihr, was ein *three-pointer* ist? Ein Dreier.«

Da lachten alle. »Ein flotter Dreier, ja!«

»Nein, nicht beim Sex, sondern beim Basketball. Und den Dreierwurf, den üben wir jetzt mal.«

Kuhnert hätte mit seiner Truppe lieber Fußball gespielt, doch draußen regnete es seit Stunden. Sein großer Traum als Sportlehrer und Trainer war es, einmal ein Ass wie Mario Götze herauszubringen. Beim Fußball war ihm das noch nicht gelungen, aber auch beim Basketball war von einem zweiten Dirk Nowitzki nichts zu entdecken. Immer wieder landeten die Würfe seiner Schützlinge am Brett oder am Ring, in den Korb ging nur zufällig mal ein Ball. Als er die geringe Ausbeute bemängelte, kam der Ruf: »Mal vormachen!«

Das tat er dann auch – und: Treffer! Der Jubel seiner Abiturienten war groß. »Alba ruft!«

Er tat so, als wüsste er nicht, dass der mehrmalige deutsche Meister gemeint war. »Wieso Philipp II., Herzog von Alba? Der ist doch schon lange tot … Seit wann, meine Herren?«

»Wir haben Sport und nicht Geschichte!«

Kuhnert konnte es nicht lassen. »Philipp II. ist 1598 in El Escorial gestorben, geboren ist er 1527 in Valladolid.«

»Valladolid interessiert uns nicht, Real Valladolid spielt nur in der Segunda División!«

Er musste zugeben, dass es 1:0 für seine Schüler stand. Kuhnert begann, zwei Zeilen eines Liedes von Nepomuk Vogl zu singen: »An euch, an euch, zu aller Zeit,/ gedenke ich in Freudigkeit.«

Nach der letzten Unterrichtsstunde verließ er das Schulgebäude so schnell, dass man es fast als Flucht werten konnte. Das lag aber nur daran, dass er schnell in die Kita wollte, um seinen Sohn abzuholen. Er war mit Herz und Seele Lehrer, obwohl er statt Gymnasiallehrer doch lieber Fußballlehrer gewesen wäre und Hertha BSC oder den 1. FC Union trainiert hätte, von Bayern München und der Nationalmannschaft ganz zu schweigen. Was sollte es, Nationalspieler war er ja auch nicht geworden, und wenn sie seit 1974 immer sangen: »Fußball ist unser Leben«, dann wurde er stets etwas elegisch. Seine Frau zitierte gerne Marie von Ebner-Eschenbach: »Nenne dich nicht arm, wenn deine Träume nicht in Erfüllung gegangen sind; wirklich arm ist nur der, der nie geträumt hat.«

Bis zur Görrestraße war es nicht weit, und Lionel freute sich, seinen Vater zu sehen. Der nahm, nachdem er sein Rad abgestellt hatte, den Vierjährigen auf den Arm. »Na, mein kleiner Messi?«

Eine neben ihm stehende Mutter aus den Sphären der Hochkultur, die Fußball als Proletensport total ignorierte, geriet ins Staunen. »Ein Messie? Ist er *jetzt* schon so unordentlich?«

Kuhnert fasste sich an den Kopf. »Margarete, setzen! Fünf!«

Michael Kuhnert wohnte mit seiner Familie in der Detmolder Straße, und in ihrem Block gab es einen Innenhof, der fast die Größe eines Fußballplatzes hatte. Zwar standen auf diesem Areal etliche Bäume, was ärgerlich war, aber die taugten, standen sie etwa sieben Meter auseinander, immerhin als Tore. So holte er, nachdem er sein Rad angeschlossen hatte, erst einmal einen Ball aus dem Keller und spielte mit Lionel Weltmeisterschaft. Der schien wirklich ein Riesentalent zu sein. Als der Junge müde geworden war, ging es nach oben. Das Essen hatte Uta schon am Morgen gekocht, es musste nur aufgewärmt werden. Danach setzte er sich mit seinem Sohn vor den Computer, wo man im Livestream noch den Sport vom Wochenende sehen konnte.

Als Uta, die Krankenschwester war, nach Hause kam, schimpfte sie beide gehörig aus.

»Bei euch verformt sich ja langsam das Gehirn!«

»Tut uns leid, Schwester Uta, wir wissen, dass wir mit unserer Fußballsucht professionelle Hilfe in Anspruch nehmen müssen, aber Sie haben uns ja noch immer keinen Therapieplatz beschafft.«

»Erst wenn eure Augäpfel wie Fußbälle aussehen.«

Uta übernahm den Sohn, und er machte sich auf den Weg zum Trainingsplatz von Real Reinickendorf. Die Detmolder Straße hatte zwar eine eigene Autobahnauffahrt, und zur Ausfahrt Waidmannsluster Damm brauchte man an sich keine 20 Minuten, aber es war immer mit langen Staus zu rechnen. Also setzte er sich sehr früh in seinen Audi. Doch wider Erwarten kam er heute ohne Stau ans Ziel und stand lange vor seinen Schützlingen vor der Umkleidekabine. Deren Tür war noch verschlossen und der Platzwart nirgendwo in Sicht. Das Flutlicht war noch nicht eingeschaltet, und irgendwie fühlte sich Kuhnert allein und im Halbdunkel nicht so ganz wohl. Er hatte weniger Angst vor möglicherweise kriminell werdenden Asylanten, sondern vor herumirrenden Geisteskranken. Die Karl-Bonhoeffer-Nervenklinik, im Berliner Volksmund als »Bonnies Ranch« bekannt, war nicht weit entfernt, und Berlin zog offenbar alle magisch an, die irgendwie nach dem DSM zu beurteilen waren, dem »Diagnostic and Statistical Manual of Mental Disorders«, dem diagnostischen und statistischen Leitfaden psychischer Störungen.

Er sah am Zaun einen Schatten entlanghuschen.

SIEBEN

Schneeganß zielte sorgfältig. Dann schrie er: »Treffer! Bulls Eye.«

Jessica Schamp sah nicht von ihrem Rundschreiben auf. »Ein Polizist sollte nicht vom Auge des Bullen sprechen, in das ein Pfeil geht.«

»Gut, versuche ich nur, die Triple 20 zu treffen.«

Schneeganß konnte sich auch bei der Arbeit am besten beim Dartspiel entspannen. Um die Sisalscheibe an der Wand aufzuhängen, hatte er einen dicken Nagel in den Berliner Stadtplan getrieben. Genau am Alexanderplatz. »Zum Gedenken an den Standort unseres früheren Polizeipräsidiums, wo auch unser großer Guru Ernst Gennat gewirkt hat.«

Während Schneeganß noch versuchte, nacheinander alle Doppelfelder von der 1 bis zur 20 zu treffen, also »Round the Clock« spielte, hängte Jessica Schamp die Liste mit allen Mordverdächtigen im Fall Zabakuk an die Wand:

1. *Honorarprofessor Doktor Peter Thießen, Freund und Rivale von Z.*
2. *Uta Zabakuk, Ehefrau von Z.*
3. *Susanne Sundermann, Geliebte von Z.*
4. *Martin Sundermann, Ehemann von Su Su.*

5. *Till Lachmund, studentische Hilfskraft am Lehrstuhl Z.*
6. *Diebe, denn Z. sind an die 500 € gestohlen worden.*

Als Schneeganß seine Dartrunde beendet hatte, sah er sich die Liste genauer an und fragte seine Kollegin dann, ob sie wüsste, was ein Gottesurteil sei.

Jessica Schamp überlegte einen Augenblick. »Ja, eine vermeintlich durch ein übernatürliches Zeichen herbeigeführte Entscheidung in einem Rechtsstreit. Ich habe mal an der Hochschule ein Referat drüber gehalten. In Erinnerung geblieben sind mir noch die Feuer- und die Wasserprobe. Bei der Feuerprobe musste ein Tatverdächtiger über glühende Pflugscharen schreiten oder sich feurige Kohlen auf die Brust legen lassen. Trug er dabei Brandwunden davon, war dies ein Beweis seiner Schuld; blieb er dagegen unversehrt, so wurde er vom Gericht für unschuldig erkannt.«

»Ich glaube nicht, dass wir das bei unseren Tatverdächtigen machen dürfen«, kommentierte Schneeganß ihre Ausführungen. »Obwohl das Privatfernsehen das gerne übertragen würde. Auch das mit der Wasserprobe.«

»Da müssten wir Doktor Thießen an einem Seil als fest verschnürtes Bündel am Reichstag in die Spree werfen. Geht er unter, ist er unschuldig und wird schnell wieder nach oben gezogen, schwimmt er aber oben, ist das ein Zeichen dafür, dass er den Mord begangen hat«, führte Jessica Schamp seinen Gedankengang fort. Dann kam sie noch auf eine dritte Form des Gottesurteils, und das war der »geweihte Bissen«. »Den schob ein Geistlicher dem Angeklagten unter vielen Verwünschungen in den Mund: ›Du sollst an ihm ersticken, es sollen dich viele Schmerzen und der Tod treffen, wenn du die Tat wirklich begangen hast!‹ Konnte nun der Tatverdächtige den Bissen ohne weiteres hinunterschlucken, dann war seine Unschuld klar bewiesen.«

»Das mit dem ›geweihten Bissen‹ könnte man vielleicht in Damaskus bei Assad machen«, sagte Schneeganß. »Wir müssen uns etwas anderes einfallen lassen. Am besten, ich werfe mit verbundenen Augen auf die Dartscheibe, und in wessen Zahl der Pfeil dann stecken bleibt, der war es.«

Jessica Schamp fasste sich an den Kopf. »Mit verbundenen Augen … Du spinnst ja. Da triffst du mich nur in den Rücken oder den Chef, wenn der reinkommen sollte, in den Bauch. Würfeln wir doch ganz einfach.«

»Ja, ohne Würfel!«, höhnte Schneeganß.

»Dann schreibe ich die Namen auf Zettel«, wusste Jessica Schamp einen Ausweg, »rolle die zusammen, und du ziehst ein Papierkügelchen.«

So wurde auch verfahren, und als Schneeganß das Los dann auseinandergefaltet hatte, rief er: »Überraschung: Martin Sundermann!«

*

Professor Doktor Jürgen Granschütz, der Chefarzt in der Neurologie des Salernitana-Krankenhauses, wollte gerade Feierabend machen, um rechtzeitig in die Komische Oper zu kommen, wo »Giulio Cesare in Egitto«

auf dem Spielplan stand, Georg Friedrich Händels »Dramma per musica in drei Akten«. Es mitzuerleben, würde allerdings mehr eine Qual als Kunstgenuss für ihn sein, aber seine Frau hatte ihm zwei Karten zum Geburtstag geschenkt, eine für ihn, eine für sich selber.

Da stand seine Sekretärin in der Tür. »Pardon, aber da ist Besuch für Sie.«

»Ich bin nicht zu sprechen!«

»Ein Doktor Mommerland. Er sagt, er sei ein alter Studienkollege von Ihnen.«

»Soll reinkommen … !«

Schon umarmten sich die beiden Männer. Granschütz bedauerte, nicht viel Zeit zu haben, und Mommerland versprach, sich kurzzufassen.

»Gerhard, du, ich sitze an einem Aufsatz über dissoziative Identitätsstörungen nach DSM IV und frage mich, ob auch Gehirntumore so etwas auslösen können. Hast du da einen Patienten, den ich befragen könnte?«

Granschütz nickte. Ihm brauchte man nicht zu erklären, was eine DIS war: Die Betroffenen bildeten zahlreiche unterschiedliche Persönlichkeiten, die abwechselnd die Kontrolle über ihr Verhalten übernahmen. An das Handeln der jeweils ›anderen‹ Personen konnte sich der Erkrankte entweder nicht oder nur schemenhaft erinnern oder er erlebte es als das Handeln einer fremden Person. »Ob da ein Zusammenhang besteht, würde mich auch einmal interessieren.« Er überlegte. »Ich hatte da zuletzt nur einen Patienten mit einem Gehirntumor, der mir ein bisschen nach Borderline-Störung ausgesehen hat, ohne dass ich dem aber weiter nachgegangen bin.« Er stand auf und suchte in dem Stapel seiner Krankenakten nach dem besagten Fall. Bald hatte er gefunden, was er suchte. »Hier ... Der Mann hat unterschrieben, dass er einverstanden ist, wenn Studierende kommen, um ihn zu befragen. Nun bist du zwar kein Student mehr, aber ... Gut, der Mann heißt Carlo Kolbatzki, und als Adresse ist angegeben Forkenbeckstraße, Kolonie Oeynhausen, Tulpenweg. Hm ...«

»Das wird einer sein, der in einer Laube wohnt«, vermutete Doktor Mommerland.

Granschütz lachte. »Kann sein, so hat er auch gerochen. Nein, ich will nicht lästern, das ist ein armer Kerl. Aber beeil dich mal, wenn du zu ihm willst, da soll alles mit Wohnblöcken bebaut werden.«

»Wie viel Zeit hast du ihm denn noch gegeben?«

»Nicht viel ...«

»Ich mache mich gleich morgen früh auf den Weg.«

Das tat Doktor Mommerland dann auch. Er parkte seinen Wagen auf der nördlichen Straßenseite vor dem Sportgesundheits-Park Berlin und sah zu dem ausgedehnten Laubengelände hinüber, das sich kilometerweit bis zur Friedrichshaller und zur Mecklenburgischen Straße hin erstreckte. Die breite Verbindungsstraße zwischen dem Heidelberger Platz und dem Hohenzollerndamm zu überqueren, erschien ihm nicht ganz ungefährlich, denn es gab weder Ampel noch Zebrastreifen, und die Autos kamen herangeschossen wie Raketen, die ihn zum Ziel hatten. Bei einem Patienten hätte er schon Angststörungen vermutet. »Verspüren Sie oft ein Herzrasen und haben Sie Brustschmerzen?« Die hatte er nicht, also lief er los. Glücklich drüben angekommen, galt es, einen Hang zu erklimmen, denn das Laubengelände lag etliche Meter über dem Straßenniveau. Er entdeckte eine Art Treppe, die kein Geländer hatte, aber mit Laubsäcken bestückt war, die von der Stadtreinigung abgeholt werden sollten. Als er oben angekommen war, sah er, dass die Wege in der Kleingartenkolonie alle Namen trugen, und bald hatte er den Tulpenweg entdeckt. Er staunte, dass es unweit der Stadtautobahn, des Eisstadions Wilmersdorf und der gigantischen Autobahnüberbauung Schlangenbader Straße noch eine Idylle gab, wie sie sonst nur im Märchenbuch zu finden war. Er hatte immer wieder gelesen, dass Laubengrundstücke in Berlin heiß begehrt waren und es lange Wartelisten für Bewerber gab, aber dafür sah er nur wenige Laubenpieper hier werkeln, das heißt Blumen gießen, Rasen mähen, Zäune streichen und die Dächer ihrer Datschen reparieren. Eine Oma schaukelte ihr Enkelkind. Die konnte er ansprechen.

»Entschuldigen Sie, kennen Sie hier einen Herrn Kolbatzki?«

»Nee, aba an die Jartentore da stehn ja alle Namen dran. Da müssen Se nur Ihre Brille uffsetzen und nachkieken.«

Doktor Mommerland freute sich, dass die Berliner Mundart trotz aller Zuzüge noch immer nicht ausgestorben war, bedankte sich und ging weiter. Nachdem er sich dann Dutzende von Namensschildern angeschaut hatte, stieß er tatsächlich auf C. KOLBATZKI. Ein Blick auf Kolbatzkis Grundstück zeigte ihm, dass hier alles ziemlich verwahrlost war. Die Laube (West) beziehungsweise Datsche (Ost) war eigentlich mehr eine Hütte. Er wunderte sich, dass der Vorstand des

Kleingartenvereins hier noch nicht eingegriffen hatte. Immerhin gab es einen weißen Klingelknopf. Doch nichts geschah, als er den mehrfach gedrückt hatte. Klar, dass die Klingel nicht funktionierte. So rief er denn mehrmals: »Hallo, Herr Kolbatzki? Hier ist ein Arzt, der mit Ihnen sprechen will. Melden Sie sich doch bitte!«

Alles blieb ruhig. Na gut, dachte Doktor Mommerland, keine Antwort ist auch eine Antwort.

*

Carlo Kolbatzki hatte aber gar nicht antworten können, denn er saß in der S-Bahn nach Potsdam. Kurz bevor der Zug den Bahnhof Wannsee erreichte, hörte er eine Tochter ihre Mutter fragen, ob sie auch einen Anschlussfahrschein habe. Er erschrak. Daran hatte er nicht gedacht. Hatte er keinen und wurde kontrolliert, dann musste er seinen Ausweis vorzeigen und hinterließ damit Spuren. Also sprang er in Wannsee aus dem Zug, stürzte zum Automaten und kaufte sich einen. Kleingeld hatte er ja nun dank Zabakuk genug.

Als es weiterging – Griebnitzsee, Babelsberg –, schalt er sich wieder einen Loser, denn er hatte weder Sandra Schwarz noch Michael Kuhnert ins Jenseits schicken können. Sandra war bei ihrem Besuch im »Tipi« am Kanzleramt ständig in Begleitung einer Freundin gewesen, Michael hatte auf dem Sportplatz in Tegel der plötzlich auftauchende Platzwart gerettet.

Kolbatzki hatte sich auf dem Bahnhof Heidelberger Platz eine Zeitung gekauft, und in der las er nun, dass ein Professor Zabakuk ermordet worden sei und man vom Täter noch immer keine Spur habe.

Zabakuk, der Name kam ihm irgendwie bekannt vor, den kannte er von irgendwoher. Musste ein ziemlicher Kotzbrocken gewesen sein. War nicht weiter schade um den.

»Potsdam. Endstation, bitte alle aussteigen.«

Kolbatzki tat es, stand dann aber minutenlang auf dem Bahnsteig, weil er sich nicht mehr daran erinnern konnte, warum er eigentlich hier war. Dann fiel es ihm wieder ein: Klar, er wollte an der Uni Potsdam Betriebswirtschaftslehre studieren. Aber wo war hier die Uni? Er fragte einen Mann, der halbwegs gebildet aussah. Dessen Antwort verwirrte ihn noch mehr.

»Die Uni Potsdam ist auf verschiedene Standorte verteilt: Den zentralen Campus haben wir am Neuen Palais, dann sitzen die noch in Golm, am Botanischen Garten und in Griebnitzsee.«

Zum Glück fiel Kolbatzki noch ein, warum er hierhergekommen war: Um sich einen Anzug, ein weißes Hemd und ein Paar Schuhe zu kaufen. Für die paar Wochen, die er noch zu leben hatte, lohnte sich das nicht mehr, aber sah er nicht wie ein Penner aus, fiel er viel weniger auf. In Berlin wagte er diese Einkäufe nicht zu tätigen, da hinterließ er nur Spuren. Darum also Potsdam.

Er stieg zur Straße hinauf und wartete auf eine Straßenbahn, die in die Innenstadt fuhr. Im »Luisenforum« in der Brandenburger Straße kaufte er sich dann das Gewünschte. Die neuen Sachen behielt er gleich an, die alten kamen in die nächstgelegene Mülltonne.

Nun war er wer: Doktor Carlo Kolbatzki, Inhaber einer Firma für Sportbekleidung, ehemaliger Fußball-Nationalspieler. Er genoss es und speiste im besten Restaurant am Platze.

Als er im Zug zurück nach Berlin saß, war er wieder der Carlo aus der Laubenkolonie mit dem Gehirntumor und einer Abschussliste. Heute Abend wollte er Michael Kuhnert erledigen und überlegte schon, wie er am besten nach Tegel kam. Klar, da nahm man die U-Bahn, aber die U6 verließ hinter der Station Kurt-Schumacher-Platz den Tunnel, fuhr weiter auf einem Damm und kam dann an einem Gebäudekomplex vorbei, bei dessen Anblick er am liebsten eine kleine Atombombe gezündet hätte: an der Justizvollzugsanstalt Tegel, Deutschlands größtem Knast.

*

Bevor sich Orlando in die U-Bahn setzte, um nach Tegel zu fahren, machte er sich bei Wikipedia über die dortige JVA kundig. Oha! Das hätte er nicht gedacht, dass man als verurteilter männlicher Erwachsener dort schon seit 1898 einsitzen konnte, damals noch im »Königlichen Strafgefängnis«. 1.325 Haftplätze gab es heute, und 805 Justizbeamte und -angestellte bewachten und betreuten die Knackis, vom Kurzstrafer bis zum Lebenslänglichen und Sicherheitsverwahrten. Rund 63 Prozent der Häftlinge sollten Deutsche und rund 37 Prozent Ausländer sein. Hm … An bekannten Insassen wurden unter anderen aufgeführt: Wilhelm Voigt, der berühmte Hauptmann von Köpenick, Carl von Ossietzky, Bernhard Lichtenberg, Dietrich Bonhoeffer, Andreas Baader, Dieter Kunzelmann und der Ex-Rapper Denis Mamadou Cuspert. Orlando wunderte sich, dass der Ausbrecherkönig Ekke Lehmann in der Aufzählung fehlte. Der würde sich bestimmt ärgern, dass man ihn übersehen hatte.

Kurz hinter dem Bahnhof Otisstraße sah er den riesigen Backsteinkomplex der JVA jenseits der Seidelstraße liegen. Das war eine kleine Stadt für sich, überragt von einem Kirchturm, mehr noch: eine Welt für sich. Orlando hatte gespeichert, dass ein Gefängnis Erving Goffman zufolge eine totale Institution war, wo alle Lebensäußerungen eines Menschen genau geregelt und kontrolliert wurden. Eine schreckliche Vorstellung für ihn, aber es sollte ja Menschen geben, die gerade das suchten.

Holzhauser Straße war auszusteigen und ein paar Hundert Meter bis zur JVA zurückzulaufen. Sein Großvater kam ihm schon entgegen. Mannhardt hatte den »Ausflug nach Tegel« für seine HWR-Studierenden organisiert, und da sich Orlando auf das Strafrecht konzentriert hatte und nach all den nötigen Examina gern Richter oder Staatsanwalt geworden wäre, kam ihm ein Besuch in der Strafanstalt sehr gelegen.

»Die JVA müsste einen roten Teppich für uns auslegen«, sagte Mannhardt. »Schließlich sind wir ihre Zulieferer, und ohne uns könnten sie hier schließen.«

Orlando lachte. »Was logisch wäre, arbeiten doch hier Hunderte von Schließern.«

Von wegen roter Teppich: Obwohl Mannhardt pensionierter Landesbeamter war und hier seit Jahren mindestens einmal im Jahr auftauchte und alle seine Studierenden angehende Kriminalbeamten waren, mussten alle ihre Ausweise und Handys abgeben und ihre Taschen in Schließfächern verstauen.

»Fehlt nur noch, dass sie uns in den Hintern gucken, ob wir da nicht etwa Kondome mit Drogen versteckt haben«, maulte einer.

»Pssst!«

Dann kam der Justizvollzugsbeamte auf sie zu, der sie durch die Anstalt führen sollte. »Ick bin der Maik Glösa, hallo!«

Mannhardt stellte sich, seinen Enkel und seine Studierenden aus Friedrichsfelde vor, dann begann der Rundgang. Überall gab es stählerne Gittertüren, und sie wurden mit riesigen Schlüsseln »durchgeschlossen«. Wie im Zoo, dachte Mannhardt.

»Warum sind die Schlüssel so groß wie bei der Weiberfastnacht, wenn das Rathaus übergeben wird?«, fragte Orlando.

»Det könn'n Sie sich als anjehenda Kriminalbeamta nich denken?«, höhnte der JVA-Beamte.

»Ich bin angehender Strafrichter«, konterte Orlando. »Spezialisiert auf BTM-Delikte. Und die JVA soll ja ein Riesenumschlagplatz für Drogen sein. Vielleicht sehen wir uns da mal im Gerichtssaal …«

Da lenkte Maik Glösa schnell ein. »Det war nich so jemeint, Entschuldjung! Warum unsre Schlüssel so kleen sind, also keene von ein'm Sichaheitsschloss, det is janz einfach: Die Insassen könn'n se nich so jut vastecken. – Jetzt foljen Se ma bitte in die Teilanstalt II.«

»Gibt es keine Teilanstalt I?«, fragte ein Student.

»Doch, die is aba nich mehr belecht, weil der Verfassungsgerichtshof det vaboten hat. Der Jrund …« – nun bemühte sich JVA-Schließer um reines Hochdeutsch – »weil die Unterbringung in 5,3 Quadratmeter großen Hafträumen ohne abgetrennte Toilette gegen die Menschenwürde verstößt.«

Damit wurden sie in die Teilanstalt II geführt, in der es 380 Haftplätze gab. »Hier ham wa ooch eene Station für Jefangene, die lebenslänglich jekricht ham, in ihra ersten Vollzugsphase, wat bis in't fünfte Vollstreckungsjahr jeht.«

Da kam einer der Lebenslänglichen gerade aus seiner Zelle, sah Mannhardt und stutzte.

»Hallo, Herr Kommissar! Besuchen Sie alle die, die Sie mit Ihrer Arbeit hierhergebracht haben?«

Mannhardt konnte sich auch irgendwie an das Gesicht erinnern, kam aber nicht mehr auf den Namen des Mannes. »Der … der …?«

Der Häftling nannte seinen Namen, und nun fiel Mannhardt auch wieder ein, was der Mann verbrochen hatte: »Sie waren der, der erst seine Frau und dann deren Lover erstochen hat, als Sie beide in Ihrem Bett erwischt haben, und dazu noch einen Nachbarn, der zu neugierig geworden war.«

Der Lebenslängliche lachte. »Bei Jauch wären Sie jetzt Millionär!«

»Und Sie bekämen 100.000 von mir, wenn Sie nach 15 Jahren hier rauskommen sollten. Als Belohnung dafür, dass Sie mich nicht hassen.«

Alle machten große Augen, als sich die beiden Männer nun umarmten und alles Gute wünschten.

Andere Knackis waren nicht so versöhnlich gestimmt und brüllten von der Galerie herab. »Haut ab, ihr … ihr gottverdammten Bullen!«

Orlando, der das schon erlebt hatte, lief in Richtung Ausgang. »In Deckung, sie werfen mit alten Spritzen und schreien, dass die HIV-infiziert sind.«

»Was machen Sie denn, wenn Sie angegriffen werden?«, wurde Maik Glösa gefragt.

Da grinste er nur: »Meine Devise is: Lieba fremdet Blut am eijnen Messa!«

Mannhardt fand diese Aussage so bemerkenswert, dass er sie gleich auf seinen Notizzettel schrieb: Lieber fremdes Blut am eigenen Messer.

Da die Teilanstalt III derzeit nicht belegt war, ging es gleich weiter zur Sozialtherapeutischen Anstalt, dann folgte noch die »Einrichtung für den Vollzug der Sicherungsverwahrung«, wo sie etwas über die »integrative Milieutherapie« und den »kognitiv-behavioralen Arbeitsschwerpunkt zur Behandlung von Sexualstraftätern« erfuhren.

Danach waren alle so erschöpft, dass sie auf den Besuch der Teilanstalt V mit ihren 161 Haftplätzen, der Schule, den Arbeitsbetrieben und allen Einrichtungen im Bereich Sport, Kultur und Religion verzichteten, nur in die Küche wollten sie noch, da sie mächtigen Hunger hatten. Es gab etwas für Fleischesser, Vegetarier und Muslime.

Mannhardt und sein Enkel ließen sich Kohlrouladen mit Salzkartoffeln servieren.

»Das schmeckt ja besser als bei uns in der Mensa!«, rief Orlando.

Ihr JVA-Cicerone lachte. »Ja, aba nur, weil Se allet so schön wie im Restaurant vorjesetzt bekomm' und nich aus'm Blechnapf fressen müssen, die Kloschüssel neben sich.«

*

Sie waren beide Beamte und mussten nicht mit ihrer Entlassung rechnen, wenn ihnen der berufliche Erfolg einmal eine Zeitlang versagt blieb, aber dennoch schmerzte es Gunnar Schneeganß und Jessica Schamp schon, dass sie im Mordfall Professor Zabakuk noch immer mit gänzlich leeren Händen dastanden. Ihre Versuche der Kontaktaufnahme mit Martin Sundermann waren gescheitert, weil der Mann immer irgendwie unterwegs war. Darum hatten sie ihn ins Dienstgebäude Keithstraße einbestellt, LKA 1 – Delikte am Menschen.

»Wir hätten uns vielleicht doch nicht auf unser Los, sprich: das Gottesurteil verlassen sollen«, sagte Jessica Schamp, als sie auf ihn warteten, »sondern uns auf einen anderen Tatverdächtigen stürzen sollen.«

Mannhardt zuckte mit den Schultern. »Nein, denn Losen ist Zufall, und man hört ja immer wieder, dass wir nie ans Ziel kommen, wenn uns der Kollege Kommissar Zufall nicht hilft.«

»Das ist *deine* Logik! Nach meiner und nach meinem Bauchgefühl kann nur einer der Täter sein: dieser Honorarprofessor Doktor Peter Thießen, Freund und Rivale von Zabakuk. Nicht umsonst steht er ja auf meiner Liste an erster Stelle.« Sie zeigte zur Wand hinüber.

»Vieles spricht gegen beziehungsweise für Thießen«, musste Schneeganß zugeben, »und wir sollten ihn noch einmal gehörig grillen, aber der Mann hat einen IQ von 130 und höher, da müsste er sich doch leicht ausrechnen können, dass er, was Zabakuk betrifft, nie und nimmer den perfekten Mord begehen kann.«

»Soll ich dir mal alle Mörder aufzählen, die überdurchschnittlich intelligent gewesen sind?«, hielt Jessica Schamp dagegen.

Doch ehe sie damit beginnen konnte, wurde an die Tür geklopft, und nach dem »Ja bitte!« betrat ein Mann Mitte der 30 ihren Raum, der ein wenig von einem Bundesligafußballer an sich hatte: teuer gekleidet und nach der letzten Mode frisiert, geistig aber ein wenig einfach gestrickt. Nur so war der Ausruf von Schneeganß zu verstehen, als der Besucher sich vorgestellt hatte.

»Sundermann, aha! Verwandt mit Jürgen Sundermann, Oberhausen, Köln, Hertha BSC …?«

»Nein, nicht dass ich wüsste. Wäre aber riesig.«

»Nehmen Sie bitte Platz.« Schneeganß rückte dem Gast einen Stuhl zurecht. »Sie wissen sicherlich, Herr Martin Sundermann, warum wir Sie hierhergebeten haben?«

»Weil Sie eine Reise nach Thailand buchen wollen. Oder soll es Indien sein? Da kann ich Ihnen Tamil Nadu empfehlen. Der südlichste Bundesstaat Indiens, da, wo die Götter wohnen. Der elefantenköpfige Ganesha.«

»Sind Sie von Beruf Comedian?«, fragte Jessica Schamp.

»Nein, Reiseverkehrskaufmann, aber ich arbeite auch als Tauchlehrer und Animateur. Also wie gesagt: Sinnsucher aus aller Welt reisen nach Tamil Nadu.«

»Nun …« Auch Schneeganß wollte beweisen, dass er den leicht ironischen Plauderton beherrschte. »Wir sind keine Sinnsucher, den haben wir ja schon mit unserem Wirtschaftsweisen Hans-Werner Sinn, wir sind auf der Suche nach dem Mörder von Professor Johann Sebastian Zabakuk … Der Name sagt Ihnen vielleicht etwas …?«

Sundermann gab sich alle Mühe, weiterhin heiter zu erscheinen. »Ja klaro, von dem habe ich in der Zeitung gelesen, dass er ermordet worden ist. Tut mir leid.«

Jessica Schamp fixierte ihn. »Sie kennen ihn nur aus der Zeitung? Und er ist ganz zufällig vor Ihrem Haus in der Eppinger Straße erschossen worden …«

Sundermann mauerte weiterhin. »Ja, da ist er wohl gerade von der Uni gekommen.«

Jetzt griff Schneeganß wieder ein. »Könnte er nicht auch aus einem anderen Grund vor Ihrem Grundstück geparkt haben?«

Da verlor Sundermann überraschend schnell die Nerven. »Ja, was soll ich da viel herumreden, Sie wissen es ja doch. Er hatte ein Verhältnis mit meiner Frau.«

Schneeganß stieß sofort nach. »Und da haben Sie Ihrer Frau am Telefon gesagt, Sie kämen erst kurz vor Mitternacht nach Hause, sind aber schon viel früher in Tegel gelandet.« Er sah zu Jessica Schamp hinüber.

Die las sofort von ihrem Zettel ab. »Air Berlin, Flug 5811. Ab Peking 13.40 Uhr. Ankunft in Berlin TXL, also Tegel: 17.20 Uhr.«

Schneeganß wollte den Sack schnell zubinden. »Und da Zabakuk gegen 20 Uhr erschossen worden ist, hatten Sie alle Zeit der Welt, rechtzeitig in der Eppinger Straße zu sein.«

Sundermann schlug mit der Faust auf den Tisch. »Ich wollte nur meine Frau mit diesem Arschloch im Bett erwischen, nichts weiter!«

Jessica Schamp breitete die Hände aus. »Wer soll Ihnen das glauben?«

*

Die Persönlichkeit Carlo Kolbatzki II war weiterhin bemüht, das zu tun, was ihm die Persönlichkeit Carlo Kolbatzki I befohlen hatte: »Nimm deine Pistole, schraube den Schalldämpfer auf den Lauf, fahre zum Sportplatz an der Hatzfeldallee und strecke dort Michael Kuhnert nieder, den Trainer von Real Reinickendorf!«

So saß denn Kolbatzki, als die Dämmerung hereingebrochen war, in der S-Bahn, um nach Tegel zu gelangen. In die U-Bahn war er nicht gestiegen, um nicht an der JVA vorüberzukommen. Wer die Hölle selbst erlebt hatte, kannte nur den einen Gedanken: Sie nie wieder vor Augen haben!

Die Bahn, in der er saß, war die S25 nach Hennigsdorf. Ihre Strecke bog hinter Schönholz links von der Nordbahn ab und war teilweise eingleisig. Als sie an der Station Karl-Bonhoeffer-Nervenklinik hielten, zuckte er zusammen. Dorthin würden sie ihn bringen, wenn das mit seinem Kopf nicht besser wurde. Nein, vorher starb er. Sein Gehirntumor erlöste ihn.

»Tegel!«

Dieser Ruf löste sofort bestimmte Assoziationen in ihm aus. »Auf dem Tegeler See/kocht ein Segler Tee.«

So das literarische Volksvermögen. Oder: »Das Teufelspack, es fragt nach keiner Regel,/ Wir sind so klug, und dennoch spukt's in Tegel.« Goethe. Als er das in der Schule gelernt hatte, war er ein hoffnungsvoller junger Mann gewesen und kein Loser mit einem Tumor im Gehirn.

Er lief zur Buddestraße, überquerte die Bahngleise und erreichte über die Gorki- und die Ziekowstraße die Hatzfeldtallee. Alles geschah nur noch mit ihm. Er erreichte den Sportplatz. Es war dunkel geworden, was ihm sehr zugutekam. Die Fußballer trainierten bei Flutlicht. Michael Kuhnert war deutlich auszumachen. Als er seinen Schützlingen vormachte, wie eine Grätsche ging, zündete es bei Kolbatzki. Die alten Bilder flammten auf.

Flashback III

Er ist mächtig aufgeregt. Aber das ist gut so, denn je mehr Adrenalin er im Blut hat, desto besser spielt er. Und heute ist der wichtigste Tag in seiner Laufbahn als Fußballer, denn heute wird ein Scout von Hertha BSC auf der kleinen Tribüne stehen und ihn beobachten. Bei Hertha in der 1. Mannschaft zu spielen, ist sein großer Traum, seit er in der E-Jugend, also als Knirps von acht Jahren, die »Töppen« geschnürt hatte. Aus Herthas Fußballschule waren schon so große Spieler hervorgegangen wie die Boateng-Brüder, Malik Fathi,

Ashkan Dejagah und Chinedu Ede. Autogenes Training hat er früh gelernt und immer wieder gebetsmühlenartig wiederholt: »Mit meiner Kraft geht's bis in die Nationalmannschaft.«

Zum Glück kommen seine Eltern nicht mit, das würde ihn nur nervös machen. Seine Mutter betet in ihrer Sekte, dass er vom Fußball wegkommt, und sein Vater schläft seinen Rausch aus.

Er setzt sich aufs Fahrrad. Von ihrem Haus in Lübars, Zabel-Krüger-Damm, Ecke Alt-Lübars, bis zum Stadion Finsterwalder Straße am Rande des Märkischen Viertels sind es runde drei Kilometer. Null problemo.

Das Spiel beginnt, und in der Rolle der »falschen Neun« ist er großartig. Der Trainer hat ihm das auch immer wieder erklärt: »Du bist bei uns die einzige Spitze, lässt dich aber immer wieder nach hinten fallen, um Überzahl und eine Verbindung zwischen Mittelfeld und Angriff zu schaffen. Damit stellst du die gegnerische Defensive vor ein Dilemma. Folgen dir die gegnerischen Verteidiger, entblößen sie ihre Defensive, halten sie aber ihre Position, so stehen sie einsam in der Gegend herum, und wir sind da in der Überzahl, wo der Ball ist.«

Er ist technisch besser als Diego Maradonna, ist schneller als mancher Hundertmeterläufer bei den Deutschen Meisterschaften und schießt so hart und präzise, dass die Torhüter schon hinter sich greifen, um den Ball aus dem Netz zu holen, bevor er abgezogen hat. Schon nach einer halben Stunde hat er seinen Verein mit 2:0 in Führung gebracht. Jetzt folgt das dritte Tor. Auch heute wieder ein echter Hattrick.

»Colli, Colli!!«, hallt es von den Rängen.

Er spielt sich in einen wahren Rausch hinein, ist selig, lässt die Gegner, die ihm den Ball abnehmen wollen, stehen wie Slalomstangen und holt aus zum vierten Treffer.

Da grätscht ihm Michael Kuhnert, wahnsinnig wütend darüber, dass sie von ihm derart vorgeführt werden, in die Beine und tritt ihm noch, als er den Ball zwischen den Oberschenkeln eingeklemmt hat, mit aller Kraft gegen das rechte Knie.

Rote Karte für Kuhnert, Kreuzband- und Meniskusriss bei ihm.

Alles lief nun geradezu mechanisch ab. Jemand hatte Kolbatzkis Leben verfilmt, und jetzt kam das Bild 82 – Außen, Nacht: Kolbatzki erschießt Kuhnert. Es sah alles ganz einfach aus: Er versteckte sich auf dem halbdunklen Parkplatz hinter dem Wagen, der neben Kuhnerts Auto abgestellt war, und entsicherte seine Walther PPQ, Kaliber 9x19, schraubte den Schalldämpfer auf den Lauf und wartete. Jetzt kam Kuhnert auf ihn zu.

ACHT

Der Haftrichter hatte Martin Sundermann wieder laufen lassen, da seiner Meinung nach kein dringender Tatverdacht vorläge, und Gunnar Schneeganß war so wütend darüber, dass einer seiner Dartpfeile die Scheibe verfehlte und in die Wand fuhr.

»Mag ja sein, dass Flucht-, Verdunkelungs- oder Wiederholungsgefahr nicht bestehen, aber den vierten Haftgrund gibt es doch 100-prozentig: Mord oder Totschlag.«

.Jessica Schamp versuchte, ihn zu besänftigen. »Ja, gut und schön, aber wir haben zu viele Tatverdächtige auf dem Schirm. Das mindert die Wahrscheinlichkeit bei jedem Einzelnen.«

»Los, noch ein *leg*!«, sagte Schneeganß und zog seine eben geworfenen Pfeile aus Scheibe und Wand.

Jessica Schamp lachte. »Klar, auf einem Bein kann man nicht stehen.«

Schneeganß stöhnte auf. »Kind, beim Dart ist ein *leg* ein Spiel von 501 auf 0. Gewinnen kann man aber nur, wenn man beim letzten Wurf ein Doppelfeld trifft. Also: Wenn man nur noch vier Punkte auf der Tafel hat, muss man die Doppelzwei treffen.«

Da er die Kollegin mit seiner Dartsucht schon ein wenig angesteckt hatte, spielten sie noch eine Runde. Im Hintergrund dudelte das Radio. Sie hörten überhaupt nicht hin, schreckten aber plötzlich auf wie ein Hundertmeterläufer beim Startschuss.

»Mord in Tegel!«, tönte der Nachrichtensprecher. »Heute früh wurde in der Nähe des Sportplatzes an der Hatzfeldtallee der 40-jährige Sportlehrer und Trainer des Fußballvereins Real Reinickendorf, Michael Kuhnert, erschossen aufgefunden.«

Schneeganß grinste. »Pech für ihn, aber wie sagte meine Urgroßmutter immer: ›Mir jeht det nüscht an!‹ Dienstlich jedenfalls. Wir haben unseren toten Zabakuk, und um den toten Kuhnert werden sich die lieben Kollegen kümmern müssen, wozu haben wir so viele Mordkommissionen in Berlin?«

So brachten sie in aller Seelenruhe ihr Spiel zu Ende, aber kaum saßen sie wieder an ihren Schreibtischen, kam der Anruf des Leiters aller Mordkommissionen.

»Du, Gunnar, klebe jetzt nicht mein Gesicht auf deine Dartscheibe, aber ich muss dich und Jessica bitten, auch den Fall Kuhnert zu übernehmen.«

Schneeganß konnte nur mit Mühe einen kräftigen Fluch unterdrücken. »Warum denn das, wir haben doch mit Zabakuk mehr als genug zu tun!«

»Der Grund ist ganz einfach: Unsere Sachverständigen sind sich einig, dass Zabakuk und Kuhnert mit derselben Waffe erschossen worden sind.«

*

Wie du mir, so ich dir! Sören Möller hatte nicht vergessen, was er sich im Krankenhaus vorgenommen hatte: Kolbatzkis Behausung in Brand zu stecken.

Macht kaputt, was euch kaputtmacht! Was ihn bisher davon abgehalten hatte, war sein Schwächegefühl. Nur langsam erholte er sich. Und von seiner Wohnung am Klenzepfad bis zur Forkenbeckstraße war es mit Bus und Bahn, ein Auto besaß er nicht mehr, rund eine Stunde Fahrzeit, so lange wie man mit dem ICE von Berlin nach Leipzig brauchte. Heute nun hatte er sich endlich aufgerafft und lief zum U-Bahnhof Paracelsus-Bad, bei den Berlinern, weil das vornehmer klang, *Paracelsius*-Bad. Streichhölzer und einen Brandbeschleuniger hatte er noch nicht eingesteckt. Herausbekommen, wo Kolbatzki wohnte, das musste er am helllichten Tage, ungesehen die Bude anzünden konnte er aber erst nach Einbruch der Dunkelheit. Mit der U8 bis Gesundbrunnen, dann hoch zur S-Bahn und mit der S42 bis Hohenzollerndamm, dann noch ein Stück mit dem 115er-Bus. Er hatte sich das alles ganz genau eingeprägt.

Auf der Fahrt ging ihm vieles durch den Kopf. Hätte Kolbatzki damals seine Firma nicht abgefackelt, dann gäbe es heute in Berlin nicht nur Ikea, Kraft, Hübner, Krieger, Anderle, Flamme, Rahaus, das Stilwerk und die Neue Wohnkultur, sondern auch noch Möbel-Möller. *Kein Silvester ohne Böller, keine Wohnung ohne Möller!* Dann hätten nur noch 40 Prozent aller Berliner den Fußballer Andy Möller gekannt, aber 80 Prozent den Möbel-Möller.

»Vorbei, kannst du vergessen wegen diesem Arschloch Carlo Kolbatzki.«

*

Gunnar Schneeganß und Jessica Schamp konnten es sich nicht mehr leisten, ihre Kräfte beim Dartspiel zu messen. Zu viel Unaufschiebbares galt es nun im Mordfall Kuhnert zu erledigen. Zuerst fuhren sie allerdings nicht zum Tatort in den hohen Norden Berlins, sondern in die Schule, in der Michael Kuhnert gewirkt hatte. Die Keith- und die Homburgerstraße lagen beide in Schöneberg, und Schneeganß schätzte, dass es rund fünf Kilometer waren, die sie zurückzulegen hatten, und das schaffte man in Berlin im Vormittagsverkehr in einer Viertelstunde.

Unterwegs im Wagen stellte Schneeganß die entscheidende Frage. »Unsere Kriminaltechniker sind sicher unfehlbar, aber haben wir es tatsächlich mit einem Serientäter zu tun? Hat jemand wirklich den Professor Zabakuk *und* den Trainer Michael Kuhnert erschossen?«

»Ist man denn mit zwei Morden wirklich schon Serientäter?« Jessica Schamp war sich da nicht ganz sicher.

Schneeganß hatte die FBI-Definition schon so oft im Hörsaal vorgetragen, dass er sie auswendig kannte. »Serial Murder: the unlawful killing of two or more victims by the same offender(s), in separate events.«

»Hä?« Jessica Schamp hatte in Ostberlin zu wenig Englisch gehabt, um das auf Anhieb zu verstehen.

So übersetzte es Schneeganß für sie. »Serienmord: Die gesetzeswidrige Tötung von zwei oder mehr Opfern durch denselben (oder dieselben) Straftäter in separaten Ereignissen.«

»Ah danke. Zwei Opfer reichen also zur Verleihung des Serientäter-Ordens. Bräuchte der von uns Gesuchte also gar keinen Mord mehr zu begehen, um ihn zu bekommen.«

»Nein, aber es bleibt zu befürchten, dass er noch weiter zuschlagen wird, psychisch krank, wie er zu sein scheint. Die große Frage im Augenblick ist die: Hatten Zabakuk und Kuhnert etwas miteinander zu tun oder waren beide nur ganz zufällig zur falschen Zeit am falschen Ort?«

Jessica Schamp nickte. »Zu klären wäre aber vor allen Dingen: Hatte unser Täter sowohl mit Zabakuk als auch mit Kuhnert etwas zu tun?«

»Das ist doch eine Gleichung mit viel zu vielen Unbekannten«, wandte Schneeganß ein.

»Wieso?«, fragte Jessica Schamp. »Ich habe nicht mehr als 50 Freunde und Freundinnen.«

»Ja!« Da konnte Schneeganß nur lachen. »Aber Zabakuk hatte Hunderte bis Tausende von Studierenden und Kuhnert Hunderte bis Tausende von Schülerinnen und Schülern, von ihren vielen Kolleginnen und Kollegen und Verwandten ganz zu schweigen. Deren Namen können wir nie und nimmer alle in Erfahrung bringen.«

Damit war die Diskussion erst einmal beendet, und Jessica Schamp regte sich darüber auf, dass die West-Berliner eine Schule nach einem Mann benannt hatten, den keiner kannte: Johann Nepomuk Vogl. »Die müssen doch einen Vogel gehabt haben!«

Schneeganß lachte. »Hatten sie auch: den Hans-Jochen Vogel. Der war 1981 ihr Regierender Bürgermeister.«

»Ah ja …« Jessica Schamp hatte schon nicht mehr richtig hingehört, da sie dabei war, per Smartphone nach Nepomuk Vogl zu googeln. »Johann Nepomuk Vogl war ein Wiener Schriftsteller, Lyriker und Publizist, 1802 bis 1866.«

Schneeganß lachte. »Welch Glück für ihn, dass er so spät gestorben ist, hat er den deutsch-österreichischen Krieg gerade noch mitbekommen.«

Jessica Schamp hatte inzwischen etwas von Vogl gefunden: »*In alles Unvermeidliche/Gieb' Dich geduldig drein,/Sonst steigert in's Unleidliche/Sich Dir des Lebens Pein.*«

Schneeganß nahm kurz die Hände vom Steuer, um zu klatschen. »Wow, das nenn ich große Poesie!«

Sie kamen in die Homburger Straße, und Schneeganß erinnerte sich daran, dass der FC Homburg einmal in der Ersten Bundesliga gespielt hatte. »Mitte der 1980er-Jahre muss das gewesen sein.« Er konnte sich auch noch an einige Spieler erinnern. »Rodolfo Esteban Cardoso, später Bremen und Hamburg, Horst Ehrmantraut, der hat auch mal bei Hertha gespielt, Jimmy Hartwig, braun wie ein Sahnebonbon, Werner Kohlmeyer, Weltmeister 1954, Miroslav Klose, Weltmeister 2014.«

»Ich bewundere dich!«, rief Jessica Schamp.

Als sie in die Schule kamen, war gerade große Pause, und das Gewusel war schlimmer als morgens beim Umsteigen auf dem U-Bahnhof Berliner Straße. Sie konnten sich aber zum Sekretariat durchkämpfen, ohne einen Warnschuss abzugeben. Der Rektor und das Lehrerkollegium hatten sich zum Frühstück im Beratungszimmer versammelt. Man sah ihnen das Erschrecken über den Tod ihres Kollegen deutlich an.

Es wurde kaum geredet, und wenn, dann mit gedämpfter Stimme. Schneeganß wagte fast nicht, diese stille Andacht zu stören.

»Ich bitte um Entschuldigung und um Ihr Verständnis. Meine Name ist Gunnar Schneeganß, und die Kollegin an meiner Seite ist Jessica Schamp. Wir sind von der Mordkommission, die herausfinden soll, wer Ihren Kollegen Michael Kuhnert gestern Abend in Tegel so heimtückisch erschossen hat. Wer die berühmten zweckdienlichen Angaben machen kann, der melde sich bitte bei uns im Zimmer des Rektors. Ich hoffe, wir dürfen es kurz benutzen?«

»Ja, natürlich.«

Der Rektor stand auf und führte sie in sein Zimmer. Als sie dort eingetreten waren, stellte ihm Schamp auch gleich die erste Frage.

»Hatte Michael Kuhnert hier Feinde?«

Der Rektor brauchte nicht lange zu überlegen. »Nein! Widersacher vielleicht, Gegner, Schüler und Kollegen, die einmal wütend über ihn waren, aber keine Todfeinde! Er war allseits beliebt.«

Die zehn Lehrerinnen und Lehrer, die Schneeganß und Jessica Schamp noch befragten, waren allesamt derselben Meinung, auch schlossen sie kategorisch aus, dass sich irgendein Schüler für vermeintlich erlittenes Unrecht an Kuhnert gerächt haben könnte. »Nicht bei uns!«

Nach zwei Stunden zogen sie wieder ab, und Schneeganß fasste alles in einem Satz zusammen: »Nach dem Hornberger haben wir nun auch das Homburger Schießen.«

»Versuchen wir unser Glück bei seiner Ehefrau«, sagte Jessica Schamp. »Bis zur Detmolder Straße ist es ja von hier aus nur ein Katzensprung.«

Hanna Kuhnert gegenüberzutreten, war nun für beide noch belastender. Als die kleine, zarte Frau ihnen öffnete, konnte Schneeganß ihre Körperhaltung nur mit einer alten Wendung auf den Punkt bringen: gramgebeugt. Sie murmelten die üblichen Beileidsfloskeln und konnten bei aller Routine nicht verhindern, Mitleid zu empfinden.

Als sie im Wohnzimmer Platz genommen hatten, brach Hanna Kuhnert in Tränen aus.

»Wer kann so etwas Abscheuliches nur getan haben?«

»Das werden wir herausfinden«, sagte Schneeganß mit leiser Stimme. »Mit Ihrer Hilfe. Es wird länger dauern, wenn es reiner Zufall war, dass der Täter …« Er brach ab, alle weiteren Worte schienen ihm zu grausam zu sein, um sie der Witwe zuzumuten.

Jessica Schamp fuhr deshalb fort. »Einfacher für uns ist es immer, eine Beziehungstat aufzuklären. Wer von den Kontaktpersonen Ihres Mannes könnte ihn denn so gehasst haben, dass er ihn …« Nun kam auch sie nicht weiter.

Hanna Kuhnert wischte sich die Tränen aus den Augen, sah auf und dachte ein Weilchen nach. »Da fällt mir niemand ein. Michi hatte nur Freunde.«

Schneeganß dachte an die sarkastische Steigerung: »Feind, Todfeind, Parteifreund« und fragte nach, in welcher Partei er denn gewesen sei.

»In keiner.«

Deprimiert, weil sie keinen Millimeter vorangekommen waren, fuhren sie zum Mittagessen zurück in die Keithstraße.

»Bisher spricht nichts für eine Beziehungstat«, stellte Schneeganß fest. »Aber Berlin hat dreieinhalb Millionen Einwohner, und Hunderttausende steigen abends in ihre Autos. Damit beträgt die Wahrscheinlichkeit, dass es gerade Kuhnert erwischt …« Er schrieb ihr die Zahl auf ihre Serviette: 0,000001.

»Hunderttausende steigen abends in ihre Autos …« Jessica Schamp wiederholte seine Worte und hatte eine Idee. »Du, vielleicht ist das ein Geisteskranker, der alle Autofahrer hasst, aber nicht nur ihre Wagen ansteckt, sondern sie auch noch erschießt.«

Schneeganß nickte. »Warum nicht, in Berlin ist alles möglich. Fragen wir mal in der KBoN nach, ob die da einen Kandidaten haben.«

Da sie wegen ihrer Recherchen auf dem Sportplatz an der Hatzfeldtallee ohnehin nach Reinickendorf mussten, konnten sie auch gleich bei der Karl-Bonhoeffer-Nervenklinik vorbeifahren. Aber wen sie dort auch ansprachen, sie hörten immer nur das eine: »Tut uns leid …«

»Also weiter nach Tegel«, seufzte Schneeganß und wurde sarkastisch. »Da werden wir bestimmt fündig werden, denn es kommt ja immer wieder vor, dass Fußballspieler ihren Trainer erschießen, wenn er sie nicht aufstellt, sondern auf die Bank verbannt.«

Als sie dann an der Hatzfeldtallee angekommen waren, wer lief ihnen da in die Arme? Ihr alter und schon längst pensionierter Kollege Hansjürgen Mannhardt.

»Du hier!«, rief Schneeganß. »Sicher, um den Mörder von Michael Kuhnert festzunehmen?«

»Nein, nur um meinen Sohn vom Training abzuholen. Kuhnert war sein Trainer.«

»Dann hast *du* also Kuhnert erschossen, weil er Silvio beim letzten Heimspiel nicht aufgestellt hat.« Schneeganß holte Handschellen hervor. »Herr Mannhardt, wegen des dringenden Tatverdachts sind Sie vorläufig festgenommen.«

»Eher locker genommen. Aber im Ernst: In der Trauer um Kuhnert sollte das Training bis zu seiner Beisetzung ausfallen, aber wir Eltern haben uns entschlossen, mit allem so weiterzumachen, als sei nichts geschehen, um die Kinder nicht zusätzlich zu belasten. Der Platzwart leitet jetzt das Training.«

Sie baten den Mann an die Seitenlinie, um kurz mit ihm zu sprechen. Er hörte auf den Namen Jens Rzepin und sah so aus, als hätte er schon einige Vorstrafen auf dem Konto, war aber als Student von Professor Zabakuk gänzlich undenkbar.

»Herr Rzepin, können Sie sich vorstellen, dass einer im Umfeld von Real Reinickendorf den Michael Kuhnert so gehasst hat, dass Mordgedanken in ihm aufgekommen sein könnten?«, fragte ihn Schneeganß.

»Nee, det uff jar keensten Fall. Der Kuhnert war eena von die janz Lieben, und obwohl ick weeß, detta vaheiratet is, habe ick ihm manchmal für schwul jehalten.«

»Oha!«, rief Jessica Schamp, weil das ja ein ganz neuer Aspekt war, aber weiter brachte sie das auch nicht.

Mannhardt kam auf sie zu, als sie wieder in ihren Wagen steigen wollten. »Na, ich bin ja mal neugierig: Habt ihr schon ’ne heiße Spur?«

»Wie denn ohne dich?«, fragte Schneeganß. »Es ist doch im ganzen LKA bekannt, dass wir ohne Hansjürgen Mannhardt und seinen Enkel nur Misserfolge einfahren würden. Wir setzen also voll und ganz auf dich.«

NEUN

Es gab Stunden im Leben des Carlo Kolbatzki, in denen er sich durchaus bewusst war, Professor Zabakuk und Michael Kuhnert erschossen zu haben, um seinen immensen Rachedurst zu stillen, dann aber wieder konnte er lange durch die Laubenkolonien zwischen Friedrichshaller und Forckenbeckstraße wandern, ohne zwischen sich und den Morden einen Zusammenhang zu sehen. Manchmal gab es auch eine Art oszillierende Reaktion. So zum Beispiel als an der Ecke Friedrichshaller und Mecklenburgische Straße ein Ehepaar in sein Auto stieg und er die Frau sagen hörte, der Mann möge am Abend aufpassen.

»Ich bleibe ja bei meiner Mutter, und du kommst allein zurück. Guck dich da bitte nach allen Seiten um, bevor du in unseren Wagen steigst.«

Der Mann verstand ihre Sorge nicht sogleich. »Warum denn das?«

»Weil da wieder dieser Irre unterwegs ist, der auf Männer schießt, die ihren Wagen aufschließen und einsteigen wollen. Für den kann es nur eines geben: die Todesstrafe.«

»Die hat er schon bekommen«, murmelte Kolbatzki. »Sonst hätte er ja nicht losgeschlagen.«

Das war schon komisch, und er begriff, dass er damit bundes- ja weltweit bekannt werden würde, und man ihm bei Wikipedia ganz sicher einen längeren Artikel widmen würde. Zumindest, wenn er auf seiner Abschussliste noch ein paar mehr Todeskandidaten abhaken konnte. Und da gab es ja noch eine ganze Menge ohne ein † oder einen √ auf seinem Zettel, etwa Sören Möller, Sandra Schwarz, Marcel Rackow, Hansjürgen Mannhardt, Bernhard Sandberg und Christian Schloch. Er betete geradezu darum, dass ihm sein Gehirntumor noch die Zeit zu diesen Morden ließ.

*

Silvio machte Schularbeiten und Mannhardt las dabei Gedichte von Ringelnatz. Heike hatte ihm das kleine gelbe Reclambändchen zu Weihnachten geschenkt, und nun hatte er keine andere Wahl, als es zu lesen. Ein Gedicht trug den schönen Titel: »Berlin«. Die letzten Zeilen waren zu schön: *An den Kanälen/Auf den dunklen Bänken/Sitzen die Menschen, die/Sich morgens ertränken.* Ja, früher war eine beliebte Art des Suizids gewesen, »ins Wasser zu gehen«, aber heute konnten alle zu gut schwimmen. Da warfen sie sich lieber vor den fahrenden Zug. Vor einen stehenden wäre nicht ganz so klug gewesen, und hinter einen auch nicht. Ach Gott, Selbstmörder waren etwas für die Psychiater gewesen, nicht für seine Mordkommission. Nun, es wäre schon ein interessantes Gerichtsverfahren gewesen, wenn einer nach einem gescheiterten Suizid des versuchten Mordes an sich selbst angeklagt worden wäre. Wie hieß es doch von grünlinker Gutmenschenseite immer: Jeder Täter ist auch ein Opfer. Hier stimmte nicht nur das, sondern auch das Gegenteil: Das Opfer war auch Täter. Mannhardt hätte darüber gern einen Essay geschrieben, wenn er denn gekonnt hätte. Es war bei ihm wie bei Ringelnatz: *So will man oft und kann doch nicht/Und leistet dann recht gern Verzicht.*

Sein Sohn sah zu ihm auf. »Papa HJ …?«

Mannhardt explodierte geradezu. »Lass das bitte mit dem HJ: Ich bin kein Hitlerjunge! Und außerdem wird mein Vorname ohne Bindestrich geschrieben.«

»Gut, Papa H. Weil wir gerade bei Vornamen sind: Ist Rem ein männlicher Vorname, den man noch heute Kindern gibt?«

»Nein, Rem ist eine Phase im Schlaf, und eine amerikanische Rockband hat auch diesen Namen getragen, alles in Großbuchstaben mit einem Punkt dahinter, R Punkt E Punkt M Punkt also.«

»Versteh ich nicht, dass Rem kein Vorname ist«, sagte Silvio. »Warum heißt denn da der Maler Rem Brandt?«

»Weil er ein Sohn von Willy Brandt ist und der zur Zeit seiner Geburt in Remscheid gewohnt hat.«

»Schluss jetzt!«, schrie Heike, die im Nebenzimmer alles mitangehört hatte. »Das ist ja nicht mehr zum Aushalten!«

»Dann halte es eben ein«, entgegnete Mannhardt.

Das Ganze wäre vielleicht noch zu einem kleinen Familienkrach eskaliert, wenn nicht in diesem Augenblick Orlando nach Tegel gekommen wäre.

»Das ist aber eine Überraschung!«, rief Mannhardt und umarmte seinen Enkel. »Kommst du in den hohen Norden, um zu morden?«

»Nein! Ach, hast du wieder vergessen, ich sage nur: A. R. Schloch.«

Das brachte Silvio auf die Palme. »Wie redest du denn mit Papa! Was hat der dir denn getan?«

Orlando lachte. »Nichts, außer dass er vergessen hat, dass wir heute zu einer Lesung von Christian Schloch gehen wollten, der unter dem Namen A. R. Schloch schreibt. An sich Literaturkritiken, aber jetzt hat er auch ein Buch unter dem Titel ›Goldmedaillen für den Tod – Der olympische Wahnsinn‹ geschrieben, und das soll sehr lustig sein.«

»Ach ja!« Mannhardt fasste sich an den Kopf. »Ich hab's verdrängt.«

Heike kam hinzu. »Jaja, das ist zu viel für ihn: bis zur Verwesung jeden Monat eine Lesung.«

»Diesen Monat waren es sogar zwei«, korrigierte Mannhardt sie. »Letzte Woche waren wir doch bei Orlandos Freund Martin Nehmer.«

Der hatte einen dokumentarischen Roman über den vor fast schon 100 Jahren berühmten Berliner Strafverteidiger Erich Frey geschrieben, und »Frey sein« war von Schloch gnadenlos verrissen worden.

»Wenn Martin dieses Arschloch mal so richtig verprügeln würde, bekäme er, wenn ich sein Richter wäre, eine Belohnung von mir und keine Strafe«, erregte sich Orlando.

»Nur keinen dritten Mord«, warf Heike ein. »Die Berliner Kripo ist schon mit Zabakuk und Kuhnert total überfordert.«

Mannhardt sah sich genötigt, seine KollegInnen zu verteidigen. »Schneeganß und Jessica Schamp tun ihr

Bestes, aber es scheinen wirklich zwei perfekte Morde zu sein, mit denen sie es zu tun haben.«

Orlando winkte ab. »Ich habe da gerade einen Artikel von Guido Löhrer aus Bern gelesen, und danach ist der perfekte Mord nur eine metaphysische Fiktion, denn solange der Mord perfekt ist, wissen wir es nicht, und sobald wir von ihm wissen, ist er eben darum nicht mehr perfekt.«

Heike klatschte Beifall. »Sehr gut, Herr Kandidat. Also liegen in den Fällen Zabakuk und Kuhnert keine perfekten Morde vor, und ihr beiden Helden habt die Chance, den oder die Mörder dingfest zu machen, wenn Gunnar Schneeganß und Jessica Schlamp, äh: Schamp, wieder einmal nicht ans Ziel gelangen. Was wollt ihr mehr?«

Mannhardt lachte. »Nur noch, uns in deinen Wagen zu setzen und von dir zur Lesung nach Moabit gefahren zu werden.«

In der Buchhandlung in der Turmstraße fanden sie gerade noch in der hintersten Reihe drei freie Klappstühle, denn Schloch war mit einigen Redakteuren einer der großen Berliner Zeitungen befreundet und hatte für genügend PR in eigener Sache sorgen können. Alle hatten schon von »Goldmedaillen für den Tod – Der olympische Wahnsinn« gehört oder gelesen.

»Lobst du meinen Scheiß, lobe ich im Gegenzug deinen Scheiß!«, erregte sich Orlando. »Martin Nehmer hätte dafür 1.000 Euro auf den Tisch legen müssen, um so viel Wirbel zu erzeugen.«

Heike wollte das nicht gelten lassen. »Was Christian Schloch da macht, ist doch genial, so genial wie das Spiel mit seinem Namen: Er bietet den Leuten Sport, er bietet ihnen viel Satire.«

Der ältliche Buchhändler, ein Prachtexemplar seiner Gattung, kündigte Christian Schloch an, und dann kam der hinter dem Vorgang hervor und verbeugte sich. Man klatschte anhaltend.

Schloch sah ein wenig wie von gestern aus. Seine Mähne fiel ihm lang auf die Schultern, und seine Brille musste er im Jahr der deutschen Wiedervereinigung gekauft haben. Man sah ihm den Intellektuellen deutlich an, auch war zu merken, dass er als solcher alle verachtete, die vor ihm saßen.

»Wir haben das Jahr 2020«, begann er schließlich, »und die Olympischen Spiele finden wieder einmal in Berlin statt. Und da hat man sich einige neue Sportarten einfallen lassen wie etwa das Kirschkernweitspucken. Und über diesen Wettbewerb will ich nun berichten. Also …« Er nahm noch, da ganz groß der Dichter wie Loriot als Lothar Frohwein in »Papa ante portas«, einen Schluck Wasser zu sich und begann dann:

»Im Kirschkernweitspucken gab es sogar eine Weltmeisterschaft, die seit 1974 jährlich während der ›Annakirmes‹ in Düren ausgetragen wurde. Jeder Teilnehmer konnte sechsmal versuchen, einen Kirschkern ohne jedes Hilfsmittel, ein Blasrohr etwa, auf einer etwa einen Meter breiten Bahn so weit wie möglich zu spucken. Gemessen wurde die Entfernung zwischen der Abspucklinie und dem Punkt, wo der Kern auf der Bahn ausgerollt war. Der Weltrekord lag bei

21,71 Metern, aufgestellt 2003 von Oliver Kuck aus Ober-Hilbersheim bei Bingen.

Um den Austragungsort des Kirschkernweitspuckens im Rahmen der Olympischen Spiele 2020 wurde nachhaltig gestritten. Die Berliner hätten den Wettbewerb gern in der Kirschenallee, Westend, zwischen Reichs- und Heerstraße, ausgetragen, die Brandenburger brachten 16356 Ahrensfelde Ortsteil Blumberg-Elisenau, 16356 Werneuchen, 16727 Oberkrämer Ortsteil Vehlefanz, 14641 Wustermark Ortsteil Priort und 14641 Wustermark Ortsteil Hoppenrade, alles nahe Berlin gelegen, ins Spiel. Der Streit darüber beschäftigte mehrere Gerichte, bis salomonisch entschieden wurde, die Sache sportlich zu entscheiden: Alle sechs möglichen Austragungsorte sollten auf einer Landkarte eingezeichnet und diese auf den Fußboden gelegt werden. Sarah Kirsch sollte dann einen Kirschkern in Richtung Karte spucken und der Ort den Zuschlag erhalten, in dessen Nähe der Kern liegen blieb. Als sich herausstellte, dass die Lyrikerin schon lang verstorben war, kam man auf Sascha Kirschstein, einen Fußballtorwart aus Braunschweig. Der ließ sich den PR-Termin nicht entgehen und platzierte den entscheidenden Stein bei Werneuchen. Das erfreute die Literaturwissenschaftler ungemein, denn Werneuchen war eigentlich durch Friedrich Schmidt recht bekannt geworden, genannt ›Schmidt von Werneuchen‹ (1764–1838), der der Welt ein so schönes Gedicht geschenkt hatte wie dieses:

Es sauste der Herbstwind durch Felder und Busch/
Der Regen die Blätter vom Schlehdorn wusch/

Es flohen die Schwalben von dannen, /
Es zogen die Störche weit über das Meer/
Da ward es im Lande öd und leer/
Und die traurigen Tage begannen.

Das Kirschkernweitspucken wurde dann auch direkt vor seinem Grab ausgetragen, das in unmittelbarer Nähe der Kirche lag und auf dessen gusseisernem Kreuz zu lesen war: ›F. W. A. Schmidt, Prediger zu Werneuchen-Freudenberg, Träger des rothen Adler Ordens 4ter Klasse (…)‹

Es gab Medaillen für Männer und Frauen. Bei den Frauen siegte Sher Ri aus China mit 14,74 Metern und bei den Herren Väinö Krsikka aus Finnland mit 19,23 Metern, erzielt im fünften Versuch. Beim letzten Versuch allerdings, bei dem er neuen Weltrekord spucken wollte, verschluckte er sich am Kirschkern und starb den Bolus-Tod. Man transportierte ihn noch mit dem Hubschrauber ins Unfall-Krankenhaus Marzahn, doch auch dort konnten ihn die Ärzte nicht mehr retten.«

Alle hatten sich köstlich amüsiert, und Christian Schloch war anzusehen, dass er sich für den Größten hielt. Schon hatte er sich dem zweiten Wettbewerb zugewandt, dem Ringen.

»In Deutschland hatte das Ringen einmal einen ungemeinen Boom erlebt, und der war in der BRD verbunden mit dem Namen Wilfried Dietrich aus Schifferstadt, der x-mal Deutscher Meister gewesen war und bei den Olympischen Spielen 1960 in Rom die Goldmedaille gewonnen hatte. Dazu waren dann die Goldmedaillen von Pasacale Passareli (1984 Los Angeles), Maik Bullmann (1992 Barcelona) und Thomas Zander (1996 Atlanta) gekommen. Die DDR hat zwei Goldmedaillen durch Rudolf Vesper und Lothar Metz (beide 1968 Mexiko-Stadt) zur deutschen Bilanz beigesteuert. Aber schon 1932 hatte es in Los Angeles durch Kurt Leucht und Jakob Brendel zweimal Gold gegeben. Einzig Wilfried Dietrich hatte im Freistil gesiegt, wo man den Gegner am ganzen Körper packen konnte, alle anderen im griechisch-römischen Stil, wo Griffe nur oberhalb der Gürtellinie erlaubt waren. Nicht zu vergessen ist natürlich Carl Schuhmann.«

»Wer? Nie jehört!«, kam ein Zwischenruf aus dem Publikum.

»Carl Schuhmann aus Münster«, fuhr Christian Schloch fort, »war der erste Olympiasieger im Ringen überhaupt (1896 Athen). 1936 in Berlin gab es nur Silber und Bronze für Deutschland, und Werner Seelenbinder konnte im Halbschwergewicht lediglich Vierter werden.

Und wo wurde das olympische Ringerturnier 2020 ausgetragen? Natürlich in der Carl-Schuhmann-Sporthalle, Schlossstraße 56, 14059 Berlin, also in der Nähe des Charlottenburger Schlosses.

Als unsere Berichterstatter Jessica Natter und Dominik Schilla diese Sportstätte betraten, begann gerade im Schwergewicht/Freistil der Kampf des Finnen Veeti Zwikkimiinmeisakki aus Nummenpää gegen Wilfried Werstler aus Berlin Ortsteil Waidmannslust. Der Deutsche war so unbekannt, dass im Programm Wilfried Wrestler stand, weil im Englischen Ringen ja *wrestling* war. Der Spitzname des Finnen war Zwikki.

Der Kampf begann vor zwölfeinhalb Zuschauern (eine der Frauen in der Halle war schwanger) wie tausend andere Kämpfe auch.

Werstler machte den ersten Punkt mit einem sogenannten Paketgriff, das heißt, er schlang einen Arm um den Nacken des Finnen und erfasste mit dem anderen Arm das Bein des Kontrahenten in den Kniekehlen und riss es hoch, sodass sich Zwikki nicht mehr aus diesem Griff zu befreien vermochte und in die Bank musste, also vor Werstler knien und eine Brücke bilden. Als Nächstes setzte Werstler einen Spaltgriff an, das heißt, er griff zwischen die Beine des Finnen, um ihn ruckartig hochzureißen und so in der Luft zu drehen, dass er auf der Schulter zu liegen kam und auf die Verliererstraße geriet. Das misslang aber. Nun startete Werstler einen Beingriff und legte dem Finnen dabei seinen rechten Arm um den Hals.

Das schien alles reine Routine zu sein, da aber schrie die schwangere Frau, die mit Zwikki irgendwie verbandelt war, grell auf.

›Kampfrichter, gehen Sie dazwischen, der erwürgt ja Veeti!‹

Aber weder der Kampfrichter noch andere auf die Matte stürzende Männer konnten Werstler von Veeti Zwikkimiinmeisakki losreißen. Der Finne war tot, bevor die herbeigerufene Polizei den Deutschen mit viel Pfefferspray wieder in den Griff bekam.«

So ging es noch eine Weile weiter, und am Ende der Lesung kauften 28 Leute »Goldmedaillen für den Tod«. Nur Orlando nicht, denn das wollte er seinem Freunde Martin Nehmer nicht antun.

»Ich bleibe dabei, dass A. R. Schloch ein Arschloch ist«, sagte er beim Hinausgehen.

*

Ging man den Benatzkyweg in Rudow entlang, wurde man durch nichts an den Wolfgangsee und das »Weiße Rössl« erinnert, aber man wohnte dort sehr hübsch. Mit leiser Ironie nannten ja einige Bewohner ihren Neuköllner Ortsteil auch Bad Rudow. Dachte man da an die nur eine Viertelstunde Fußweg entfernte Rudower Höhe, einen Trümmerberg, dann war das auch gar nicht so unwahr, denn von ihren 70 Metern hatte man einen herrlichen Blick ins märkische Umland. Wer gern flog, konnte auch die Maschinen vom nahen Flughafen Schönefeld aufsteigen sehen, und wer sich mit Freuden ärgerte, hatte die Berliner BER-Schande vor Augen.

Hier am Benatzkyweg hatten sich Marcel Rackow und Marina, seine zweite Ehefrau, ein ansehnliches Einfamilienhaus auf ihr 600 Quadratmeter großes Grundstück setzen lassen. Kinder hatten sie noch keine. Marina leitete die Filiale einer Supermarktkette und wollte erst noch in eine Führungsposition in der Zentrale aufsteigen, und er hatte ja schon die Jana aus erster Ehe, hatte also gegen die Benutzung von Kondomen nichts einzuwenden. Gerade hatte er einen übergestreift und diskutierte mit seiner Frau über die für beide optimale Stellung, da wurde Sturm geklingelt. Er warf einen Blick aus dem Schlafzimmerfenster.

»Gott, die Sandra mit unserer Tochter!«

Aus war es mit der Erregung, alles fiel in sich zusammen, und sie suchten sich in aller Eile so zu bekleiden, dass niemand etwas von dem ahnen konnte, was sie gerade vorgehabt hatten. Marcel Rackow stürzte zur Gegensprechanlage.

»Moment bitte. Ich habe gerade in der Badewanne gelegen, und Marina ist unten im Keller beim Wäscheaufhängen.«

Sie fasste sich an den Kopf, schlüpfte aber schnell in ihre Jeans, zog sich einen Pullover über den Kopf und eilte in den Keller, während er im Bademantel zum Gartentor eilte.

»Entschuldigung für die Störung«, sagte Sandra Schwarz. »Aber a wollte ich dir deinen neuen Ausweis vorbeibringen, damit du im Bürgeramt nicht ewig warten musst, und b möchte dich Jana mal wieder sehen und mit dir ’ne Partie Schach spielen.«

»Wunderbar.« Er schloss das Gartentor auf und begrüßte sie mit einer alten Wendung seiner Eltern. »Tretet ein, bringt Glück herein!«

Sie setzten sich nun zu viert an den Küchentisch. Marina kochte für die Erwachsenen Kaffee und für Jana fand sich im Kühlschrank noch eine Cola. Der restliche Käsekuchen vom Sonntag reichte für alle. Sie konnten alle stolz darauf sein, eine so glückliche Patchworkfamilie abzugeben.

Man redete über dieses und jenes, und irgendwann kam die Rede auch auf Carlo Kolbatzki.

»Sein Professor ist ja ermordet worden«, sagte Sandra Schwarz. »Stand groß in allen Zeitungen.«

Marcel Rackow lachte. »Er kann's nicht gewesen sein. Er lebt ja schon lange in Bad Oeynhausen.«

Beim Besuch eines Hertha-Spiels hatte er das mit Oeynhausen vor Jahren einmal von einem gemeinsamen Bekannten gehört und dabei an den Kurort in Westfalen gedacht. Von einer Kleingartenkolonie gleichen Namens hatte er nie etwas gehört.

Sandra Schwarz sah sinnend aus dem Fenster. »Wir sollten mal wieder Kontakt aufnehmen und uns um ihn kümmern, schließlich ist er ein armer Teufel.«

»Du mit deinem Helfersyndrom!«, rief Marcel Rackow.

»Unsinn! Irgendwie fühle ich mich aber schuldig, dass er damals so abgestürzt ist. Ich hätte ihn stützen müssen, anstatt mit dir ... Und du, Marcel, hättest ihm auch helfen müssen.«

*

Sören Möller arbeitete in einer Tischlerei in Hermsdorf, Hohefeldstraße. Um 17.30 Uhr war Feierabend, und er wollte noch schnell eine Stufe für eine Wendeltreppe zurechtsägen. Als er damit fertig war, stellte er fest, dass sie ihm drei Zentimeter zu kurz geraten war.

»Scheiße!«

Er hoffte nur, dass seine Kollegen und der Chef nicht merkten, wie aufgeregt er war. Heute nämlich wollte er sich an Kolbatzki rächen und ihm seine Hütte in Brand stecken. Ihren genauen Standort hatte er schon vorgestern herausgefunden. Sein Plan war einfach genug: Wenn es dunkel geworden war, wollte er den Tulpenweg wie ein abendlicher Spaziergänger entlangschlendern und dann am Zaun vor Kolbatzkis Laube die kleine Flasche mit Benzin aus der Tasche ziehen. War niemand weit und breit zu sehen, dann die Lunte anzünden und den Molotowcocktail auf das Dach der Laube schleudern. Das war geteert und würde brennen wie Zunder. Ehe die ganze Laube in Flammen stand, war er längst wieder in der Friedrichshaller Straße. Von da waren es nur ein paar Hundert Meter zu den nächsten Bushaltestellen.

Er zog seinen Blaumann aus und Jeans, Pullover und Lederweste an, dann verabschiedete er sich und machte sich auf den Weg zum S-Bahnhof Hermsdorf. Den Fahrplan hatte er im Kopf: Richtung Wannsee 11, 21, 31 und so weiter. Er sah auf seine Armbanduhr. Wenn er rannte, schaffte er den Zug 17.51 Uhr noch.

Als er den Hermsdorfer Damm überqueren wollte, sah er ein heranrasendes Auto zu spät … Man brachte ihn noch ins Humboldt-Klinikum Am Nordgraben, dort aber erlag er seinen schweren Verletzungen.

ZEHN

Vom Geld, das er Zabakuk in der Eppinger Straße aus der Innentasche seines Jacketts gezogen hatte, war immer noch so viel vorhanden, dass sich Carlo Kolbatzki den Luxus leisten konnte, eine Tageszeitung zu kaufen. Die Traueranzeigen hätte er nie beachtet, wenn sein Blick beim Durchblättern nicht auf den Namen Sören Möller gefallen wäre. Gott, war das »sein« Sören Möller? Offensichtlich ja, denn schwarz eingerahmt stand da: »Wir trauern um unseren hochgeschätzten Kollegen und Freund … Eine große Tischlerei in Hermsdorf, Anfertigung antiker Möbelstücke …« Das passte 100-prozentig zu Möbel-Möller. Kolbatzki starrte aus dem Fenster seiner Laube. Da hatte ihm jemand die Arbeit abgenommen – oder Teile seiner Rachegelüste. Jedenfalls war auf seiner Abschussliste hinter dem Namen Sören Möller ein Häkchen zu machen.

Aber auch ein paar Seiten weiter stieß er auf einen Namen, der seinen Puls auf weit über 100 schnellen ließ: Das Bezirksamt Neukölln machte Anstalten, Flüchtlinge im ehemaligen C&A-Gebäude an der Karl-Marx-Straße unterzubringen. Interviews dazu gab es nicht nur mit der Bezirksbürgermeisterin Doktor Franziska Giffey (SPD), sondern auch mit einer Angestellten, die mit der Sache befasst war: Sandra Schwarz.

»Danke!«, rief Kolbatzki, denn er sah darin einen Wink des Schicksals, sie doch noch zu erwischen.

Da er nicht genau wusste, wann sie Büroschluss hatte und nach Hause fuhr, beschloss er, schon um 16.00 Uhr am Rathaus Neukölln auf sie zu warten. Dorthin kam er vom Heidelberger Platz ganz einfach: mit der S-Bahn bis Neukölln und dann mit der U7.

Als er sein Ziel erreicht hatte, bemerkte er mit Schrecken, dass es mehrere Ausgänge gab. Außerdem hatte das Bezirksamt auch noch überall Außenstellen. Es wäre nun ganz einfach gewesen, zum Pförtner zu gehen und nach Sandra Schwarz zu fragen, aber das wagte er nicht, weil er damit Spuren hinterlassen hätte. Ach Unsinn! Ehe die Kripo ihm auf die Schliche kam, hatte ihn sein Gehirntumor längst ins Krematorium gebracht. Dennoch ging er nicht zum Auskunftsassistenten in der Pförtnerloge, weil ihm plötzlich klar geworden war, dass das keinen Zweck hatte, denn Sandra war ja gewiss nicht in ihrem Büro, sondern auf der Großbaustelle C&A-Gebäude. Also ging er weiter Richtung Anzengruberstraße und baute sich dort vor dem Eingang auf, das heißt, er ging hinter einem Zeitungskiosk in Deckung. Die Passanten auf der Karl-Marx-Straße irritierten ihn. War er wirklich in Berlin? Das sah hier alles mehr nach Istanbul aus. Sorgte sein Tumor dafür, dass er nun auch noch unter Halluzinationen zu leiden hatte?

Da kam Sandra Schwarz aus der Tür. War auch sie ein Traumgebilde? Nein, sie war real. Sie sah sich nach beiden Seiten um. Witterte sie ihn? Nein, sie schien nur zu überlegen, welcher U-Bahn-Eingang näher war, der von der Station Rathaus Neukölln oder der vom Bahnhof Karl-Marx-Straße. Die Entscheidung schien ihr schwerzufallen, schließlich wandte sie sich nach rechts. Er folgte ihr in sicherem Abstand, zog aber sicherheitshalber den Schirm seiner schwarzen Baseballkappe noch weiter nach unten. Als sie sich der Ampel an der Erkstraße näherten, wurde es schwierig für ihn, denn nahm er dasselbe Grün wie sie, bestand die Gefahr, dass sie ihn erkannte, wartete er das Rot ab, konnte sie schon im nahen U-Bahn-Eingang verschwunden sein, und wenn dann gerade ein Zug abfahrbereit dastand und sie schnell noch durch die offene Tür hineinsprang, dann hatte er keine Chance mehr. Also blieb er weit nach links versetzt hinter ihr und eilte wie sie bei Grün über den Damm. Unten auf dem Bahnsteig war es ein Leichtes, hinter einem der vielen Pfeiler und »Bahnsteigmöbel« in Deckung zu gehen. Zuerst lief der Zug Richtung Spandau ein, und den musste sie benutzen, wollte sie nach Moabit, heim in ihre Wohnung. Doch sie unternahm keine Anstalten einzusteigen. Kolbatzki war leicht verwirrt. Warum denn das? Was wollte sie in der anderen Richtung? Er konnte sich nicht erinnern, dass sie zu seiner Zeit einmal etwas außerhalb des S-Bahn-Ringes zu tun gehabt hatte. Nun, vielleicht wollte sie jemanden in Schönefeld vom Flugplatz abholen? Überraschung! Und sie stieg tatsächlich in den Zug nach Rudow. Er nahm den Wagen daneben, so hatte er sie immer im Blick. Die U-Bahn war so voll, dass man schon fast an Tokio denken konnte, und so bestand für ihn wenig Gefahr, von ihr entdeckt zu werden.

Karl-Marx-Straße war die nächste Station. Dass sie hier nicht ausstieg, war klar, dort wäre sie zu Fuß schneller am Ziel gewesen. Erst Neukölln ließ er sie nicht aus den Augen, da hätte sie in die Ringbahn umsteigen können. Nein, tat sie nicht. Dass sie zu einem frei gewordenen Sitzplatz sprang, ließ auf ein längeres Verbleiben in der U-Bahn schließen. Also musste er auf den nächsten Stationen nicht groß Obacht geben. Wichtig wurde erst wieder Johannisthaler Chaussee, denn hier hatte sie ja einmal gearbeitet und wollte vielleicht alte Kolleginnen besuchen. Nein, sie war weiterhin voll und ganz mit ihrem Smartphone beschäftigt. Also doch: Endstation Rudow und dann weiter mit dem Bus zum Flughafen. Er konnte beruhigt gegen die Tunnelwand starren.

»Rudow. Der Zug endet hier. Bitte alles aussteigen.«

Die Lautsprecherdurchsage weckte ihn wieder. In sicherem Abstand folgte er Sandra Schwarz. Und er überlegte schon, was er tun sollte, wenn sie in den Bus zum Flughafen stieg. Dort drin war es so eng, dass sie ihn unweigerlich erkennen musste. Und ihr mit der Taxe hinterherzufahren, überstieg seine finanziellen Möglichkeiten. Blieb ihm nur, sie sausen zu lassen. Scheiße!

Doch als sie oben auf der Straße angekommen waren, bemerkte er, dass sie gar nicht der Bushaltestelle zustrebte, an der schon viele Fluggäste mit ihren Ziehkoffern warteten, sondern in nordöstlicher Richtung der Straße Alt-Rudow. Doch in die bog sie nicht ab, sondern nahm einen Weg, der weit ins etwas eintönige Rudower Siedlungsland führte. Das Straßenschild zeigte ihm, dass es der Neudecker Weg war, der in leichter Biegung um einen Teich herumführte. Hinter dem sah er Sandra Schwarz rechts in den Selgenauer Weg abbiegen. Was es nicht alles gab! Von einem Selgenau hatte er nie etwas gehört. Nach ein paar Hundert Metern war sie dann links im Benatzkyweg verschwunden.

Geparkte Autos gaben ihm ausreichend Deckung, und so war er nahe genug dran, um all das genau zu verfolgen, was in der nächsten Minute geschah.

Sandra Schwarz klingelte an einem weiß gestrichenen Gartenzaun, und es kam ihr ein Mann entgegengeeilt, den er nur zu genau wiedererkannte: Marcel Rackow.

*

In der Proskauer Straße unweit der Frankfurter Allee gab es einen kleinen Laden, über dem mit selbst gemalten und nicht eben exakten Buchstaben WET geschrieben stand. Das war ein echter *eye catcher.* Hatte das etwas mit dem Wetter zu tun, und die letzten drei Buchstaben waren vergessen worden? Nein, eher etwas mit einem Wettbüro. Wer die Gegend und den Inhaber kannte, wusste jedoch, dass das WET für »Wohnungsauflösungen – Entrümpelungen – Trödel« stand, aber auch, und diese Doppeldeutigkeit erfreute sie, für Uwe Nass. Der ging auf die 40 zu und hatte sich vorher als Zeitungsausträger und Gebäudereiniger (innen, Hausflure) versucht. Die Rigaer Straße, die in Berlin als Kürzel für anarchistische Tendenzen stand, lag ganz in der Nähe, und Uwe Nass hatte enge Kontakte zur Szene.

Gestern hatte ihm ein Rentner seine angestaubte Lehmann-Gartenbahn verkauft, und gerade hielt er eine kleine grün-schwarze Lok in der Hand und überlegte, ob er das gute Stück ins Schaufenster stellen sollte, wogegen vieles sprach, als ein Mann etwa seines Alters und eine wesentlich jüngere Frau sein Geschäft betraten. Sofort schrillten bei ihm die Alarmglocken. Das konnten doch keine Kunden sein, so spießig die gekleidet waren. Aber nach Angehörigen irgendeiner Gang sahen sie auch nicht aus. Da hatte er es auch schon: Das waren Bullenschweine! Und richtig, schon zückten sie ihre Dienstmarken.

»Gunnar Schneeganß und Jessica Schamp vom LKA. Wir sind mit der Aufklärung der Mordfälle Zabakuk und Kuhnert beauftragt und hätten Ihnen gern ein paar Fragen gestellt. Sie sind doch Herr Nass?«

»Na, wie der Nasser aus Äjypten seh ick doch nich aus, und der is ja wohl ooch schon 'ne Weile tot. Wat ham se inna Schule imma jelästert: Nass, Nasser, am nassesten.« Er hielt inne. »Aba wat soll'n det heißen mit die beeden Morde? Ham Se mia da etwa uff'm Schirm? Ick bin absolut sauba.«

»Klar.« Der mit dem dussligen Namen, wie Uwe Nass fand, der Schneeganß, zog einen Zettel hervor und las völlig emotionslos ab, was da stand. »Paragraph 186 – Üble Nachrede. Paragraph 226 – Schwere Körperverletzung. Paragraph 229 – Fahrlässige Körperverletzung. Paragraph 242 – Diebstahl. Paragraph 246 – Unterschlagung. Paragraph 252 – Räuberischer Diebstahl. Paragraph 259 – Hehlerei. Paragraph 303 – Sachbeschädigung.«

Uwe Nass gab sich ahnungslos. »Wat is'n ditte: 'ne juristische Vorlesung?«

»Nein, Ihr Vorstrafenregister.«

Das war die Kripo-Frau gewesen, und Uwe Nass hätte am liebsten ausgerufen: »Halt's Maul, du dusslige Kuh!«, oder noch besser: »Lesben raus hier!«, denn als eine solche hatte er sie längst erkannt, aber er konnte sich gerade eben noch zusammenreißen und telegen lächeln. »Det liejt allet Jahre hinta mia, frajen Se mein'n Bewährungshelfer. Da is nüscht mehr, und ick weeß beim besten Willen nich, warum Se ausjerechnet zu mir jekomm'n sind: Ick kenne weda een'n Herrn Zabakuk noch een'n Herrn Kuhnert.«

Der Kripo-Mann lächelte nun auch. »Aber Ihren Vater kennen Sie? Kurt Nass, Kutte.«

Uwe Nass winkte ab. »Der ist letztet Jahr jestorm, der kann keen'n mehr aschießen.«

Nun war die Lesbe wieder an der Reihe. »Ja, aber wir haben herausfinden können, dass die Waffe, mit denen Zabakuk und Kuhnert erschossen worden sind, einmal Ihrem Vater gehört hat. Und vielleicht hat er Ihnen die vererbt, und vielleicht wissen Sie, wo sie abgeblieben ist.«

Das wusste Uwe Nass, denn sein Vater hatte ihm erzählt, dass er die Walther PPQ seinem Freund Carlo Kolbatzki schenken wollte, weil der sich von einer arabischen Großfamilie bedroht fühlte. Mit einem der Clanmitglieder, einem Neffen des Bosses wohl, hatte er sich im Knast angelegt. Aber eher hätte sich Uwe Nass den rechten Arm abgehackt, als dass er den Bullenschweinen etwas verraten hätte. Und so spielte er den absolut Ahnungslosen.

»Ob ick weeß, wo die Walther PPQ abjebliem is? Nee, weeß ick nich, ick weeß nur, det Bayern München wieder Deutscher Meister wird. Hier im Laden isse nich, ick werd ’n Teufel tun und mit Waffen handeln. Wahrscheinlich hat Vata se vakooft. Aba keene Ahnung, an wen.«

*

Carlo Kolbatzki musste immer mehr erkennen, dass er keinen eigenen Willen mehr hatte. Auf der Bühne des Lebens spielte er nur das, was im Textbuch stand, und agierte so, wie der Regisseur es wollte. Dessen Stimme war wie ein Peitschenhieb: »Du fährst jetzt nach Rudow raus und bringst den Rackow um!« Da konnte er nicht anders, diesem Befehl musste er unbedingt folgen. Aus Angst, jemandem aufzufallen, wenn er schon wieder mit der U-Bahn nach Rudow fuhr, hatte er sich in einen Internet-Laden gesetzt und mithilfe des BVG-Fahrinfo-Routenplaners etwas anderes gefunden. Bei Einbruch der Dunkelheit lief er die Forkenbeckstraße hinunter zum Hohenzollerndamm, wartete dort auf den 115er-Bus, fuhr bis zum S-Bahnhof, nahm die S46 nach Königs Wusterhausen und stieg Adlershof wieder aus, um mit dem 162er-Bus nach Rudow zu kommen. Von der Haltestelle Pfarrer-Heß-Weg bis zum Benatzkyweg waren es nur wenige Hundert Meter. Auf dem Weg zu Marcel Rackows Grundstück hatte er ein ganz bestimmtes Bild wieder deutlich vor Augen:

Flashback IV

Bei Möbel-Möller sind wieder einmal Überstunden zu machen. »Carlo, du musst das rote Sofa da in der Ecke unbedingt noch heute nach Michendorf fahren, das ist ein guter Kunde, und den muss ich mir warmhalten.« Er flucht innerlich, denn von der Turmstraße bis nach Michendorf sind es, so schätzt er, runde 50 Kilometer, und dafür braucht er bei stockendem Verkehr sicher eine gute Stunde. Hin. Und zurück nach Mariendorf braucht er sicherlich auch nicht viel weniger. Sandra und er sind zusammen in einen Neubaublock am Teikeweg gezogen. Viel zu Hause ist er nicht gewesen. Erst der Fußball, dann seine Auftritte als Entertainer und Popsänger, jetzt Sören Möller, der ihn am liebsten bis Mitternacht beschäftigt hätte. Egal, wenigstens verdient er nicht schlecht. Er ruft an, um ihr zu sagen, dass er nicht vor neun, halb zehn zu Hause sein wird.

Er fährt die Avus hinunter, da dudelt kurz vor dem Kreuz Zehlendorf sein Handy. Es ist Sören Möller.

»Du kannst kehrtmachen und nach Hause fahren. Der Kunde in Michendorf hat angerufen, dass es heute nicht klappt. Er hat ganz plötzlich seine Frau ins Krankenhaus bringen müssen.«

Er ist nicht sonderlich böse und verlässt die Autobahn. Über die B1, die Straße unter den Eichen, die Albrechtstraße und den Mariendorfer Damm ist er in einer halben Stunde zu Hause.

Der Neubaublock am Teikeweg, in dem sie im Parterre ihre Wohnung gemietet haben, ist insofern eine architektonische Besonderheit, als dass nicht jedes der fünf Häuser eine extra Haustür hat, sondern einen zentralen Eingang mit einem Treppenhaus nahe der Kolostraße, von dem man über eine offene Galerie zu den einzelnen Wohnungen gelangt.

Bevor Kolbatzki nun bei sich klingelt, sieht er Licht im Schlafzimmer brennen. Sicherlich liegt Sandra schon im Bett und liest etwas von Utta Danella. Er liebt kleine Scherze. Also klettert er zum schmalen Fenster hinauf, um gegen die Fensterscheibe zu klopfen, und blickt ins Zimmer. Was er dort sieht, kann er nicht fassen. Da liegt Marcel Rackow, sein bester Freund, auf seiner Frau und sie vögeln wie von Sinnen. Er rammelt wie ein Wilder, und sie stöhnt wie in einem schlechten Porno.

Kolbatzki war klar, dass er nicht ewig warten konnte, bis Marcel Rackow auf der Straße auftauchte, um mit seinem Hund, wenn er denn überhaupt einen hatte, Gassi zu gehen oder mit seinem Auto noch einmal in die Stadt zu fahren. Das war eigentlich sein Plan gewesen: ihn beim Besteigen seines Wagens zu erschießen. So wie auch Professor Zabakuk und Michael Kuhnert. Doch dieser Plan war in diesem Falle Käse. Also blieb ihm nicht anderes übrig, als zu klingeln, sich hinter den Pfeiler mit dem Briefkasten zu ducken und zu warten, bis sein Opfer Nummer 3 nach vorne kam. Er drückte kräftig und sekundenlang auf den Klingelknopf.

ELF

Hansjürgen Mannhardt fuhr gern zur Hochschule nach Friedrichsfelde, er wäre aber genauso gern zu Hause geblieben und hätte eine seiner Lieblingsserien gesehen, »Um Himmels Willen«. Janina Hartwig als Schwester Hanna war genau sein Typ, und so ein Lokalpolitiker wie Bürgermeister Wolfgang Wöller, gespielt von Fritz Wepper, wäre er auch gern gewesen. Nun, er hielt den Volksmund für den größten Psychologen aller Zeiten, und der sagte nun einmal: Der Mensch denkt, Gott lenkt. Statt ins Kloster Kaltenthal ging es also in die Bürokaserne Friedrichsfelde, der sie gleich nach der Wende einen Hörsaaltrakt angehängt hatten. Seine Ambivalenz machte ihm mitunter zu schaffen, Heike meinte gar, er solle wegen der Koexistenz widersprüchlicher Gefühle in seinem Bewusstsein einmal zu Therapeuten gehen. »Da freust du dich, wenn Hertha gewinnt, weil du Berliner bist, ärgerst dich aber über jeden Sieg, weil du den Verein eigentlich nicht magst.« Ja, okay, aber so war das Leben nun einmal: Ohne Kehrseite war nichts zu haben.

Derart philosophisch gestimmt, betrat er den Hörsaal, blickte seine etwa 18 Schäfchen so an wie ein Dompteur seine Löwen und begann nach den Begrüßungsfloskeln mit einem weiteren Teil seiner Lehrveranstaltung über »Berlins berühmteste MörderInnen«.

»Heute, meine sehr verehrten Studierenden, bietet Ihnen mein Pitaval die Herren Thomas Rung, Doktor Wenzinger, Doktor Schmitz, Orhan S., Rainer Sturz, Paul Krantz und Bruno Lüdke.«

Sofort meldete sich jemand aus dem Hintergrund: »Wer ist Pieter Wahl? Hört sich so holländisch an, war das überhaupt ein Berliner?«

Mannhardt konnte nicht genau einordnen, ob der Fragende nun unwissend war oder ein verkappter Comedian, blieb aber akademisch ernsthaft und schrieb das Wort erst an die Tafel und erläuterte dann den Begriff. »Ein Pitaval, abgeleitet von dem französischen Juristen Gayot de Pitaval, ist eine Sammlung von historischen Strafrechtsfällen. Es gibt viele davon, aber was Berlin betrifft, da ist am wichtigsten ›Der neue Pitaval‹ von Julius Eduard Hitzig und Willibald Alexis. Nach dem Hitzig ist ja eine Allee in Tiergartennähe benannt worden und nach Alexis eine Straße in Kreuzberg. Letzterer hat sich auch mit seinem Roman ›Die Hosen des Herrn von Bredow‹ verdient gemacht.« Niemand lachte, das war wohl doch zu sophisticated. »Kommen wir nun zu unseren prominenten Mördern. Da wäre zuerst Thomas Rung, geboren am 3. Januar 1961 in West-Berlin. Er kann sich die Ehrenmedaille an die Brust heften, Berlins gefährlichster Serienmörder nach Paul Ogorzow zu sein. Seine Sozialisation war genau die, die ein Mann braucht, um Straftäter zu werden: Sieben Kinder zu Hause, strenge, lieblose Eltern, die Mutter verlässt die Familie, als er zwei Jahre alt ist. Besuch der Sonderschule, und schon als Schüler auffällig geworden durch Einbrüche und Körperverletzungen. Vor dem ersten

Mord, das war 1983, eine lange Latte an Vorstrafen und etliche Monate Haft. Zwischen 1983 und 1995 bringt er sechs Frauen und einen Mann um. Er vergewaltigt die Frauen, erwürgt, ertränkt oder erstickt sie. Das ist schlecht für unsere Kollegen, denn was ist dabei nicht zu erkennen?«

»Ein Opus Moderandi«, kam es von der Seite her.

Mannhardt schmunzelte. »Das ist insoweit richtig, nur fehlt noch ein ›M‹ davor, also ›Modus Operandi‹.«

»Nein!«, rief der Witzbold von vorhin. »*Modus Operandi* ist das erste Solo-Album des Rappers Arbok 48.«

Mannhardt nahm seinen Kugelschreiber wie den Lauf einer Waffe, hielt ihn an die Schläfe, drückte ab und deutete den Knall stimmlich an. »Überschrift: Werdender Kriminalbeamter löst im Hörsaal Suizid seines Dozenten aus. Aber noch einmal zurück zum Modus Operandi: Welche Verhaltensweisen können wir bei einem Täter beobachten, was tut er bei der Tatbegehung und hinterher bei der Verdunkelung der Tat. Daraus können wir bei der Aufklärung eines Mordes ganz entscheidende Schlüsse ziehen und unser Täterprofil erstellen.«

Die Lehrveranstaltung lief gut, fand Mannhardt, die nächsten beiden Täter, die er seinen angehenden KollegInnen vorstellen wollte, gaben aber weniger her: die Ärzte Wenninger und Schmitz. »Doktor Gerhard Wenzinger ist 53 Jahre alt, als er in seinem Haus am Schönerlinder Weg 57 in Karow die 23-jährige Prostituierte Dana Franzke umbringt, anschließend in 40 Stücke zersägt und in den Havel-Oder-Kanal wirft. Dringend verdächtigt wird er auch eines Mordes an einer weiteren Prostituierten vom Straßenstrich Kurfürstenstraße, außerdem soll er vier Frauen in Brasilien umgebracht haben. Apropos Prostituierten-Morde. Am 29. August 1997 wird der Berliner Hautarzt Stefan Schmitz wegen heimtückischen Mordes zu lebenslanger Haft verurteilt. Das Gericht sieht es als erwiesen an, dass der 37-jährige Mediziner die 18-jährige Prostituierte Zsanett Sch. ermordet und weitere vier Mordversuche unternommen hat. Was lernen wir daraus, meine Damen und Herren?«

»Dass Ärzte ihre Patienten nicht nur auf dem Operationstisch ins Jenseits schicken.«

»Richtig. Und dass sich das Erlernen bestimmter Berufe ganz besonders anbietet, wenn man Leichen kunstgerecht zerlegen will. Nicht nur den des Schlächters, Fleischers oder Metzgers wie zum Beispiel bei Karl Großmann, unserer ›Bestie vom Schlesischen Bahnhof‹. So …« Er warf einen Blick auf das Blatt mit seinen Notizen. »Kommen wir nun zu Orhan S. Der also tötet vor den Augen seiner Kinder seine 30-jährige Ehefrau Semanur, schneidet ihr auf der Dachterrasse ihrer Wohnung an der Köthener Straße den Kopf ab und wirft ihn hinunter in den Hof. Ein Haftbefehl wird nicht erlassen, er kommt sofort in die Psychiatrie. Über psychisch schwer gestörte Täter, die zum Beispiel ihnen völlig unbekannte Menschen vor die einfahrende U-Bahn stoßen, sollten Sie sich bei einem Fachmann oder einer Fachfrau noch gesondert informieren. Es gibt viele tickende Zeitbomben in unserer schönen Stadt … Kommen wir nun zu dem letzten Mann auf meiner Liste, zu Rainer Sturz. In der ›Berliner Zeitung‹ wird von ihm unter der Überschrift ›Mord an der Wohnungstür‹ berichtet. Sturz ist noch in der DDR mehrfach wegen sexueller Delikte ins Gefängnis gekommen und in die Psychiatrie eingewiesen worden, zuletzt wird er 1988 wegen räuberischer Erpressung und mehrfacher versuchter Vergewaltigung zu zehn Jahren Haft verurteilt. Nach Verbüßung der Haft sollte er lebenslang in der Psychiatrie untergebracht werden. Immer wieder aber flieht er von dort und überfällt alte Frauen an deren Wohnungstür. 1999 begeht er in der Grünberger Straße in Friedrichshain seinen ersten Mord. Aufgrund einer gestohlenen Kreditkarte kommt man ihm schließlich auf die Schliche. Als er Geld abheben will, wird er gefilmt und erkannt. Verurteilt wird er zu lebenslanger Haft mit anschließender Sicherungsverwahrung. – Was lernen wir daraus?« Mannhardt sah sich in der Runde um.

»Dass jeder von uns zum Mörder werden kann«, kam es von einer angehenden Kommissarin, »wenn es im Gehirn bestimmte neuronale Fehlschaltungen gibt.«

»Okay, aber das darf uns nicht zu der Annahme verleiten, als spielten Umwelteinflüsse – das Elternhaus, die *peer groups* und so weiter – nun gar keine Rolle mehr.« Mannhardt sah auf seine Armbanduhr. »Zum Schluss will ich nun auf zwei Männer eingehen, die weithin als Mörder gelten oder gegolten haben, aber in Wahrheit gar keine sind: Paul Krantz und Bruno Lüdke. Zu Ersterem. Paul Krantz ist einer der Protagonisten der sogenannten ›Steglitzer Schülertragödie‹ von 1927. Die Oberschüler Paul Krantz und Günther Scheller, 18 und 19 Jahre alt, schließen unter starkem Alkoholeinfluss einen Mord- beziehungsweise Selbstmordpakt. Motive sind unglückliche intime Beziehungen zwischen mehreren jungen Menschen. Ausgemacht wird, dass

Scheller seinen Freund Hans Stephan erschießen soll und Krantz anschließend ihn, dessen Schwester Hildegard und schließlich sich selbst. So weit die Verabredung, aber nur Günther Scheller erfüllt sie, indem er in der Wohnung seiner Eltern in der Steglitzer Albrechtstraße besagten Hans Stephan erschießt. Dann aber erschießt er sich selbst. Paul Krantz schreckt danach zurück, seinen Teil des Plans zu erfüllen, wird aber dennoch wegen gemeinschaftlichen Totschlags angeklagt, später aber nur wegen unerlaubten Waffenbesitzes zu drei Wochen Haft verurteilt. Es bleibt aber so viel an Krantz hängen, dass er einen anderen Namen annimmt.«

»Jaja, immer diese Beziehungstaten«, kam es von hinten.

Mannhardt lächelte. »Wunderbar, dass es sie gibt, denn bei ihnen haben wir die größten Aufklärungschancen. – Nun aber zum Schluss noch zu Bruno Lüdke aus Berlin Köpenick. Er ist Sohn eines Wäschereibesitzers und fährt auch oft Wäsche aus, verfügt aber über einen nur geringen IQ, weshalb sie ihn auch den ›doofen Bruno‹ nennen. Gutmütig ist er und tut keiner Fliege was zuleide. Jahrgang 1908, wird er 1940 zwangssterilisiert. Dennoch lebt er sein Leben und freut sich, wenn er seinen Eltern helfen darf. Dann aber wird im Januar 1943 im Köpenicker Stadtwald, nahe der Wäscherei, eine 51-jährige Rentnerin vergewaltigt und erdrosselt aufgefunden. Als die Kripo nicht weiterkommt, stößt der ermittelnde Kriminalkommissar Heinrich Franz auf Bruno Lüdke und macht ihn sozusagen zum Mörder, obwohl es keine Spuren und Indizien gibt. Aber nicht nur das, Franz gelingt es mit einigen psychologischen Tricks und verlockenden Versprechungen auch, den ›doofen Bruno‹ dahin zu bringen, 84 begangene Morde zu gestehen. Nicht nur in Berlin, sondern überall im Reich. Er avanciert zum wohl schlimmsten Serientäter der deutschen Kriminalgeschichte. Am 8. April 1944 stirbt Bruno Lüdke dann in Wien infolge der medizinischen Versuche, die man an ihm vornimmt. In der Nachkriegs-BRD wird Bruno Lüdke mit dem Film ›Nachts, wenn der Teufel kam‹, in dem Mario Adorf ihn spielt, zu einer Legende, zu einer Kultfigur des Bösen. Dann aber finden Günter Prodöhl aus der DDR und unser holländischer Kollege Jan Blaauw die Wahrheit heraus: Bruno Lüdke hat nicht einen einzigen Mord begangen, sondern nur unseren Kollegen aus der Nazizeit dazu gedient, ihre Erfolgsquote auf 100 Prozent zu erhöhen und sozusagen die Ehre des Hitlerreichs zu retten.« Mannhardt sah abermals auf seine Uhr. In einer Minute war die Lehrveranstaltung zu Ende. »So, meine Damen und Herren, dann bedanke ich mich für Ihre Aufmerksamkeit und darf Ihnen mitteilen, dass wir nun alle berühmten Berliner Mörder und Mörderinnen abgehakt haben.«

»Irrtum!«, kam es von hinten. »Da schlägt gerade wieder einer zu: Doppelmord in Rudow. Der Täter ist noch nicht gefasst.«

Mannhardt lächelte. »Das geht mich nichts mehr an.«

*

»Hast du ein Glück«, sagte Silke Schneeganß zu ihrem Mann beim Frühstück. »Jetzt verlegen sie die Tatorte direkt zu dir vor die Haustür in Rudow.«

»Na, von der Krokusstraße zum Benatzkyweg sind es immerhin noch anderthalb Kilometer.« Gunnar Schneeganß trank seinen Kaffee aus. »Aber wahrscheinlich haben sie deshalb Jessica und mir diesen Mord auch noch aufgehalst.«

»Ich denke, weil das alles genauso aussieht wie bei den ersten beiden Morden.«

»Der Modus Operandi, ja. Aber ob es überall dieselbe Waffe war, wird sich erst im Lauf des Tages herausstellen. Wahrscheinlich wird es dann eine ›SOKO Schalldämpfer‹ geben und wir kriegen noch mehr Kollegen zugeteilt als jetzt schon, aber letztlich bleibt doch alles an mir und Jessica hängen. Wir beide treffen uns in einer halben Stunde noch einmal am Benatzkyweg, denn unter Umständen sieht man im Hellen mehr als im Dunkeln.«

Während seine Frau in den Keller eilte, um in ihrer Physiotherapie-Praxis die erste Patientin zu empfangen, hatte er gedanklich noch einmal die Liste all derer vor Augen, die in den letzten Wochen heimtückisch erschossen worden waren, offensichtlich mit einer Pistole mit Schalldämpfer, denn einen Schuss hatte man nirgends gehört. Da waren:

1. Johann Sebastian Zabakuk, der Freien Universität-Professor
2. Michael Kuhnert, Lehrer und Fußballtrainer
3. Sandra Schwarz, Angestellte im Bezirksamt Neukölln – und
4. Marcel Rackow, Manager

Beim besten Willen und trotz langjähriger Berufserfahrung konnte Schneeganß nicht erkennen, was diese vier

Menschen gemeinsam haben konnten, außer dass sie in Berlin wohnten. In dieselbe Schule gegangen sein konnten sie wegen der Altersunterschiede nicht, und gemeinsam bei Zabakuk hatten sie wohl kaum studiert. Vielleicht hatten sie demselben Sportverein angehört? Er nahm sich vor, dem jüngsten Mitglied seiner Truppe den Auftrag zu erteilen, bei allen Berliner Tennisvereinen anzurufen.

Er stand vom Frühstückstisch auf, ging in den Keller hinunter, um sich kurz von seiner Frau zu verabschieden, und holte dann seinen Wagen aus der Garage, um Jessica Schamp von der Haltestelle Pfarrer-Heß-Weg abzuholen. Als sie aus dem Bus gesprungen und zu ihm gelaufen war, schimpfte sie erst einmal gewaltig.

»Mann, war das eine Tour, mehr eine *Tortur*: zwei Busse, zwei S-Bahn-Linien, eine U-Bahn-Linie! Ich war eine Stunde und zwölf Minuten unterwegs.«

Schneeganß lachte. »Hätten sie dich auf den Mond geschossen, wärst du noch länger unterwegs gewesen. Und ein gewisser Carl Benz soll 1885 das Auto erfunden haben.«

»Ich will kein Auto haben!«

Schneeganß verfluchte seine Vorgesetzten, dass sie ihm nicht nur eine Lesbe, sondern auch noch einen grünen Gutmenschen an die Seite gestellt hatten.

Als sie bei Marcel Rackow angekommen waren, sah es noch immer nach Dreharbeiten zu einem Krimi aus. Niemand hatte die Spuren des Ersten Angriffs beseitigt.

»Fehlt nur, dass die beiden Leichen noch daliegen.«

Die Umrisse ihrer Körper waren aber noch deutlich auf dem Pflaster zu erkennen. Geregnet hatte es ja nicht.

Jessica Schamp klingelte. Einmal, zweimal, doch drinnen im Haus rührte sich nichts. Dafür kam der Nachbar zur Rechten, der gerade seine Zeitung aus dem Briefkasten geholt hatte, zu ihnen an den Zaun.

»Frau Rackow wird noch im Krankenhaus liegen. Sie ist ja gestern mit einem Schock zusammengebrochen, als sie ihren Mann und seine Ex in der Blutlache gesehen hat.«

Schneeganß horchte auf. »Seine Ex-Ehefrau?«

»Ja, die Sandra Schwarz und er waren mal verheiratet, und nach der Scheidung hat sie wieder ihren Mädchennamen angenommen«, wusste der Nachbar weiter zu berichten.

Jessica Schamp staunte. »Wenn sie seine Ex war, was hatte sie denn hier in Rudow zu suchen?«

»Na, weil Rackow und sie eine gemeinsame Tochter haben, die Jana, und die hat Sandra gestern hergebracht.«

»Gott, das arme Kind!«, rief Jessica Schamp. »Und wo steckt es jetzt?«

»Sie haben die Jana die Nacht über in ein Heim gebracht, wo die Oma sie heute abholen soll. Die kommt mit dem Flugzeug aus München.«

Schneeganß überlegte einen Augenblick, dann beschloss er, das Kind erst einmal außen vor zu lassen. Vielleicht konnte ihnen der Nachbar noch etwas über Marcel Rackow und Sandra Schwarz erzählen. Er sah ihn fragend an. »Wenn Sie uns noch etwas, Herr …?«

»… Wenzel. Ich war Jura-Professor …«

»… und kennen zufällig auch Professor Zabakuk?«, fiel Jessica Schamp ihm ins Wort.

»Nein, das nicht, aber wenn Sie etwas über Herrn Rackow wissen wollen … Er war einmal ein großer Tennisspieler in seinem Verein, und durch seine Verbindungen dort hat er auch eine gut dotierte Stelle in einem renommierten Pharmakonzern bekommen, der BMC, Berlin Medizin Chemie. Eigentlich hatte er Journalist werden wollen, was auch seine eigentliche Berufung ist, da dies aber im Augenblick brotlose Kunst ist und Arbeitslosigkeit zu bedeuten scheint, hat er dem Druck seiner Eltern nachgegeben und ist Betriebswirt geworden. Und ich glaube, er hat auch bei Zabakuk studiert.«

»Oha!« Jessica Schamp freute sich, dass es wenigstens einmal die Spur eines Zusammenhangs gab.

Als sie sich dann bei Wenzel bedankt hatten und wieder im Auto saßen, um in ihr Büro in der Keithstraße zu fahren, diskutierten sie das natürlich.

»Sollte sich doch alles um den Lehrstuhl Zabakuk drehen?« Schneeganß war dabei, laut zu denken. »Er ist erschossen worden, Marcel Rackow ist erschossen worden … Das deutet ja alles auf unseren ersten Tatverdächtigen hin, diesen Honorarprofessor … wie hieß er noch mal?«

»Doktor Peter Thießen«, half Jessica Schamp ihm aus.

»Ja. Also Arbeitshypothese: Thießen erschießt Zabakuk in der Eppinger Straße, und Marcel Rackow kriegt das irgendwie mit, muss also aus dem Weg geräumt werden. Da seine Ex zufällig neben ihm auftaucht, muss sie auch ins Gras beißen. Was halten Sie davon, Frau Kollegin?«

»Hört sich gut an«, antwortete Jessica Schamp. »Aber wenn es wirklich ein und derselbe Täter sein sollte, wie passt denn da dieser Kuhnert ins Schema? Der war ja wohl Lehrer für Geschichte und Sport und hat nie und nimmer Betriebswirtschaftslehre bei Zabakuk studiert.«

»Weiß man's? Vielleicht hat er das Fach gewechselt und vorher Sportmanagement belegt gehabt, wo ja sicher auch BWL dabei ist.«

»Ach komm, das ist doch an den Haaren herbeigezogen.« Jessica Schamp hatte sich noch nie gescheut, offen ihre Meinung zu sagen, obwohl sie in der DDR auf die Welt gekommen war.

Als sie in der Autobahn im Britzer Tunnel im Stau steckten, dudelte bei Schneeganß in der Tasche das Handy. Er zog es hervor und meldete sich. Es war der Kollege vom LKA KT 31 – Waffen/Munition/Ballistik.

»Du, Gunnar, die Schwarz und der Rackow in Rudow sind mit derselben Waffe erschossen worden wie der Zabakuk und der Kuhnert.«

*

Als Carlo Kolbatzki in der Zeitung las, dass in Rudow ein gewisser Marcel Rackow und seine Ex-Ehefrau Sandra Schwarz erschossen worden waren, zuckte er zusammen und brach in Tränen aus. Oh Gott, das hatten sie nicht verdient! Schön, Marcel hatte ihn mit Sandra betrogen, aber das war doch schon ewig her. Er musste raus aus dem Gefängnis seiner Laube und ein wenig spazieren gehen. Bis zum Rathaus Schmargendorf an der Berkaer Straße lief er, und als er wieder zu Hause war, warf er sich erst einmal auf sein Bett, um eine Stunde zu schlafen.

Er erwachte mit heftigen Kopfschmerzen. Sein Tumor zeigte ihm an, dass er kräftig am Wachsen war. Kolbatzki begann, in seinen Schubladen zu kramen. Irgendwo mussten doch seine Schmerztabletten liegen. Die fand er zwar nicht, dafür aber seine Pistole mit dem aufgeschraubten Schalldämpfer. Als er sie in die Hand genommen hatte, fiel ihm ein, dass er noch drei Namen auf seiner Abschussliste nicht abgehakt hatte: Hansjürgen Mannhardt, der Kriminalbeamte, der ihn hinter Gitter gebracht hatte, Bernhard Sandberg, der Hauswirt, der ihn aus seiner Wohnung geworfen hatte, und Christian Schloch, A. R. Schloch, der Kulturjournalist, der ihn als Sänger und Comedian lächerlich gemacht und seine Karriere verhindert hatte. Drei Männer nur noch, dann hatte er das vollbracht, was ihn unsterblich machte und womit er seinen Tumor besiegen konnte. »Du hast zwar dafür gesorgt, dass ich auf dem Friedhof lande, aber danach beginnt erst mein eigentliches Leben, da habe ich x Internet-Einträge: *Carlo Kolbatzki, bekannter Serienmörder, der sich grausam gerächt und die sieben Menschen getötet hat, die sein Leben zerstört haben.*

Dieser Mannhardt war also als Nächster an der Reihe. Aber wo lebte der, pensioniert war er ja sicher schon lange, wie konnte er ihn packen? Am besten, er ging wieder in einen Internetladen, diesmal aber in einen anderen, und suchte nach ihm.

Als er dann vor dem Bildschirm saß, stieß er zunächst auf etliche Mannhardts: den deutschen Uhrmacher und Maschinenbauer Johann Mannhardt, die Schauspielerin Renate Mannhardt, den Religionslehrer Horst-Günter Mannhardt, den deutschen Volksdichter Wilhelm

Mannhardt und den Krimischreiber Bernd Mannhardt. Endlich fand er dann auch »seinen« Mannhardt. Zu seinem Abschied als Erster Kriminalhauptkommissar gab es einige Zeitungsartikel, und im Vorlesungsverzeichnis der HWR tauchte er auch noch auf. Deren Adresse bekam er sehr schnell heraus: Campus Lichtenberg, Alt-Friedrichsfelde 60. Dort wurden Kriminalbeamte ausgebildet, und dort würde er Hansjürgen Mannhardt ganz sicher finden.

ZWÖLF

Das war blöd, aber Vorlesungen fanden an den deutschen Hochschulen zumeist zwischen acht und 18 Uhr statt, und Carlo Kolbatzki hatte bei einem Anruf mit verstellter Stimme herausgefunden, dass Hansjürgen Mannhardt immer mittwochs 10-12 im Hörsaal 205 »auftrat«. Bis jetzt hatte Kolbatzki immer im Schutze der Dunkelheit agiert, und der Vormittag kam an sich als Tatzeit für ihn nicht infrage. Aber vielleicht war es gut, wenn er einmal nicht am Abend oder in der Nacht zuschlug, das irritierte den Profiler, den sie sicherlich schon auf ihn angesetzt hatten. Außerdem war bei Mannhardt nicht zu befürchten, dass er ihn wiedererkannte, wenn er ihn zu Gesicht bekam. Bei Sandra Schwarz und Marcel Rackow wäre das 100-prozentig sicher gewesen, bei Professor Zabakuk und Michael Kuhnert vielleicht auch noch, aber bei Mannhardt war das sehr unwahrscheinlich. Dennoch. Als er mit der S-Bahn nach Alt-Friedrichsfelde fuhr, hätte er sein Gesicht am liebsten hinter einer Maske versteckt, denn er glaubte, dass alle ihn ansahen und heimlich ihr Handy zückten und 110 anriefen. Vielleicht gab es schon ein Fahndungsfoto, und sie hatten es auf dem Bildschirm oder in der Zeitung gesehen: »Gesucht wird wegen vierfachen Mordes der 40-jährige Carlo Kolbatzki aus Berlin-Wilmersdorf.« Er senkte den Kopf, verdeckte sein Gesicht mit den

Händen, als würde ihn die Helligkeit stören, und stellte sich schlafend.

So kam er unerkannt bis zum Bahnhof Friedrichsfelde Ost. Er blieb noch auf dem Bahnsteig stehen, bis der Pulk der Ankommenden auf der nach oben führenden Treppe verschwunden war, und hielt sein Gesicht in die Sonne. Wie viele Tage blieben ihm noch bis zum ewigen Dunkel? Vielleicht war dies schon die letzte Woche seines Lebens … Er musste in den nächsten Tagen sein Lebenswerk vollenden: die letzten drei Haken auf seiner Abschussliste machen hinter Mannhardt, Sandberg und Schloch.

Zuerst der Kripomann. Er konnte sich noch genau an ihn erinnern. Als Mannhardt ihn festgenommen hatte, war ihm durch den Kopf geschossen: Gott, das ist ja der Horst Schimanski aus dem »Tatort«, also der Götz George. Er folgte dem Strom der Studierenden in Richtung der HWR und fühlte sich auf dem Campusgelände der Hochschule gar nicht wohl, denn für einen Studenten war er viel zu alt und für einen Dozenten viel zu schäbig gekleidet. Vielleicht half ihm aber, dass sie auf dem HWR-Gelände Flüchtlinge untergebracht hatten, obwohl er nicht wie ein Syrer oder Afghane aussah. Wenn ihn jemand kontrollierte, konnte das übel ausgehen, denn er hatte seine Walther PPQ bei sich. Aber zu seinem Glück waren alle zu sehr mit sich selber beschäftigt, als dass sich einer für ihn interessiert hätte. Das war zwar gut für seine Pläne, schmerzte aber auch irgendwie und erinnerte ihn an den Witz, wo ein Mann zum Arzt kommt und sagt: »Herr Doktor, ich leide darunter, dass ich von niemandem wahrgenommen werde.« – »Der Nächste bitte.« Nun, er konnte beruhigt sein, denn nach seinem siebenten Mord würde ihn die ganze Welt kennen.

Versteckt hinter einer Anschlagtafel, wartete er schräg gegenüber dem Hörsaal 205. Irgendwann musste Mannhardt kommen. Das tat er auch, und sogar fünf Minuten vor der Zeit. Er legte seine Materialien auf den Tisch vorn, begrüßte alle, die schon auf ihren Plätzen saßen, schaute auf seine Armbanduhr und strebte dann zurück zur Tür. Kolbatzki ahnte den Grund: Mannhardt musste noch einmal auf die Toilette. Der Flur war leer und damit sicherlich auch die Toilette. Und wenn Mannhardt am Urinal stand und ihm den Rücken zukehrte, dann war das der optimale Augenblick, ihn zu erschießen.

*

Gunnar Schneeganß, Jessica Schamp und ihr ganzes Team quälten sich weiterhin mit der Frage, ob der »Schalldämpfer-Täter«, so sein Codewort, den Zabakuk, den Kuhnert, die Schwarz und den Rackow zufällig als Opfer ausgewählt hatte oder ob es sich um Beziehungstaten handelte. Bei der Meinungsbildung stand es 50:50. »Der Zufall macht vor keinem Halt«, sagten die einen, die anderen dagegen: »Er muss sie alle persönlich gekannt haben.« Im ersten Fall, hatten sie kaum eine Chance, den Täter zu erwischen, so intelligent, wie er bisher vorgegangen war, im zweiten konnten sie ihm vielleicht auf die Spur kommen, wenn sie die Namen aller Freunde, Verwandten und Bekannten, aber auch Feinde der Opfer zusammentrugen und dann mithilfe eines Computerprogramms nach Überschneidungen suchten. Tauchte bei allen der Name Max Mustermann auf, dann war der unter die Lupe zu nehmen.

»Also forschen wir mal nach, wer da bei Sandra Schwarz und Marcel Rackow auf die Namensliste muss«, sagt Schneeganß zu Jessica Schamp, diesem Ansatz folgend. »Fahren wir also in die Pritzwalker Straße, wo Sandra Schwarz gewohnt hat.«

Die Pritzwalker Straße ging von der Turmstraße ab, wie Schneeganß mit drei bis vier schnellen Blicken auf den bei ihnen aufgehängten Stadtplan festgestellt hatte, und man kam vom LKA am besten zu ihr, wenn man auf der Hofjägerallee den Tiergarten durchquerte und dann in die Paulstraße einbog. Länger als eine Viertelstunde konnte es nicht dauern.

Als sie vor der Wohnungstür von Sandra Schwarz standen, wollte Schneeganß, ganz in Gedanken, auf den Klingelknopf drücken, doch Jessica Schamp riss seine Hand zurück.

»Sie wird ja wohl kaum zu Hause sein, sondern in der Pathologie oder schon im Krematorium.«

»Ach ja? Auf die Idee wäre ich nie gekommen.«

Ihr Dialog war so laut geführt worden, dass die Nachbarin ihre Tür öffnete. »Wenn Sie zu Frau Schwarz wollen … Die ist …«

»Ja, deswegen sind wir auch hier.« Schneeganß stellte sich und seine Kollegin vor. »Wir möchten gern von Ihnen wissen, ob Ihnen in letzter Zeit besondere Kontakte von Frau Schwarz aufgefallen sind. Männliche Besucher, neue Bekanntschaften?«

Die Nachbarin, die so um die 70 sein mochte, dachte

nach. »Nein, sie hat mit ihrer Tochter, der Jana, recht zurückgezogen gelebt. Aber am besten fragen sie da ihre Freundin Nadine. Nadine Neumann.«

Jessica Schamp zückte ihren Notizblock. »Und wo finden wir die?«

»Die soll Sozialarbeiterin sein. Im Bezirksamt Neukölln. Von daher haben sie die beiden auch gekannt.«

Schneeganß bedankte sich, und Jessica Schamp suchte auf ihrem Smartphone die Nummer des BA Neukölln heraus: 90239-0. Sie rief dort an, ließ sich mit Nadine Neumann verbinden und schilderte der ihr Anliegen. Man verabredete sich für zehn Uhr in einem Café in der Boddinstraße. Sie fuhren quer durch die Stadt von Moabit nach Neukölln und waren, genervt von unzähligen roten Ampeln und kleinen Staus, nicht nach 23 Minuten am Ziel, wie es ihnen Google versprochen hatte, sondern erst nach einer Dreiviertelstunde. Aber Nadine Neumann wartete noch auf sie. Bei einem Espresso kam man schnell ins Gespräch.

»Ja, Sandra ...« Nadine Neumann hatte Tränen in den Augen, als sie den Namen der Freundin aussprach. »Schrecklich, das alles! Ich werde sehen, ob ich die Jana adoptieren kann, denn ihr leiblicher Vater ist ja auch ..., und zu der Marina nach Rudow will sie ganz bestimmt nicht.«

»Wie haben Sie denn Sandra Schwarz kennengelernt?«, fragte Jessica Schamp mit sanfter Stimme.

»Auf dem Fußballplatz. Ich hatte einen Freund, der Fußballer war, und sie auch einen.«

Schneeganß wurde hellhörig. »Und wie hieß der? Können Sie sich noch dran erinnern?«

»Ja klar, das war der Carlo.«

»Carlo … Und weiter?«

Nadine Neumann dachte nach. »Irgendwas mit Ko vorne, Kopatzki vielleicht, nein, jetzt habe ich's: Kolbatzki. Sie hatten auch eine gemeinsame Wohnung am Teikeweg in Mariendorf.«

Jessica Schamp notierte sich alles und fragte auch gleich nach. »Und mit dem Carlo war es dann aus?«

»Ja, sie hat lieber seinen besten Freund genommen, den Marcel Rackow, wie das in den Fernsehserien so ist. Die beiden haben dann geheiratet und die Jana in die Welt gesetzt, sind aber auf Dauer auch nicht miteinander klargekommen. Sandra, die grüne Feministin und ein Gutmensch, wie er im Buche steht, und Marcel, der eiskalte Manager. Das konnte nicht gutgehen und ist es ja auch nicht. Kräche noch und nöcher und dann die Scheidung. Er hatte da schon seine Marina und hat die dann ja auch geheiratet. Wegen der Jana sind Sandra und Marcel aber immer in Kontakt geblieben, und sie waren eine glückliche Patchworkfamilie.«

*

Kolbatzki wartete vor dem Tor der HWR auf Mannhardt. In der Toilette hatte er ihn leider nicht erwischen können, weil sich, gerade als er seine Pistole entsichern wollte, ein Kollege neben Mannhardt ans Urinal gestellt hatte. »Doch mit des Geschickes Mächten Ist kein ewger Bund zu flechten«, hatte sein Vater immer aus Schillers »Glocke« zitiert. Nun ja, jetzt musste er herausbekommen, wo Mannhardt wohnte und wo er sonst noch ein und aus ging.

Kolbatzki hatte auf dem Hinweg gesehen, dass es, ging man zu Fuß, zwischen der HWR und dem S-Bahnhof Stellen gab, wo man auch tagsüber jemanden mit aufgeschraubtem Schalldämpfer erschießen konnte, etwa am Hohenschönhauser Weg, ohne dass die ganze Gegend in Aufruhr geriet. Jedoch Pech für ihn, dass Mannhardt nicht allein aus dem Haupteingang der HWR kam, sondern links und rechts flankiert von zwei Studenten. Scheiße! Aber vielleicht liefen die beiden jüngeren Männer nicht mit bis zur S-Bahn, sondern nur bis zur nahen Bushaltestelle. Und wenn nun Mannhardt auch mit dem Bus zum S-Bahnhof fuhr? Konnte er es wagen, mit ihm in den gleichen Bus zu steigen? Wenn der Kriminalkommissar ein phänomenales Gedächtnis hatte und ihn erkannte, gar ein paar Worte mit ihm wechselte, konnte er alle weiteren Pläne vergessen. Der alte Hase konnte sich sicherlich alles zusammenreimen.

Doch er hatte Glück, Mannhardt strebte zu Fuß dem S-Bahnhof entgegen, allerdings mit den beiden Studenten an seiner Seite. Sie redeten laut miteinander.

»Vielleicht treffen wir uns mal am Tegeler See«, hörte er Mannhardt sagen. »Ich gehe da jeden Nachmittag walken.«

Auf dem Bahnsteig war wenig Betrieb, doch es gab genügend Pfeiler und Aufgänge, hinter denen Kolbatzki in Deckung gehen konnte. Als die S75 nach Westkreuz einlief, stieg er im Nachbarwaggon in den Zug und blieb an der Tür stehen, um zu sehen, wann und wo Mannhardt ausstieg. Das geschah nach 20 Minuten auf dem Bahnhof Friedrichstraße. Jetzt war Mannhardt allein und nahm die Rolltreppe nach unten. Kolbatzki wartete, bis fünf andere Fahrgäste zwischen ihm und Mannhardt waren, dann fuhr auch er zur Straßenebene hinunter. Was hatte Mannhardt vor? Wollte er hier einkaufen oder Mittag essen? Nein, er lief die lange Einkaufspassage Richtung Norden entlang, bog rechts ab und kam auf die Georgenstraße. Dann verschwand er im Eingang zur U-Bahn. Wieder konnte ihm Kolbatzki folgen, ohne aufzufallen. Sie kamen auf den sehr hohen und sehr schmalen Bahnhof der U6, der ganz in Weiß und hellem Gelb gehalten war. Rechts ging es Richtung Alt-Tegel, links nach Alt-Mariendorf. Hier war auch um die Mittagszeit so viel Betrieb, dass Kolbatzki nicht fürchten musste, entdeckt zu werden. Die Züge in beide Richtungen kamen fast gleichzeitig, und Mannhardt stieg in den nach Alt-Tegel. In gewohnter Manier schlüpfte Kolbatzki in den nächstfolgenden Wagen. Da die Berliner U-Bahn-Wagen an den Stirnseiten alle längliche Fenster aufwiesen, konnte er so sein potenzielles Opfer immer im Auge behalten. Die Minuten vergingen, 10, 15 … Mannhardt dachte noch immer nicht ans Aussteigen und las in einer Zeitschrift. Der »Kriminalistik«, vermutete Kolbatzki. »Borsigwerke!« Auch hier machte Mannhardt keine Anstalten auszusteigen. Dann kam schon Alt-Tegel. »Alles aussteigen, bitte! Der Zug endet hier.«

Wieder blieb Kolbatzki in sicherem Abstand hinter Mannhardt. Sie kamen neben einem großen C&A-Kaufhaus ans Tageslicht. Hinter dem bog Mannhardt nach links ab und kam, vorbei an einem halben Dutzend wartender Taxen, in die Straße Am Tegeler Hafen. Auf der rechten Straßenseite und zum Hafenbecken hin dehnte sich jetzt der postmoderne Neubaukomplex, der in den 1980er-Jahren zur Internationalen Bauausstellung hochgezogen worden war. In der Hausnummer 24 A verschwand Mannhardt. Aha! Nun wusste Kolbatzki jedenfalls, wo die Nummer 6 auf seiner Abschussliste wohnte. Das war gut, weniger gut war allerdings, dass er kein Auto zu besitzen schien, also auch nicht abends oder nachts beim Besteigen desselbigen erschossen werden konnte. Kolbatzki überlegte. Wenn er jetzt bei Mannhardt klingelte, sich als Spendensammler ausgab und eingelassen wurde? Nein, das war zu gefährlich, denn wer sagte ihm, dass Mannhardt allein zu Hause war.

Also: aufschieben, abwarten!

Nahm er sich lieber erst diesen Sandberg in Tempelhof vor. Mit der U6 war er in einer Dreiviertelstunde an Ort und Stelle.

Der Teikeweg im Berliner Bezirk Tempelhof-Schöneberg, Ortsteil Mariendorf, war nach einem Mann benannt, den niemand mehr kannte: nach dem deutschen Militärmusiker und Komponisten Carl Teike (1864–1922), der unter anderem den populären Marsch »Alte Kameraden« komponiert hatte. Bernhard Sandberg, der schon lange hier wohnte, wusste auch, dass Teike nach seiner Militärzeit Polizeibeamter erst in Ulm und dann in Potsdam gewesen war. Als er dienstunfähig geworden war, hatte man ihn als Kreisamtsgehilfen nach Landsberg an der Warthe geschickt, wo er, da er für seine Werke kaum Honorare erhalten hatte, mittellos verstorben und in einem Armengrab bestattet worden war.

Bernhard Sandberg hatte in dem Wohnblock, der ihm jetzt gehörte, als Hausmeister begonnen, und der steckte noch immer in ihm, sodass er jetzt alles tat, was zum Job dieser Berufsgruppe gehörte. Klar, er hatte unerwartet geerbt und an die 100 Wohnungen gekauft, aber nur auf dem Sofa zu sitzen, fernzusehen und sich über das viele Geld auf seinem Konto zu freuen, das war nichts für ihn, zumal nach dem Tod seiner Frau. Er hatte einmal gelernt: »action is satisfaction«, und so sahen ihn seine Mieter andauernd den Rasen im Innenhof mähen, den Sand im Buddelkasten glatt harken und überall weggeworfenes Papier aufsammeln. Die meiste Zeit aber brachte er mit dem Beobachten der Müllcontainer zu, dass auch alle alles nach Vorschrift trennten. Sauberkeit und Ordnung waren für ihn die höchsten aller Werte, und sein Hausarzt hatte bei ihm schon seit langem eine anankastische Persönlichkeitsstörung diagnostiziert, was hieß, dass sein Denken und Handeln von Starrheit und Perfektionismus bestimmt wurden. Seine Mieter lästerten zwar hinter vorgehaltener Hand über ihn, aber offen wagte ihm keiner die Meinung zu sagen, denn Sandberg war über und über tätowiert und hatte viel von einem Mitglied der Hells Angels an sich, und wer wollte schon eine Mieterhöhung oder eine Kündigung hinnehmen müssen beziehungsweise »eene uff's Maul bekommen«. Wieder verheiratet war er nicht, hatte aber irgendwo im Havelland, wo er auch herkam, ein nichteheliches Kind. Gelernt hatte er Klempner, also alles, was mit Gas, Wasser und Sanitär zusammenhing, bei ihm »Gas, Wasser, Scheiße«. Gerade seine Mieter mit Abitur und

Realschulabschluss hielten ihn für »geistig minderbemittelt«, doch das stimmte nicht, denn er kannte sich in der preußischen Geschichte bestens aus und las auch viel, besonders die Zeitungen und Zeitschriften, die er aus dem Altpapiercontainer fischte.

Kolbatzki hatte keine Mühe gehabt, den Wohnblock am Teikeweg zu finden. Schließlich hatte er hier einige Zeit mit Sandra gelebt. Gäbe es doch nur einen Neustart: zurück zur Zeit ihrer ersten Liebe, und alles noch einmal neu anfangen. Mehr Zeit für sie haben und Marcel Rackow, dieses Arschloch, mit einem Tritt in den Hintern aus seinem Umkreis entfernen.

Er bog links ein in den Morsbronner Weg. Morsbronn. Das lag im Elsass, in den Vogesen, und er hatte immer einmal mit Sandra dort Urlaub machen wollen. Das wäre ein Gag, wenn er jetzt dorthin fahren würde. Den Kolbatzki mit dem Tumor im Kopf, den ließ er in Berlin zurück. Dieses Schwein interessierte ihn nicht mehr.

Da war der Teikeweg. Aus dem Schlafzimmer der Wohnung, in der er einmal gelebt hatte, schüttelte eine Frau ein Bettlaken aus, und er dachte sofort an die Werbung, die überall hing: »Heike, das zärtliche Betttuch.« Er begann, einen Schlager zu komponieren und gleich zu singen: »Dies war mein Paradies: Am Weg des Teike, lag ich auf deinem Laken, meine Heike.« Als ihm Leute entgegenkamen, hielt er erschrocken inne und konzentrierte sich auf Sandberg. Wie er den kannte, machte er kurz vor 22 Uhr noch einmal einen Rundgang durch sein Imperium. Vor allem war es ihm darum zu tun, dass neben den Müllcontainern nichts herumlag, was die Ratten anlocken konnte.

Bis 22 Uhr stand im Sandberg-Block das große Tor zur Straße noch offen, damit die Autobesitzer zu ihren Parkplätzen auf dem Innenhof fahren konnten, ohne es zuzuknallen und die älteren Herrschaften zu wecken, die schon nach der Tagesschau ins Bett gingen. Um Punkt 22 Uhr schloss er es selber absolut lautlos, und wer später kam, konnte sich in den umliegenden Straßen einen Parkplatz suchen. Auf diesen Augenblick wartete Kolbatzki, und während er dies tat, hatte er wieder die folgende Szene vor Augen:

Flashback V

Kolbatzki kommt in die Werkstatt, in der Sandberg öfter sitzt als in seinem Wohnzimmer. Er ist dabei, aus einem Bausatz eine HO-Schlepptenderlokomotive zusammenzubasteln und lötet gerade etwas an den Kessel an. Kolbatzki nähert sich ihm nahezu devot, so wie es Bittsteller eben tun. Um alles in der Welt möchte er seinen Vermieter nicht auf dem falschen Bein erwischen. So flüstert er seine ersten Worte auch nur.

»Lieber verehrter Herr Sandberg, ich will Sie nicht groß stören und komme nur mit einer kleinen Bitte …«

Sandberg legt den Lötkolben zur Seite, pustet noch schnell auf das flüssige Zinn, damit es schneller erkaltet, sieht dann auf und beginnt zu schreien: »Keene Stundung Ihra Miete mehr! Ick hab det satt. Ooch, det dit in Ihra Wohnung aussieht wie in eem Saustall. Sie passen nich zu die andren Mieta hier. Meem Antrag uff Zwangsräumung ham se schon stattjejehm …«

Kolbatzki ist entsetzt. »Mein Gott, wo soll ich denn hin? Nein. Ich weiche nicht!«

Sandberg lachte. »Denn klingelt morjen der Gerichtsvollzieha bei Ihnen, und wenn Se nicht uffmachen, bricht der det Schloss uff und setzt Sie mit Jewalt uff de Straße.«

»Bitte, Herr Sandberg, noch einen Monat, dann habe ich wieder einen Job und kann alles abzahlen, was ich Ihnen schuldig bin.«

»Los, vaschwinden Se hier, sonst hol ick die Polizei!«

Er hatte den richtigen Riecher gehabt. Sandberg kam von den Müllcontainern her, um das Autofahrertor zu schließen. Kolbatzki presste sich hinter einen der Pfeiler, der die Decke abstützte, zog seine Waffe hervor, schraubte den Schalldämpfer auf den Lauf und entsicherte die Walther PPQ. Sandberg kam an ihm vorbei und bot ihm sein breites Genick geradezu als Zielscheibe an.

Alles schien reine Routine zu sein …

… doch in der Sekunde, da Kolbatzki abdrücken wollte, kam oben von der Straße her ein Wagen angerast. Ein Mieter wollte noch schnell auf seinen Parkplatz im Innenhof, bevor Sandberg das Tor zuschlug. Kolbatzki musste zur Seite springen und verriss dadurch den Lauf seiner Waffe. Die Kugel streifte nur Sandbergs rechte Schulter.

DREIZEHN

Hansjürgen Mannhardt genoss es zwar immer wieder, auf der Bühne im Hörsaal zu stehen und zu agieren; was er an der HWR aber gar nicht liebte, war der mit seinem Lehrauftrag verbundene Zwang, a Klausuren zu lesen und zu benoten und b auch in einer der vielen Prüfungskommissionen zu sitzen. Seine bestand aus einem Kriminologie-Professor und einem Praktiker, einem Kriminalhauptkommissar von etwa 50 Jahren. Man begann um neun Uhr, machte dann eine ausgedehnte Mittagspause und hakte die letzte Prüfungsrunde nach acht Stunden ab. Das brachte fast allen Prüfenden arge Rückenschmerzen ein, manchen auch Kopfschmerzen und Hämorrhoiden. Die Studierenden hatten immer zu viert anzutreten.

Die erste Runde gehörte dem Kriminologie-Professor. Zuerst fragte er die vier jungen Männer nach der Anomietheorie von Robert K. Merton, dann kam er zur ätiologischen Theorie von Travis Hirschi. Mannhardt fand das Ganze so spannend, dass er diesmal nicht Gefahr lief einzunicken.

»Warum ist die Theorie von Hirschi so anders als alle anderen?«, begann der Professor das Frage-und-Anwort-Spiel.

»Weil, also: Hirschi fragt nicht, wieso ein Mensch kriminell wird, sondern warum er *nicht* kriminell wird.«

»Und warum wird er das nicht?«

»Da gibt es vier Faktoren, die entscheidend sind. Ich zähle sie mal auf Englisch auf: Erstens: *attachment to meaningful persons*, also emotionale Bindungen an Personen wie Eltern und Freunde und Institutionen wie die Schule, und zweitens: *commitment to conventional goals*. Damit meint Hirschi die Bindung an Rollen, die Erfolg im Leben versprechen.«

»Okay, und Ihr Nebenmann nennt uns dann bitte die beiden anderen Bereiche, die Hirschi aufzählt.«

»Die nennt er *involvement in conventional activities* und *belief in social rules*, dass also einer das herrschende Wertesystem einer Gesellschaft akzeptiert.«

Jetzt döste Mannhardt doch ein wenig weg, und als der Kollege Praktiker an der Reihe war und die Kandidaten nach dem Ersten Angriff fragte, nickte er wirklich ein. In der Pause begründete er das dem Vorsitzenden gegenüber damit, dass er nur die Augen geschlossen habe, um besser zuhören zu können.

Dann, als es um die Geschichte der Berliner Kriminalpolizei ging, war er der tonangebende Prüfer und damit wieder hellwach. Und das hatte auch noch einen ganz besonderen Grund. Obwohl er längst Opa war und jenseits von Gut und Böse, was das Libidinöse betraf, erfreute er sich doch immer wieder an Studentinnen, die dem Beuteschema entsprachen, das bei ihm seit seiner Pubertät an den dafür zuständigen Stellen seines Gehirns abgespeichert war. So beschleunigte sich sein Puls um einiges, als er nun Linda Korthals eintreten sah. Er kannte sie von einigen Lehrveranstaltungen her und hatte bei ihrem Anblick schon immer gedacht: Man müsste noch mal 20 sein. Schon wollte er dem Vorsitzenden sagen, dass er zu befangen sei, um sie gerecht benoten zu können, doch das wäre ein Unding gewesen. Wahrscheinlich hätte es auch Heike über x Umwege erfahren und ihn für nicht mehr zurechnungsfähig erklärt. Also: Augen zu und durch.

»Nun, Frau Kohlhaase«, begann er, um sich sofort mit der flachen Hand gegen die Stirn zu schlagen. »Pardon, Korthase, denn Wolfgang Kohlhaase ist ja der DEFA-Regisseur, ›Solo Sunny‹ und so weiter.«

»Wir haben es hier mit einer Linda Korthals zu tun«, verbesserte ihn der Kollege Praktiker.

»Wunderbar, jetzt haben wir es ja!« Mannhardt hatte seine Fassung zurückgewinnen können. »Frau Korthals, wir wollen uns ein wenig über die Geschichte der Berliner Kriminalpolizei unterhalten. Auf welche Jahre können wir denn ihre eigentliche Gründung datieren?«

Da brauchte Linda Korthals nicht lange nachzudenken. »Auf die Zeit nach dem Ersten Weltkrieg.«

»So ist es. Und wenn Sie uns das bitte noch etwas näher erläutern könnten. Ein paar Namen, ein paar Fakten bitte …«

»Ja, da waren vor allem Friedrich Schumann, elf Morde und 13 versuchte Morde, dazu Vergewaltigungen und Brandstiftungen, und Karl Großmann, der in seiner Wohnung am Schlesischen Bahnhof 23 Frauen ermordet und verstümmelt haben soll.«

»Okay, ja.« Mannhardt lächelte so großväterlich wie möglich. »Aber ich meinte an sich ja die andere Seite, unsere Seite.«

Linda Korthals zeigte sich als außerordentlich clever. »Ja schon, aber ohne diese Serientäter wäre der Aufbau einer effizienten Berliner Kriminalpolizei vielleicht gar nicht zustande gekommen, und unsere Kollegen hätten weniger Erfolg gehabt, so die Kommissare Ludwig Werneburg und Erich Anuschat, vor allem aber der unvergleichliche Kriminalrat Ernst Gennat. Zwischen 1919 und 1927 begann man mit der Auswertung von Fingerabdrücken und führte ballistische Untersuchungen durch. Gennat kam auf die Idee mit dem ›Mordauto‹, einem Wagen mit allem, was man am Tatort braucht, das LKA wurde gegründet, und in Charlottenburg entstand ein Institut für Polizeiwissenschaft. Kriminalkommissars-Anwärter mussten mindestens das Abitur haben. Das alles trug reichlich Früchte, denn von den 40 Morden, die es 1928 gegeben hat, konnte die Kripo sage und schreibe 39 aufklären.«

So ging es noch eine Weile, und bei der Beratung über die Noten war man sich einig, dass das bei Linda Korthals eine glatte Eins gewesen war. Mannhardt freute sich für sie, litt aber ein wenig unter einem gewissen depressiven Gefühl, denn wie gern hätte er, wenn das denn gegangen wäre, ausgerufen: »Den Dank, edle Dame, begehr' ich sehr wohl.«

*

Gunnar Schneeganß und Jessica Schamp markierten auf dem Berliner Stadtplan die drei Tatorte, die es bisher gegeben hatte: 1. Dahlem, Eppinger Straße (Zabakuk), 2. Tegel, Hatzfeldtallee (Kuhnert) und 3. Rudow,

Benatzkyweg (Sandra Schwarz und Marcel Rackow). Die große Frage war, ob sich daraus Schlüsse ziehen ließen.

»Nein!«, rief Schneeganß, als er sie gestellt hatte.

»Doch!«, entgegnete ihm Jessica Schamp. »So schön das alles in der Nord-Süd-Richtung verteilt ist, es ist keiner der alten Ostberliner Bezirke dabei. Damit dürfte der Täter mit hoher Wahrscheinlichkeit aus dem alten West-Berlin kommen.«

»Okay, setzen: Eins! Und wenn du mir jetzt noch mit Sicherheit sagen kannst, ob der Täter per Zufall auf seine Opfer gestoßen ist oder ob wir es mit Beziehungstaten zu tun haben, dann schlage ich dich sofort zur nächsten Beförderung vor.«

Jessica Schamp dachte weiter nach. »Wenn wir es in allen Fällen mit einem Raubmord zu tun hätten, würde ich auf den Zufall tippen, aber Geld hat er ja seinem Opfer nur im ersten Fall abgenommen. Das spricht auch dafür, dass wir es mit einem Einzeltäter und keiner Bande zu tun haben.«

Schneeganß nickte. »Ja, da kann ich mich nur vorbehaltlos deiner Meinung anschließen. Also setzen wir auf die Karte Beziehungstäter. Muss er also mit all seinen fünf Opfern in irgendeiner Beziehung gestanden haben – aber wie und warum? Das Spektrum reicht von einem Universitätsprofessor bis zu einem Hausmeister, dazwischen ein Lehrer, ein Manager und eine Verwaltungsangestellte. Schwer vorstellbar.«

»Dennoch!« Jessica Schamp ließ nicht locker. »Wir lassen die Hinterbliebenen aller Opfer die Namen derer aufschreiben, mit denen die Toten einmal näheren Kontakt hatten, egal, ob sie nun in Liebe oder in Hass miteinander verbunden waren. Und wenn wir diese Namen alle haben, dann gehen wir zu einem unserer Computerfreaks und lassen den herausfinden, ob sich irgendwo ein Name mehrfach findet. Sagen wir, Matthias Mustermann taucht bei Zabakuk, Kuhnert und der Schwarz auf, dann wäre diesem Matthias Mustermann einmal auf den Zahn zu fühlen.«

»Hm …« So ganz begeistert von ihrer Idee war Schneeganß noch immer nicht. »Überführt wäre er damit noch lange nicht. Er könnte bei Kuhnert in die Schule gegangen sein, bei Zabakuk studiert haben und mit der Sandra Schwarz liiert gewesen sein. Schön und gut, aber warum sollte er die hinterrücks erschossen haben?«

»Weil er sich für irgendetwas rächen wollte.«

Schneeganß lachte. »Wenn ich alle die erschießen würde, bei denen ich heftige Hassgefühle verspüre, dann wäre ich Deutschlands Superstar bei den Serientätern. Gut, du sollst nachher deine Listen haben, obwohl, einen richtigen Überblick über diejenigen, die sie auf der Abschussliste hatten, dürften nur die Ermordeten selbst gehabt haben, und die nun zu fragen …«

»Die engsten Bezugspersonen müssten das doch auch wissen«, hielt ihm Jessica Schamp entgegen.

»Okay, besorgen wir uns nachher alle Namen – oder lassen das die Kolleginnen und Kollegen machen, die man uns für die ›SOKO Schalldämpfer‹ zugeteilt hat.« Das Telefon klingelte. Er nahm ab, meldete sich, hörte, nickte immer wieder einmal oder stieß Laute des Erstaunens aus.

»Was ist denn?«, wollte Jessica Schamp wissen, als er aufgelegt hatte.

»Das wäre fast die Nummer fünf geworden. In Mariendorf am Teikeweg ist gestern ein Hauswirt namens Sandberg angeschossen worden, offenbar von dem Mann mit dem Schalldämpfer. Der Täter hat aber entkommen können.«

Jessica Schamp war schon aufgesprungen. »Also auf in den tiefen Süden, vielleicht gibt es die erste Täterbeschreibung!«

Am Teikeweg angekommen, sprachen sie erst mit einigen Mietern, die ihnen zufällig begegneten, ehe sie bei Sandberg klingeln wollten.

»Was ist denn Herr Sandberg für einer?«, wollte Jessica Schamp wissen.

»Unser Hauswirt? Ein …« Der Angesprochene sah sich erst nach allen Seiten um, bevor er fortfuhr. »Ein ausgesprochener Kotzbrocken.«

Sie bekamen heraus, dass Sandberg so einsam gelebt hatte wie ein Eremit. Und dies inmitten Hunderter von Menschen. Aber die hatten ihn alle gemieden und die Flucht ergriffen, wenn er irgendwo aufgetaucht war. Keiner der Mieter konnte etwas Positives über ihn sagen.

Jessica Schamp freute sich. »Das bestätigt meine Hass-Rache-Theorie«, sagte sie, als sie wieder allein mit Schneeganß war.

»Okay. Dann fragen wir doch mal Sandberg selbst.«

Den fanden sie aber nicht in seiner Wohnung, sondern in seiner Werkstatt neben dem Heizungskeller. Sie stellten sich vor und sagten, dass sie kurz mit ihm über den Vorfall vom letzten Abend sprechen wollten.

»Wat soll ick Ihnen da jroß sajen«, begann Sandberg, nachdem sie sich alle drei gesetzt hatten. »Ick will kurz vor zehne det jroße Tor zumachen, da kommt noch eena von die Mieta angerast, dieser Arsch von Hirnschal. Ick springe zur Seite, damit er mich nich umfährt. In dem Moment spüre ich hier rechts anne Schulta 'n fürchterlichen Schmerz. Da is die Kugel rinjejang'n.« Er schob sein T-Shirt zur Seite und ließ einen mächtigen Verband sehen. »Ick will hinterher und det Schwein kriejen, der uff mir jeschossen hat, da fährt ma diesa Hirnschal um.« Nun zog er sein rechtes Hosenbein hoch und zeigte ihm die Wunde und den Bluterguss am rechten Schienbein. »Da war natürlich nüscht mehr mit Verfoljung.«

Das war alles so plastisch geschildert, dass es für Schneeganß und Jessica Schamp kaum etwas nachzufragen gab, außer nach der Statur des Schützen.

Sandberg überlegte einen Augenblick, dann stand er auf. »So jroß wie icke etwa, eensfünfundsiebzich, aba längst nich so dicke, eha 'n bisschen spillrich, so wie 'n Marathonläufer.«

»Na gut«, sagte Schneeganß schließlich. »Wir schicken nachher einen Kollegen her, der sich mal in Ihr Büro setzt und alle Unterlagen durchgeht: Mit wem haben Sie besonders viel Ärger gehabt, wen haben Sie mal auf die Straße gesetzt – und so weiter.«

Nach Bernhard Sandberg sprachen sie mit dem Mieter, der dem Hauswirt möglicherweise das Leben gerettet hatte, doch Hirnschal konnte ihnen auch nicht mehr sagen als Sandberg.

»Würden Sie den Mann wiedererkennen? Ist es sinnvoll, unseren Zeichner herzuschicken, damit wir etwas für die Fahndung haben?«

Hirnschal verneinte das, und sie zogen ab, froh darüber, wenigstens den Anfang einer Spur zu haben und zu wissen, dass es sich um einen Einzelnen handelte, der da am Werke war, aber noch immer unglücklich darüber, dass sie meilenweit von einer Festnahme entfernt waren.

*

Kolbatzki sah zunehmend Doppelbilder, und er wusste, dass er nur noch wenige Tage handlungsfähig sein würde. Aber es gab noch drei Namen auf seiner Liste, die mit keinem Häkchen versehen waren: Sandberg, Mannhardt und Schloch. Er musste sich mit dem Töten beeilen, ehe der Tod ihn selber holte. Dass er Sandberg nicht erwischt hatte, wurmte ihn. Musste dieser Idiot von Mieter auch gerade in der entscheidenden Sekunde! Nun, dann eben morgen Abend. Heute war es vielleicht klüger, sich nicht am Teikeweg sehen zu lassen. Vielleicht traf er doch noch auf einen Nachbarn von damals, also besser abwarten.

An diesem Nachmittag fuhr er erst einmal mit der U-Bahn nach Tegel. Da Mannhardt offensichtlich kein Auto besaß, war es sinnlos, darauf zu warten, dass er in eines einstieg. Aber zum Walken würde er irgendwann aus der Haustür treten. Kolbatzki wartete Ecke Medebacher Weg. Richtig, da kam er wirklich im Trainingsanzug und in schwarzen Laufschuhen mit grünen Streifen. Na toll! Kolbatzki fluchte leise vor sich hin, denn die Kondition, ihm zu folgen, hatte er nicht, so alt Mannhardt auch war. Was nun? Bis zum C&A-Kaufhaus konnte er ihn aber noch im Auge behalten. Dann blieb ihm nichts anderes übrig, als aufzugeben.

Nein, da lehnte ein altes Fahrrad an der Wand. Nicht angeschlossen, offensichtlich entsorgt, denn in Vorder- wie Hinterreifen war kaum noch Luft. Egal, Rennen konnte man damit nicht mehr fahren, aber einem Opa folgen.

Mannhardt bog links in die Karolinenstraße ein, und vorbei ging es an einer Seniorenresidenz und der Humboldt-Bibliothek Richtung Tegeler Mühle. Vor ihr bog Mannhardt links in die Gabrielenstraße ab, und nach einigen Hundert Metern waren sie am Tegeler See angekommen. Nun ging es an der Malche entlang, einer Ausbuchtung des Sees, und an einem gut besuchten Gartenrestaurant vorbei. Dahinter zog sich der Schwarze Weg entlang, und an dem begann der Wald. In diesem Augenblick standen Kolbatzki die Bilder seiner Festnahme durch Mannhardt wieder ganz deutlich vor Augen.

Flashback VI

Die Kundin, die er in der Bank niedergeschossen hat, liegt im Krankenhaus, und alle gehen davon aus, dass sie die nächsten Stunden nicht überleben wird. Also jagt ihn die Kripo. Nachdem er am Teikeweg aus der Wohnung geflogen ist, lebt er als Obdachloser. Und davon gibt es so viele in Berlin, dass er leicht in ihren Scharen untertauchen kann. Aber er muss vorsichtig sein, denn in der Bank war ihm die Maske etwas vom Gesicht gerutscht, und es gibt schon ein Phantombild. Um mit Bahn oder Bus aus Berlin zu verschwinden, fehlt ihm das Geld. Er überlegt, ob er den Sommer über in einem der riesigen brandenburgischen Wälder ringsum sicherer ist als in der Stadt. Hm, er kann sich nicht entscheiden. Vielleicht sollte er es einmal probieren.

Er hält sich gerade in der Nähe des Kottbusser Tores auf, am Kotti. Wenn er jetzt in die Hochbahn steigt, bis zur Warschauer Straße fährt und dann die S-Bahn nach Erkner nimmt? Dort und in den Wäldern um Woltersdorf kennt er sich aus. Viel Geld hat er nicht mehr, aber für eine Currywurst und eine Cola reicht es noch. Auch für einen Fahrschein, denn schwarzzufahren traut er sich nicht.

Er betritt einen Schnellimbiss. Dort auf dem Tresen liegt eine Boulevardzeitung. Der Inhaber hat sie gerade aufgeschlagen. Was er nicht sieht, ist, dass sie dort sein Phantombild abgedruckt haben, und was er nicht merkt, ist, dass der Wirt sofort nach hinten eilt, um 110 anzurufen.

Er isst in aller Ruhe seine Currywurst. Plötzlich steht ein Kriminalbeamter hinter ihm, von dem er später erfahren wird, dass er Hansjürgen Mannhardt heißt.

»Entschuldigung, sind Sie zufällig der Carlo Kolbatzki?«

»Wieso?«

»Weil ein Haftbefehl gegen Sie vorliegt.«

Er sieht, dass Mannhardt nicht mehr der Jüngste ist und kurz vor seiner Pensionierung stehen muss, und wagt es zu fliehen. Er läuft aus dem Imbiss Richtung Hochbahn. Die Tatwaffe vom Banküberfall hat er Idiot in die Spree geworfen. Er rennt bei Rot über die Straße und hastet die Treppe zur Hochbahn hinauf. Wenn jetzt ein Zug abfahrbereit dort steht, ist er gerettet, denn er ist weitaus schneller als der Kriminalbeamte. Doch es ist weit und breit kein Zug zu sehen. Da taucht der Kommissar auch schon an der Treppe auf, sieht ihn und kommt auf ihn zugelaufen. Was bleibt ihm da, als zum Ende des Bahnsteigs zu laufen und auf die Gleise zu springen. Er tut es und ist sich sicher, dass ihm der Mann von der Kripo nicht folgen wird, so alt, wie der ist. Der wird stehen bleiben und per Handy Hilfe herbeiholen. Aber Irrtum, das alte Arschloch gibt nicht auf und folgt ihm. Sie hetzen in Richtung Görlitzer Bahnhof. Von daher kommt ihnen ein Zug entgegen. Die nach oben hin offene Stromschiene funkelt in der Sonne.

Er stürzt.

Aus und vorbei.

Kolbatzki hatte ein logisch nicht zu lösendes Problem: Er musste immer so weit hinter Mannhardt zurückbleiben, dass der nicht auf ihn aufmerksam wurde, also mindestens 100 Meter, denn Mannhardt hatte sich zwar bisher noch nicht umgedreht, aber es war ja nicht auszuschließen, dass er es einmal tat. Kolbatzki hatte zwar keine große Ahnung von Waffen, aber die Reichweite seiner Walter PPQ schätzte er auf nicht mehr als zehn Meter. Jedenfalls, wenn er genau treffen wollte. Aber wie kam er auf seinem rumpelnden Fahrrad so nahe an Mannhardt heran, dass der nicht herumfuhr? Kolbatzki fand, dass es nur zwei Möglichkeiten für ihn gab: Entweder er stieg ab, versteckte sich im Gebüsch und wartete, bis Mannhardt zurückkam, oder aber er überholte ihn auf einem Parallelweg und legte sich dann auf die Lauer. Es dauerte eine Weile, aber dann entschied er sich für die zweite Möglichkeit.

VIERZEHN

Hirnschal war zwar erst 48 Jahre alt, stand aber schon immer so lange vor dem Klingeln seines Weckers auf, dass seine Frau von einer »präsenilen Bettflucht« sprach. Um vier Uhr morgens war er zu wach, um noch zu schlafen, aber zu müde, um richtig wach zu sein. Frühstückshunger hatte er auch noch keinen, also ging er ins Wohnzimmer, um sich vor den Fernseher zu setzen. Aber was da auf dem Bildschirm erschien, interessierte ihn wenig oder es war eine Wiederholung. Also beschloss er, ein wenig spazieren zu gehen. Ganz in der Nähe hatten sie den Dreifaltigkeitsfriedhof III und den Heilig-Kreuz-Friedhof, beide von der Eisenacher Straße aus erreichbar, und im Süden hinter der Prühßstraße den Volkspark Mariendorf. Aber in den traute er sich am frühen Morgen nicht, und die Friedhofstore würden noch geschlossen sein. Außerdem betrat er den Dreifaltigkeitsfriedhof III nicht gern, denn dort war Ulrike Meinhof bestattet, und die war ihm selbst als Tote unheimlich.

Hirnschal hätte nun schon in den Supermarkt fahren können, wo er als Lagerist arbeitete und leere Regale füllte, aber wenn das die Kollegen mitbekamen, wurde er nur gemobbt. Also beschloss er, den Plastikbeutel aus dem Mülleimer zu ziehen und zum Container zu tragen. Um diese Zeit traf er wenigstens keinen anderen

Mieter, mit dem er quatschen musste, und es war auch nicht zu befürchten, dass Sandberg ihn anfuhr: »Die Korken, die Ihnen da aus'm Müllbeutel jefallen sind, die he'm Se jefällichst selba uff! Ick bin Ihr Hauswirt, aba nich Ihr Diena!« Nun schön, vielleicht war Sandberg jetzt etwas freundlicher zu ihm, da er ihm ja quasi das Leben gerettet hatte.

Hirnschal fluchte erst einmal leise vor sich hin, denn seine Frau hatte gerade einen neuen Mülleimer gekauft, einen Tret-Abfalleimer aus Edelstahl mit einem herausnehmbaren Eimer. An dessen glatten Wänden aber saugten sich nun die schwarzen Plastikmüllbeutel so fest, als hätte man sie angeklebt oder verschweißt. Benutzte man keinen Müllbeutel und warf den Abfall direkt in den stählernen Eimer, dann musste der nachher ausgespült werden, und das zu tun, weigerten sie sich beide. Wenn er seine Frau jetzt aufweckte, war der Teufel los, aber ohne großes Getöse bekam er den prall gefüllten Müllbeutel kaum aus dem Eimer. Es ging schließlich doch, aber er brauchte eine Ewigkeit dazu. Endlich konnte er sich auf den Weg zu den Müllcontainern machen. Die Tür zum Innenhof war noch abgeschlossen. Natürlich, denn Sandberg prüfte das jeden Abend um 20 Uhr nach.

Möglichst leise eilte Hirnschal nun über den Innenhof. Dabei blickte er zu den Fenstern hinauf, um zu sehen, wer auch schon so früh wach war wie er.

»Verdammte Scheiße!«

Da war er auch schon über eine alte Matratze gestolpert und lang hingeschlagen.

»Welcher Idiot hat denn die …!«

Als er sich wieder aufgerafft hatte, bemerkte er, dass er über keine Matratze gestolpert war, sondern über eine Leiche, genauer gesagt, über die seines Hauswirts.

*

Kolbatzki lag auf seinem Feldbett und starrte gegen die Decke seiner Laube, durch die das Regenwasser tropfte. Für die paar Tage, die er noch zu leben hatte, lohnte die Reparatur nicht mehr. Und der andere Kolbatzki, der die sechs Morde begangen hatte, den sollte das auch nicht mehr kümmern, der würde den Rest seines Lebens in der JVA Tegel verbringen.

Er erhob sich und erfreute sich an seiner Abschussliste, die er an die Wand geheftet hatte, und auf der nun schon fast alle Namen mit einem √ versehen waren.

Johann Sebastian Zabakuk √
Michael Kuhnert √
Sandra Schwarz √
Marcel Rackow √
Hansjürgen Mannhardt √
Bernhard Sandberg √
Sören Möller †

Hinter Sören Möllers Namen hatte er kein √ gemacht, denn den hatte ja ein anderer ins Jenseits befördert.

Blieb nur noch Christian Schloch, das A. R. Schloch, dann hatte er sein Lebenswerk vollendet. Hoffentlich war bei dem alles nicht so kompliziert wie bei Sandberg oder auch Mannhardt.

Irgendwann, dessen war er sich durchaus bewusst, würden auch die dümmsten Kripoleute auf ihn kommen, wenn sie die Kontaktpersonen durchgingen, die seine »Lebensverderber«, so nannte er sie mitunter, gehabt hatten. Bei Zabakuk, Kuhnert, Mannhardt und Sandberg würde das nicht viel bringen, denn der Erste auf seiner Liste hatte viel zu viele Studenten gehabt, der zweite zu viele Schüler und Fußballer, der Dritte zu viele, die er hinter Gitter gebracht hatte, und der vierte zu viele Mieter, die ihn zum Teufel gewünscht hatten, aber anders war das bei Sandra Schwarz und Marcel Rackow in ihren sozialen Rollen als Ehefrau und bestem Freund. Das war die große Schwachstelle. Da gab es bestimmt noch einige, die sich an seine Beziehungen zu beiden noch lebhaft erinnern konnten, und die alle aus dem Verkehr zu ziehen, war absolut unmöglich.

Nun, schön, einen Vorteil hatte er noch: Er war in seiner Laube in der Forkenbeckstraße nicht gemeldet, sondern, um Sozialhilfegelder zu bekommen, mit gefälschten Papieren als Untermieter in der Mecklenburgischen Straße. So schnell war er bestimmt nicht aufzuspüren, wenn sie ihn als möglichen Täter im Visier hatten, zumindest nicht in Berlin, wo es schon lange keine preußische Ordnung mehr gab.

*

Der Pfarrer der Dorfkirche Alt-Tegel, der in die Trauerhalle des Hermsdorfer Friedhofs gekommen ist, wirft noch einen Blick auf den hellbraunen Sarg, dann tritt er vor die Gemeinde und beginnt mit seiner Trauerrede.

»Herr, unser Vater, wie in ein dunkles Nichts scheint sich alles zu verlieren, was wir seit dem Tod unseres Hansjürgen Mannhardt redeten und dachten. So vieles kommt uns jetzt auf einmal ohne Sinn und Hoffnung vor; viele Pläne und Wünsche sind nun zur bloßen Illusion geworden.«

All die alten Kollegen sind gekommen, und eine der großen Tageszeitungen hat einen ehrenden Nachruf veröffentlicht. Überschrift: *Unser zweiter Ernst Gennat ist tot*. Und im Text heißt es dann unter anderem: *Mannhardt kannte sich aus mit allen Kapitalverbrechen, die es in Berlin jemals gegeben hat, was ihn zu einem einmaligen Profiler machte, besaß einen außerordentlich analytischen Verstand und drittens ein unvergleichliches Bauchgefühl. Was seine Mordkommission betraf, betrug deren Aufklärungsquote 100,0 Prozent. Das Tragische ist nun, dass er selbst ermordet worden ist – und seine Nachfolger den Täter nicht finden können. Offenbar gibt es nur einen, der den Mord an Hansjürgen Mannhardt aufklären kann: Hansjürgen Mannhardt selbst.*

Dies alles sah Mannhardt deutlich vor sich, als er im Aufwachraum des Humboldt-Klinikums lag und langsam wieder zu sich kam. Die vielen Schmerz- und Narkosemittel wirkten noch nach. Eine Kugel hatte ihn links oben in den Rücken getroffen und war dicht neben dem Herzen im Körper stecken geblieben, die andere hatte aus dem rechten Oberschenkel herausoperiert werden müssen. Aber er lebte noch, und in einigen Wochen würde alles abgeheilt sein.

Da standen auch schon seine drei Lieben am Krankenbett: Heike, Silvio und Orlando.

»Wie schafft man es denn, dem Tod noch einmal von der Schippe zu springen?«, fragte Orlando.

Mannhardt lächelte. »Mit einem alten Trick: Nachdem mich die beiden ersten Kugeln getroffen hatten, habe ich nicht versucht davonzulaufen, sondern mich zu Boden geworfen und mich tot gestellt.«

Heike küsste ihn. »Hast du denn eine Ahnung, wer es gewesen sein könnte?«

»Ja, aber … Warum hasst du mich eigentlich derart, und wo hast du die Waffe her?«

»Damit scherzt man nicht!«

»Wäre es dir lieber, wenn ich nicht mehr scherzen könnte?«

Orlando war kurz davor, Untersuchungsrichter oder Staatsanwalt zu werden, und übte schon einmal. »Wie mir die Ärzte eben versichert haben, Herr Mannhardt, ist es durchaus nicht unmöglich, sich die Verletzungen, die man bei Ihnen festgestellt hat, selbst zuzufügen. Ich kann nicht ausschließen, dass Sie es getan haben, um Ihre Lebensgefährtin eines Mordversuchs zu beschuldigen.«

»Sie haben mich durchschaut, Doktor Orlando.«

»Gut, dann werde ich dafür sorgen, dass Sie in die Krankenabteilung der Untersuchungshaftanstalt Moabit überführt werden.«

»Was geht hier eigentlich ab?«, fragte Silvio, sichtlich irritiert.

»Kind, was ist das für eine Unterschichtensprache?«, rief Heike.

Mannhardt riss die Arme hoch. »Jetzt weiß ich, warum ich noch am Leben bleiben wollte!«

»Und um den Mann nach Tegel zu bringen, der dich eliminieren wollte«, fügte Orlando hinzu.

FÜNFZEHN

Der Druck auf Schneeganß und Jessica Schamp wuchs von Tag zu Tag. Die Mehrheit der Bundesbürger verstand es nicht, dass die Berliner Kripo den Serienmörder mit dem Schalldämpfer immer noch nicht gefasst hatte.

»Das ist wie mit dem Flughafen BER«, lästerten alle. »Das dauert auch fünf Jahre länger als geplant.«

Jessica Schamp sah einen anderen Grund, dass alle über sie herfielen, die Boulevardzeitungen an der Spitze. »Bei jedem Krimi im Fernsehen steht nach spätestens anderthalb Stunden fest, wer der Täter war. Und das erwarten sie auch von uns.«

»Hätten wir doch bloß schon das, was ich seit Jahren vorschlage«, stöhnte Schneeganß. »Das VajO-System.«

Jessica Schamp konnte ihm nicht ganz folgen. »Das was?«

»VajO gleich Videoüberwachung an jedem Ort.«

»Auch im Schlafzimmer und auf der Toilette?«

»Klar, denn auch da werden ja Leute ermordet. Wir müssen die alte Drohung ›Der liebe Gott sieht alles‹ in die Moderne übertragen, anders kommen wir nicht weiter. Und außerdem sollte jeder Mensch gleich nach seiner Geburt einen Chip implantiert bekommen, sodass man ihn dann ein Leben lang überall orten kann. Wenn wir dann die genauen Koordinaten der Orte eingeben würden, wo Professor Zabakuk, Michael Kuhnert, Marcel Rackow, Sandra Schwarz und Bernhard Sandberg getötet worden sind und wo auf unseren Kollegen Hansjürgen Mannhardt geschossen worden ist, und man herausfinden könnte, welcher verchipte Mensch zur Tatzeit am Tatort gewesen ist, dann hätten wir den Täter im Nu, so aber …«

Jessica Schamp klatschte Beifall. »Wenn du erst Justizminister bist, wirst du das ja alles installieren können.«

»Ja«, stöhnte Schneeganß. »Und bis dahin müssen wir im Nebel im Heuhaufen herumstochern, um die Nadel zu finden.«

»Besser noch: die Walther PPQ mit dem Schalldämpfer.«

Schneeganß hatte das Gefühl, in den letzten Wochen um Jahre gealtert zu sein, und näherte sich von Minute zu Minute mehr einem Burn-out. »Du, ich habe das Gefühl, dass wir den Mann längst hätten haben müssen. Irgendeinen Fehler haben wir gemacht.«

Ehe Jessica Schamp darauf antworten konnte, wurde an die Tür geklopft, und auf ihr »Ja, bitte!« wurde die Tür aufgedrückt und es erschien eine schlanke rotblonde Frau von etwa 40 Jahren, die sich als Petra Pape vorstellte.

»Ich bin die Joggerin, die den angeschossenen Mann im Tegeler Forst gefunden hat.«

»Oh, dann setzen Sie sich doch bitte.« Schneeganß war schon aufgesprungen, um ihr einen Besucherstuhl zurechtzurücken. »Wir warten schon voller Spannung auf das, was Sie uns vielleicht erzählen können. Sie haben also unseren pensionierten Kollegen Mannhardt gefunden und die Polizei und den Notarzt gerufen?«

»Ja, und ich habe ihn auch gekannt. Er wohnt ja bei mir gleich nebenan, und man sieht sich immer mal wieder. Mit seiner Lebensgefährtin war ich sogar schon zusammen im Kino, hinten in den Borsighallen.«

»Nun …« Jessica Schamp fürchtete epische Auslassungen, die ihnen nichts brachten. »Ist Ihnen denn beim Joggen etwas Besonderes aufgefallen?«

»Nein, an sich nicht. An der Malche bin ich an Herrn Mannhardt vorbeigelaufen und habe mich nur kurz umgedreht, um ihm Guten Tag zu sagen. Gemeinsam weiter durch den Wald, das ging ja nicht, denn er war nur mit einem Tempo von vielleicht fünf Stundenkilometern unterwegs, während ich doppelt so schnell bin, ich bin ja vor zwei Jahren sogar beim Berlin-Marathon mitgelaufen.«

Jetzt war es Schneeganß, der sie unterbrach. »Ist denn Mannhardt von einem anderen Mann verfolgt worden?«

»Nein, nicht dass ich wüsste. Ich bin ja kreuz und quer durch den Wald und wollte eigentlich nach Heiligensee zu den Baumbergen. Die liebe ich nämlich. Das ist wirklich ein hübsches Stückchen Berlin, und die Franzosen hatten da ihr Übungsgebiet, ihre *domain d'exerxice militaire.«* Sie verlor sich weiter in den Erinnerungen an die Zeit, da Berlin noch von den vier Siegermächten des Zweiten Weltkriegs verwaltet worden war, schlug sich aber plötzlich mit der flachen Hand gegen die Stirn. »Doch, da ist mir tatsächlich was aufgefallen. Nämlich ein Mann auf einem uralten Fahrrad mit kaum noch Luft in den Reifen, der auf den sandigen

Wegen kaum vorangekommen ist. Aber der war hinter Herrn Mannhardt, immer so mit einem Abstand von vielleicht 100 Metern.«

»Mensch!« Schneeganß und Jessica Schamp wären fast aufgesprungen. »Können Sie uns den Mann näher beschreiben?«

Petra Pape schloss die Augen. »Ja … Der muss etwa so alt wie ich gewesen sein, so um die 40 herum. Ausgesehen hat er, verzeihen Sie den Ausdruck, ein bisschen wie ein Penner. Also heruntergekommen. Und mir ist so durch den Kopf gegangen, dass er sein Rad irgendwo geklaut hat und irgendwo im Wald wohnt. Das liest man ja immer wieder einmal, dass Obdachlose und Gestrandete …«

Schneeganß nickte. »Ja, auch hier in unserer Gegend kommt das ab und an einmal vor, aber warum sollte solch ein Einsiedler Mannhardt auf dem Kieker haben und dazu auch noch eine Pistole besitzen?«

Jessica Schamp lachte. »Vielleicht, um Hasen zu jagen, aber vielleicht leidet er auch an pathologischen Angstzuständen?«

»Ach komm!« Schneeganß winkte ab, beorderte aber telefonisch ihren Zeichenkünstler herbei, um etwas Konkreteres für die Fahndung zu haben.

Sie bedankten sich bei Petra Pape, und gerade hatte die ihr Büro verlassen, um das besagte Phantombild erstellen zu lassen, da meldete sich ihr Ballistiker bei ihnen.

»Du, Gunnar, es steht jetzt 100-prozentig fest, dass auf Mannhardt aus derselben Waffe geschossen worden ist wie in den fünf Fällen davor.«

Schneeganß bedankte sich, fand aber, dass der Fall nun noch etwas komplizierter geworden war. Sie machten sich eine Stunde später mit dem fertigen Phantombild auf den Weg zu Mannhardt ins Krankenhaus.

»Auf den Kollegen Hansjürgen Mannhardt freust du dich nun bestimmt ganz besonders«, sagte Jessica Schamp, als sie im Auto saßen und die Straße des 17. Juni kreuzen.

»Hm«, brummte Schneeganß. »Der hat mich zu oft alt aussehen lassen, als dass wir echte Freunde fürs Leben werden könnten.«

Jessica Schamp fixierte ihn. »Aber du hast ein Alibi für die Tatzeit?«

»Nein. Aber ich sehe auch nicht so aus wie der Mann auf dem Phantombild, das nach Petra Papes Angaben entstanden ist.«

Am Schloss Charlottenburg vorbei kamen sie auf den Tegeler Weg und am Jakob-Kaiser-Platz auf die A111 Richtung Norden. Links von ihnen tauchte der Flugplatz auf, dann kam auch der Tunnel mit der Ausfahrt Antonienstraße. Nach genau einer halben Stunde hielten sie vor dem Vivantes Humboldt-Klinikum und fragten sich zu Mannhardt durch. Ihre Begrüßung geriet so kordial, dass Mannhardts Zimmernachbar ein wahnsinnig gutes Bild vom Betriebsklima in der Berliner Kriminalpolizei vermittelt bekam. Dann ging es weiter im spöttischen Ton, den Schneeganß so mochte.

»Es ist zwar schön, dich hier zu sehen und nicht in der Hermsdorfer Friedhofskapelle, aber eigentlich bin ich dir ja böse.«

»Warum denn das?«, staunte Mannhardt.

»Na, wegen unterlassener Hilfeleistung nach Paragraph 323 c StGB. Wir sind wegen des Schalldämpfer-Täters in erheblicher Not, und du hast uns keine Hilfe geleistet, obwohl dies dringend erforderlich ist. Du hättest dich nur umdrehen müssen, um den Täter ganz genau zu erkennen. Die Frau, die dich gefunden und den Notarzt angerufen hat, meint, ein Mann, der etwas heruntergekommen aussieht, ist dir offensichtlich auf einem klapprigen Fahrrad gefolgt.«

Doch Mannhardt sagte nur, dass er sich an nichts mehr erinnern könne.

»Auch an den hier nicht?« Jessica Schamp hielt ihm das Phantombild hin.

»Nein, tut mir leid.«

»Hm …« Schneeganß hatte den leisen Verdacht, dass Mannhardt die Sache selbst in die Hand nehmen wollte, wenn er aus dem Krankenhaus kam.

»Dieser Mann hat vor den beiden Schüssen auf dich fünf Menschen umgebracht«, sagte Jessica Schamp und zählte sie alle auf. »Den BWL-Professor Johann Sebastian Zabakuk, den Sportlehrer und Fußballtrainer Michael Kuhnert, die Sozialarbeiterin Sandra Schwarz, ihren Ex Marcel Rackow und den Hauswirt und Hausmeister Bernhard Sandberg.« Und nach einer kleinen Pause fragte sie dann Mannhardt, ob ihm diese Namen schon einmal untergekommen seien.

»Bedauere, nein.« Mannhardt richtete sich etwas auf. »Rein theoretisch sehe ich zwei Möglichkeiten: Das alles sind Beziehungstaten, der Mann hatte mit allen fünf – und mit mir – noch ein Hühnchen zu rupfen, oder er ist durch reinen Zufall auf seine Opfer gestoßen.«

»Auf die Idee sind wir auch schon gekommen«, sagte Schneeganß. »Aber wenn die Petra Pape das richtig beobachtet hat, dass er dir eine Weile durch den Wald hinterhergefahren ist, dann kann das doch kein bloßer Zufall sein. Der Mann muss dich furchtbar gehasst haben und hat sich an dir rächen wollen – wie an den fünf Männern und der Frau auch, die er erschossen hat. Tatmotiv Rache also.«

»Narzisstische Kränkungen und ihre Folgen.« Jessica Schamp erinnerte sich an eine Fortbildungsveranstaltung in forensischer Psychologie. »Borderline und Zwangsgedanken mit Rachsucht, die lustvolle Freude an der Vernichtung des Feindes.«

»Wenn dem so ist, dann ist der Mann eine wandelnde Zeitbombe«, fürchtete Mannhardt. »Mehr als fünf Todfeinde hat doch jeder; wenn er in einer Partei ist, dann noch wesentlich mehr, siehe die Steigerung: Feind, Todfeind, Parteifreund.«

»Wir können nicht alle Mitglieder von CDU, SPD, den Grünen, der Linken und der AfD auf ihre psychiatrischen Störungen abklopfen«, stellte Schneeganß fest. »Da hätten wir Jahrzehnte zu tun.«

Mannhardt wurde wieder ernster. »Ich wäre euch sehr dankbar, wenn ihr einen Kollegen vor meiner Zimmertür postieren könntet, denn es ist ja nicht auszuschließen, dass der Mann, der mich so hasst, einen zweiten Versuch starten wird.«

»Okay, machen wir.«

*

Christian Schloch schrieb an einem weiteren Gedicht. Bald hatte er seinen ersten Band vollendet. Nur die Lyrik zählte bei ihm.

Ach, wäre ich doch Gott!

Ich sitze bei meinem Italiener
und blicke aus dem Fenster.
Auf Platz und Straße hinaus
und in die Fenster der
umliegenden Häuser.
Immer wieder leuchten welche auf,
andere werden plötzlich dunkel.
Wie Geburt und Tod.
Es wird immer dunkler, ringsum lassen
die Ampeln ihre Augen aufleuchten:
Rot – Gelb – Grün.
Immer wieder. Immer wieder.
Rot – Gelb – Grün.
Als hätten sie es seit
dem Urknall getan
und würden es
bis zum Ende aller Tage tun.
Menschen hasten an mir vorüber.
Frauen, mit denen ich schlafen möchte.
Männer, die ich ohrfeigen möchte.
Kinder, denen ich etwas schenken möchte.
Rollstuhlfahrer, die ich trösten möchte.
Doch ich kenne keinen von ihnen.
Ach, wäre ich doch Gott!

Er stand auf, trat ans Fenster und sah auf den »Künstlerfriedhof« Friedenau hinunter. Von seiner kleinen Wohnung in der Fehlerstraße konnte er das Ehrengrab von Marlene Dietrich genau erkennen. Auf deren Grabstein stand »Hier steh ich am Ende meiner Marken«. Kaum einer von denen, die dorthin pilgerten, verstanden das. Schloch postierte sich immer wieder einmal in der Nähe des Grabes und hörte zu, was die Leute so sagten. Die meisten meinten, dass Marlene vielleicht die Lebensmittel- oder die Briefmarken ausgegangen seien, einige fragten sich auch, was Marlene mit den Marken zu tun gehabt haben könnte, der Region Marche in Mittelitalien. Niemand außer ihm, Christian Schloch, schien die Quelle der Inschrift zu kennen: Theodor Körners Gedicht »Abschied vom Leben«. Und fehlerlos konnte er die erste Strophe aufsagen: »Die Wunde brennt – die bleichen Lippen beben –/ich fühl's an meines Herzens matterm Schlage,/hier steh ich an den Marken meiner Tage –/Gott, wie du willst! Dir hab ich mich ergeben.« –

Marksteine, Wendemarken ... Schloch kehrte an seinen Computer zurück, um sein Essay über Martin Nehmer zu Ende zu schreiben:

... und jede Blödelei ist ihm recht, sie in seinen Romanen unterzubringen. Leuchtet im Bus die Anzeige auf: WAGEN HÄLT, lässt er sofort einen seiner Protagonisten sagen: »Da bin ich ja beruhigt, ich dachte schon, er würde bei unserer Fahrt kaputtgehen.« Das ist auf Dauer unerträglich! Der Hochkultur setzt er konsequent eine Niedrigkultur entgegen, um es einmal in seinem Geiste zu sagen. Jeden Angriff auf ihn kontert er damit,

dass ihm das nichts ausmache, da er über genügend Nehmerqualitäten verfüge.

Schloch hielt inne. Das mit den Nehmerqualitäten bei Martin Nehmer, war das nicht dieselbe Selbstironie wie bei ihm, wenn er unter seine Artikel A. R. Schloch setzte? Warum hasste er Nehmer eigentlich in einem Maße, das schon pathologisch war? Weil Nehmer Bestseller schrieb, er nicht. Weil Nehmer Freundinnen en masse hatte, er nicht. Weil Nehmer von allen geliebt wurde, er nicht.

Was hatte seine Psychologin zu ihm gesagt: »Herr Schloch, die Abwertung von anderen Menschen dient vorrangig Ihrem eigenen Selbstwertgefühl. Sie ist ein pathologischer Heilungsversuch Ihrer narzisstischen Zweifel.«

Nein, das war es nicht. Warum er die Romane von Martin Nehmer mit einem fürchterlichen Verriss bedachte, hatte einen ganz anderen Grund: die Rettung der abendländischen Hochkultur. Zum Teufel mit diesen Schreibern von Kriminalromanen, von Stücken fürs Boulevardtheater, von trashigen Fernsehserien, zum Teufel mit all diesen schwachsinnigen Castingshows und all den Juroren, Moderatoren und Comedians mit einem IQ von unter 80 und ihren Bemühungen um die absolute Volksverblödung!

SECHZEHN

Wenn man über geldgierige Amerikaner lästerte, sie hätten das Dollar-Zeichen in den Pupillen, so entdeckte Carlo Kolbatzki bei sich, sah er in den Spiegel, immer öfter das Kreuzzeichen. Viele Tage hatte er in diesem Leben nicht mehr, denn seine Kopfschmerzen wurden immer unerträglicher, und er sah oft nur noch verschwommene Doppelbilder. Wären seine Augen total in Ordnung gewesen, dann hätte er Sandberg gleich beim ersten Versuch zur Strecke gebracht und Mannhardt läge nicht, wie den Zeitungen zu entnehmen war, im Kranken-, sondern im Leichenschauhaus. Es galt also zu handeln, bevor er blind geworden war. Auch das Geld, das er Zabakuk gestohlen hatte, ging langsam zu Ende, und es drohte ihm, wieder in den Modus Bettler und Stadtstreicher zurückzufallen. Fast sehnte er sich nach dem großen AUS.

Er war nicht nur intelligent genug, um sich schon selbst die Frage zu stellen, die sie ihm garantiert stellen würden, wenn er vor seiner Festnahme noch nicht gestorben war: »Hatten und haben Sie denn gar keine Schuldgefühle?« – »Nein, warum denn, *ich* bin doch das Opfer, das Opfer der Menschen, die ich erschossen habe, wie des Schicksals, Gottes oder wessen auch immer. Und mit meinem Tumor bin ich so bestraft worden wie Mörder früher mit der Guillotine oder dem

Galgen. Über mich ist die Todesstrafe schon verhängt worden, bevor ich an meine erste Tat gedacht habe.«

Für einen Besuch im Internet-Café reichte sein Geld noch, und er konnte über Schloch einiges finden, das ihm weiterhalf. So einige neuere Fotos und den Hinweis, dass er regelmäßig im alten Funkhaus des RIAS am Hans-Rosenthal-Platz zu tun hatte, um seine Literaturkritik »Scharf geschossen« aufs Band zu sprechen. Das freute ihn, denn von seiner Laube bis dorthin waren es zu Fuß an die vier Kilometer, und die schaffte er noch und sparte sich damit das Fahrgeld. Das Funkhaus grenzte an einen weitläufigen Park, und für dessen Besucher hatte man eine Wall-Toilette aufgestellt, die eine gute Tarnung bot, wenn er den Eingang beobachten wollte. Außerdem konnte er sich auch in den Vorgarten eines Restaurants mit dem schönen Namen »Pusteblume« setzen und warten, ob Schloch irgendwann einmal auftauchte. Anzunehmen war, dass ein Typ wie er mit dem Fahrrad ankam, außer er wohnte oben in Lübars, Hermsdorf oder Frohnau. Das Dumme am Platz vor dem Funkhaus war nur, dass sich ganz in der Nähe ein ausgedehnter Kinderspielplatz befand, und viele Eltern in ihrer Angst vor Kinderschändern immer ein Auge auf herumlungernde Männer hatten. Wenn die Polizei kam, ihn mit aufs Revier nahm und seine Waffe samt Schalldämpfer fand, dann war er geliefert. Die Festnahme als solche konnte ihm egal sein, aber es schmerzte ihn, dass er dann sein großes Werk nicht mehr vollenden konnte. So viel Psychologie hatte er in den therapeutischen Gesprächen damals in der JVA Tegel mitbekommen, dass bei ihm eine gewisse anankastische

Persönlichkeitsstörung zu diagnostizieren war. Schön, dass er die hatte, da konnte man ihm erst recht keine Vorwürfe machen.

Er hatte Glück, Schloch kam wirklich aus dem Funkhaus und stieg auf kein Fahrrad, sondern ging zu Fuß in Richtung Bundesallee. Das bedeutete, dass er hier in der Nähe wohnen musste, denn zur U- oder S-Bahn wäre es genau die andere Richtung gewesen.

Kolbatzki verließ seine Deckung und folgte Schloch die Durlacher Straße entlang. Der Literaturkritiker war sehr groß, an den zwei Metern fehlten nicht viel, und hatte die typische Journalistentasche, wahrscheinlich aus biologisch einwandfrei angebauter Jute, quer über die Schulter gehängt, dass ihn Kolbatzki kaum aus den Augen verlieren konnte, so schlecht die auch geworden waren. Nach einigen Hundert Metern und dem Überqueren der Handjerystraße bog Schloch links ab und blieb dann vor einem Restaurant stehen, um die Speisekarte zu studieren. Dann kehrte er aber doch nicht ein, sondern setzte seinen Fußmarsch fort. Als er ihm gefolgt war, registrierte Kolbatzki, dass das die Bruchsaler Straße war und das Restaurant den Namen Zwiwwel trug. Weiter ging es zur Wexstraße, wo an zwei ampelgesicherten Übergängen zu warten war. Kolbatzki war gespannt, was Schloch tun würde. Es gab am Bundesplatz drei Restaurants: einen Chinesen, einen Italiener, das Roma, und ein mexikanisches Restaurant mit dem schönen Namen »Alcatraz«. Nun, da hatte Kolbatzki seine Zeit schon lieber in der JVA Tegel abgesessen als auf der Gefängnisinsel Alcatraz. Schloch schien immer noch keinen Hunger zu haben, denn er unterquerte schnellen Schrittes die Autobahn- und S-Bahnbrücke und kam an die Stelle, wo der breite Südwestkorso rechts von der Bundesallee abzweigte. Den nahm Schloch aber nicht, sondern bog in die Varziner Straße ein, die nur auf ihrer südlichen Seite bebaut war, auf der anderen Seite war der Damm für S- und Güterbahn aufgeschüttet worden. Sie kamen über die Stubenrauch- in die Fehlerstraße, und hier verschwand Schloch endlich im Flur eines Neubaus. Gegenüber lag ein Friedhof, und hier konnte sich Kolbatzki einige Zeit aufhalten, ohne aufzufallen. Es war noch früh am Tag, und umtriebig, wie Kulturjournalisten waren, würde Schloch bestimmt noch zu einer Premiere oder irgendeinem Event eilen.

Und er sollte sich nicht geirrt haben, denn es war gerade dunkel geworden, da kam Schloch wirklich aus dem Hausflur. In dieser Sekunde hatte Kolbatzki noch einmal alles vor Augen:

Flashback VII

Er liegt im Bett und träumt davon, einmal mit seiner Comedy-Show das Olympiastadion zu füllen. Er weiß, dass er so gut ist wie Heinz Erhardt, Otto, Loriot und Mario Barth zusammen und dazu auch noch singen kann wie Roland Kaiser. Die Mischung macht es. Als Fußballer hat es mit der Nationalmannschaft nicht geklappt, aber als Comedian und Popsänger wird er die Welt erobern.

Er schaltet das Radio ein, da läuft die Funk-Kolumne »Scharf geschossen« von A. R. Schloch.

»… kommen wir nun zu einem sogenannten Künstler, der nirgendwo anders den Mund aufmachen sollte als beim Zahnarzt. Wie schwören unsere Minister bei ihrer Vereidigung immer: dass sie alles versuchen werden, Schaden vom deutschen Volk zu wenden. Unter diesem Gesichtspunkt fügt dieser Carlo Kolbatzki der deutschen Kultur schweren Schaden zu. Seine Scherze sind so primitiv, dass es wehtut, etwa: Kommt ein Mann von einem Arztbesuch nach Hause und sagt zu seiner Frau, dass er beim nächsten Mal Urin, Kot und Sperma mitbringen soll. Sagt sie: ›Na, dann nimm deine Cordhose mit.‹ So geht das bei Kolbatzki Viertelstunde um Viertelstunde, und er macht uns klar, was die fünf Sinne bei ihm sind: Blödsinn, Stumpfsinn, Wahnsinn, Schwachsinn und Unsinn. Man möchte immerzu mit Paul-Henri Spaak ausrufen: ›Die Dummheit ist die sonderbarste aller Krankheiten. Der Kranke leidet niemals unter ihr. Aber die anderen leiden.‹ Und uns, die wir unsere Kultur lieben, sollte dieser Carlo Kolbatzki in Zukunft bitte erspart werden. Junge, möchte man ihm zurufen, geh zur Müllabfuhr oder trage morgens Zeitungen aus, da kannst du für die Gesellschaft Nützliches tun, aber bitte versuche dich nicht als Comedian und Schlagersänger! Glaube mir, der ich mit der Szene vertraut bin: Du kannst es nicht. Ich meine es nur gut mit dir, wenn ich das ins Mikrofon sage.«

Da hatte Kolbatzki sein kleines Radio in die Ecke gefeuert. Klar, dass ihn danach keiner mehr buchen wollte und man ihn zu einem der »peinlichsten Berliner« gewählt hatte.

Nun war er endlich gekommen, der süße Augenblick der Rache. Bei seinem Plan kam Kolbatzki zugute, dass Schloch nicht zur Bushaltestelle in der Laubacher Straße und auch nicht zur U- oder S-Bahn am Bundesplatz wollte, sondern zum Kleinen Theater am Südwestkorso, und auf dem Weg dorthin musste er an dem breiten Friedhofsportal vorüber, hinter dem Kolbatzki lauerte.

SIEBZEHN

Die »SOKO Schalldämpfer« kam auch an diesem Morgen zu einer Krisensitzung zusammen, ohne dass Gunnar und Jessica Schamp Licht am Ende des Tunnels sehen konnten. Da hielt ein Serientäter Berlin in Atem, und ihnen blieb offenbar nichts anderes, als seine Opfer zu notieren.

»Unsere Rekordhalter in Berlin sind ja Paul Ogorzow mit acht und Thomas Rung mit sieben Morden«, sagte Schneeganß. »Die wird er bald erreicht haben. Und Karl Großmann, die Bestie vom Schlesischen Bahnhof, hat er schon übertroffen, denn dem haben ja nur drei, bestenfalls vier Morde nachgewiesen werden können, bevor er im Knast Selbstmord begangen hat.«

»... aber umgebracht haben soll er mehr als 20 Menschen«, fügte Jessica Schamp hinzu. »Da hat ja unser Kandidat noch einiges vor sich.«

Schneeganß stieß einen langgezogenen Seufzer aus. »Unser einziger Trost ist, dass seine Treffsicherheit inzwischen erheblich nachgelassen hat.«

»Biathlet dürfte er nicht sein«, fügte Jessica Schamp hinzu. »Bei Mannhardt nicht ins Schwarze getroffen und bei Schloch auch nicht. Vielleicht gibt er jetzt auf.«

»Oder er versucht es ein zweites Mal«, nahm ihr Schneeganß diese Hoffnung. »Und diesmal mit Erfolg. Wie bei Sandberg.«

Jessica Schamp sah aus dem Fenster. »Spielen wir doch einmal Profiler: Da ist jemand, der ganz unterschiedliche Leute umbringt, offensichtlich, weil bei ihm im Gehirn etwas geschädigt worden ist. Bei aller ärztlichen Schweigepflicht, wir sollten uns einmal in den Krankenhäusern und der Karl-Bonhoeffer-Nervenklinik umhören.«

Schneeganß winkte ab. »Die sagen doch sowieso nichts, denk doch nur einmal an den Todesflieger bei der Lufthansa.«

Beide versanken nun in minutenlanges Schweigen. Es blieb ihnen nichts weiter übrig, als zu warten. Irgendwann würde bei ihren IT-Spezialisten schon der Name eines Mannes aufleuchten, der zu mehreren seiner Opfer in irgendeiner Beziehung gestanden hatte. Schneeganß konnte die schon so aufzählen wie die besten Spieler von Bayern München, nämlich: Johann Sebastian Zabakuk, Michael Kuhnert, Sandra Schwarz, Marcel Rackow, Bernhard Sandberg, Hansjürgen Mannhardt, Christian Schloch.

Er sah Jessica Schamp an. »Hast du im Krankenhaus angerufen, wann wir mit Schloch sprechen können?«

»Ja, er sollte heute Vormittag schon wieder entlassen werden, so schlimm können seine Verletzungen wohl nicht gewesen sein. Nur wird er schlecht sitzen können, weil ihm eine der beiden Kugeln in die rechte Pobacke gefahren ist.«

Schneeganß lachte. »Ist doch klar!

»Wieso?«

»Na: A. R. Schloch.«

Jessica Schamp sah auf ihren Notizblock. »Er wohnt in der Fehlerstraße, gleich am Friedhof Friedenau.«

»Na, wenn das mal kein Fehler war.«

Jessica Schamp sah im Internet nach. »Fehler, Adolf, geboren 25.5.1828, gestorben 27.3.1903. War in Friedenau Eichmeister, Kommunalpolitiker und Schöffe.«

»Na, dann auf in die Fehlerstraße!«

*

Christian Schloch hatte es im Krankenhaus nicht länger ausgehalten. Ein Vierbettzimmer, o Gott! Zusammen mit einem Mann, der nicht viel älter war als er und in den nächsten Tagen sterben würde – Bauchspeicheldrüsenkrebs. Dann ein älterer Herr, der etwas am Dickdarm hatte und pausenlos schlief und fürchterlich blähte. Der Dritte im Bunde war nun wiederum zu lebendig, hatte nur eine Diverticulitis, litt aber an der malignen Logorrhoe, das hieß, er redete ununterbrochen, und zwar, da er nur Lagerarbeiter war, über Dinge, die Schloch nicht im Mindesten interessierten, zum Beispiel Fußball, Reisen zum Ballermann auf Mallorca oder die billigsten Nutten in Berlin. Das war schwerer auszuhalten als die Schmerzen der Schusswunden am Gesäß und am rechten Oberarm. Da half Schloch auch nicht, dass er Gedichte von Federico García Lorca las, so eines mit der Überschrift »Casida der dunklen Tauben/Casida de las palomas oscuras«, das so begann: *Durch die Äste des Lorbeers hindurch/sah ich zwei dunkle Tauben./Die eine war die Sonne,/die andere der Mond./Kleine Nachbarn, sagte ich zu ihnen,/wo ist mein Grab?* Das war so herrlich, dass er sofort wieder auflebte und um seine Entlassung bat.

Nun war er wieder zu Hause, aber doch noch arg gehandicapt. An den Computer setzen konnte er sich nicht, das verhinderte die Wunde am Gesäß, im Stehen schreiben aber auch nicht, weil der rechte Arm wegen des dicken Verbandes zu steif war. Das Laufen ging einigermaßen, zumal wenn er sich eine weite Hose anzog, eine Trainingshose etwa. So schleppte er sich in den Zeitungsladen am Bundesplatz, um alle Tageszeitungen zu kaufen, vom verachteten Boulevardblatt bis zu den Gazetten deutscher Intellektueller. Überall wurde er erwähnt und der Mordanschlag auf ihn bitter beklagt. Das Ganze war ein so gigantischer PR-Coup, dass er fast befürchtete, man würde ihm nachsagen, die Schüsse auf sich bestellt zu haben. Für diesen Verdacht sprach, dass die Kugeln nicht in das Herz oder das Gehirn gegangen waren, sondern nur in den Allerwertesten und den Oberarm. Egal, jetzt hatte ganz Deutschland nicht nur Robert Gernhardt, sondern auch Christian beziehungsweise A. R. Schloch. Wer sich auch immer an ihm hatte rächen wollen, der Schuss war nach hinten losgegangen. Jetzt würde ein kometenhafter Aufstieg beginnen. Die Talkshows würden sich um ihn reißen. Was gab das schon für ein Bohei, wenn er im Studio bei der Aufzeichnung der Sendung stehen musste. Anderssein, Auffallen um jeden Preis, das war das Erfolgsrezept in dieser Gesellschaft, auch bei den Jüngern von Shakespeare, Mahler und Miró.

Es klingelte. Er humpelte zur Tür. Ein Reporter. Nein, es waren zwei von der Kripo. Ein Macho und Einfaltspinsel, der sich als Gunnar Schneeganß vorstellte, und eine bescheuerte Lesbe, das sah er sofort, die auf den Namen Jessica Schamp hörte. Das konnte ja heiter werden.

»Setzen Sie sich bitte«, sagte Schloch und rückte für seine Gäste zwei Stühle zurecht. »Ich muss leider stehen bleiben, weil die eine Kugel …«

Jessica Schamp prustete los. »Das muss Absicht gewesen sein, dass der Täter gerade dorthin gezielt hat, so nach dem Motto: Da hast du's, du A. R. Schloch!«

»Ich bitte dich!«, mahnte Schneeganß seine Kollegin und mühte sich um ein ernsthaftes Gespräch. »Der Tatort direkt vor Tür. Das lässt darauf schließen, dass der Täter einiges von Ihnen gewusst haben muss.«

Schloch fand diese Annahme mehr als laienhaft. »Mein Foto findet sich x-mal im Internet, und auch aus den Zeitungen kann er mich kennen.«

Schneeganß lachte. »Klar, da stellt er sich auf den Hackeschen Markt, wartet dort, bis Sie zufällig einmal vorbeikommen, und folgt Ihnen dann.«

»Wenn einer weiß, für welche Zeitungen und Sender ich arbeite, muss er nur da auf mich lauern.« Schloch machte keinen Hehl daraus, dass er diesen Kripomenschen für einen ausgemachten Kretin hielt. Was hatte doch Mark Twain einmal gesagt: *Das Recht auf Dummheit wird von der Verfassung geschützt. Es gehört zur Garantie der freien Entfaltung der Persönlichkeit.*

Nun griff Jessica Schamp in das Gespräch ein. »Haben Sie denn schon einmal Morddrohungen erhalten, Herr Schloch?«

»Per E-Mail schon eine Menge.«

»Dürfen wir die mal sehen?«

»Ja sicher.« Schloch führte sie und ihren Chef zu seinem Computer und öffnete die Datei »Drohungen«.

Da fand sich viel Schönes, etwa: »Dir A.R.Schloch trete ich solange in selbiges, bis dir vorn aus dem Bauch alle Gedärme rauskommen!«, oder »Wenn ich beim Herrgott im Himmel einen Mord frei habe, dann bist du an der Reihe!«

Natürlich standen da keine Klarnamen dabei, aber Schneeganß ließ alles auf den Rechner ihres Spezialisten im LKA überspielen. Vielleicht war das endlich die so lange ersehnte heiße Spur!

Schneeganß kam nun zur entscheidenden Frage. »Wenn Sie einmal die Liste Ihrer Todfeinde durchgehen, die sicherlich sehr lang ist, wer käme da Ihrer Meinung nach für den Mordanschlag auf Sie infrage?«

Schloch überlegte eine Weile, dann nannte er den Namen Martin Nehmer. »Den hat ein Freund von mir einmal sagen hören: ›Wenn mir der Herr in meinem Leben einen Mord zugesteht, bei dem es keine Strafe gibt, dann würde ich einen Literaturkritiker umbringen, und da steht bei mir dieses Arschloch von Christian Schloch an erster Stelle.‹«

*

Martin Nehmer wechselte in regelmäßigen Abständen den Kiez. Zwar war es in Berlin immer schwerer, eine bezahlbare Wohnung zu finden, aber das musste halt sein. Nur der Wechsel war das Leben. Wie hatte er bei Fontane im »Stechlin« gelesen: »Sich abschließen heißt sich einmauern, und sich einmauern ist Tod.«

Und hockte man jahrelang in derselben Wohnung, dann war das so, als mauerte man sich ein. Immer dieselbe Gegend, immer dieselben Restaurants und Kneipen, immer dieselben Menschen um sich herum. Er brauchte Neues. Und so war er diesmal nach Lichterfelde in die Ringstraße gezogen. Julius Posener, der Architekt und langjährige Vorsitzende des Deutschen Werkbundes, der in Lichterfelde-West aufgewachsen war, hatte die Villenkolonie einmal so beschrieben: »Lichterfelde ist heute noch voll von kauzigen Häusern aller Art: Burgen, Miniatur-Palazzi, Schweizerhäuschen, Backsteinschlössern, in deren hohen, ein wenig düsteren Räumen alte Oberste, Staatssekretäre, Privatgelehrte ihr Wesen trieben, Erinnerung pflegten: Sammlungen, Memoiren [...] Die Häuser haben sogar einen Geruch, den der Kenner als ›lichterfelderisch‹ erinnert.« Das gefiel Martin Nehmer, zumal hier in Lichterfelde-West, -Ost und -Süd bedeutende Persönlichkeiten gelebt hatten, so der Schlagersänger Bully Buhlan, der Schauspieler Götz George und der Schriftstellerkollege Peter Huchel, und auf den Friedhöfen lagen der Bischof Otto Dibelius, der Historiker und Publizist Sebastian Hafner, der Reichskanzler Kurt von Schleicher, der Schriftsteller Bruno Wille und die Schauspielerin Renate Müller.

Ob an der Villa aus dem Jahr 1877, in der er unterm Dach eineinhalb Zimmer, Küche und Bad gemietet hatte, einmal die weiß-blaue Berliner Gedenktafel mit seinem Namen und seinem Geburts- und Sterbedatum hängen würde: *Hier lebte von 2016–2028 der berühmte Schriftsteller Martin Nehmer*? Dadurch wäre er dann irgendwie unsterblich geworden. Aber wenn er alle zwei Jahre die Wohnung wechselte, würde dann der Senat an jedem der vielen Häuser eine Gedenktafel anbringen lassen?

Er setzte sich an seinen Schreibtisch, schaltete den Computer ein und rief die Datei »Kinder- und Jugendbuch« auf. In diesem Genre standen die Chancen nicht schlecht, dass etwas gedruckt wurde, und er suchte schon seit Wochen nach einem erfolgversprechenden Plot. Am besten verkaufte sich sicher etwas, wo ein gescheiterter deutscher Jugendlicher einem armen Jungen mit Migrationshintergrund hilft und dadurch selbst zu einem nützlichen Mitglied der deutschen Gesellschaft wird. Zuerst, als der deutsche Junge die Flüchtlingsunterkunft anzünden will, schlagen sie sich fast den Schädel ein, und zum Schluss werden sie die dicksten Freunde, spielen gemeinsam beim FC Berlin Multikulti und bringen den in die 3. Bundesliga. Martin Nehmer konnte sich sicher sein, mit diesem Stoff mehrere Jugendbuchpreise einzuheimsen.

Gerade war er dabei, sich die Namen seiner Protagonisten auszudenken, da klingelte es an seiner Wohnungstür. Ach ja, sein Freund Orlando wollte auf ein Glas Rotwein vorbeikommen. Also fragte er gar nicht über die Gegensprechanlage nach, wer unten sei, sondern öffnete gleich die Haustür und wartete oben. Aber nicht Orlando wurde auf der Treppe sichtbar, sondern ein Paar. Gott, die Zeugen Jehovas! Die späten Gäste stellten sich aber als Gunnar Schneeganß und Jessica Schamp von der Berliner Kripo vor.

»Oh!«, rief Martin Nehmer und bemühte sich um größtmögliche Heiterkeit. »Ich nehme an, dass Sie sich bei mir, da ich ja schon einige Kriminalromane geschrieben habe, einen Rat holen wollen – im Hinblick auf die vielen ungelösten Fälle in der letzten Zeit …?«

»Da liegen Sie gar nicht mal so falsch damit«, sagte Schneeganß. »Wenn wir einmal eintreten dürfen.«

»Aber gern. Kann ich vielleicht von den Profis etwas lernen, was sich literarisch verarbeiten lässt.«

Schneeganß zeigte sich *not very amused*. »Das hier ist kein ›Tatort‹ und keine Hollywoodkomödie, sondern der ganz nüchterne Ernst des Lebens, Herr Nehmer. Und wir sind hier, um zu prüfen, inwiefern Sie als Täter im Mordfall Schloch infrage kommen.«

Martin Nehmer musste trotz des Heiterkeitsverbots ein wenig schmunzeln. »A.R. Schloch, gesprochen Arschloch, ich weiß. Er ist ja noch einmal davongekommen, wie man hören und lesen kann, und ich gebe gern zu, dass ich im Falle eines Todesfalles nicht zu seiner Beerdigung gegangen wäre. Wenn Eunuchen das kritisieren, was andere über eine heiße Liebesnacht schreiben, dann kann das nichts werden.«

Jessica Schamp wartete, bis sich alle gesetzt hatten. »Wir können also davon ausgehen, dass Sie Herrn Schloch nicht übermäßig mögen?«

»Ja … Aber jemanden nicht zu mögen, meinetwegen auch zu hassen, heißt ja – glücklicherweise – bei Hunderttausenden von Menschen nicht schon, dass sie den Betreffenden auch umbringen.«

»Nein. Und wenn jemand ein belastbares Alibi hat, braucht er sich auch keine Sorgen zu machen.« Und Schneeganß nannte nun den Tag, den Ort und die Stunde, da man auf Christian Schloch geschossen hatte. »Und wo waren Sie da, Herr Nehmer?«

Martin Nehmer sah in seinem Taschenkalender nach. »Hier bei mir zu Hause …«

»Allein?«, kam die Nachfrage von Jessica Schamp.

»Ja …«

Schneeganß lächelte. »Willkommen im engeren Kreis der Tatverdächtigen.«

*

Hansjürgen Mannhardt wagte sich nicht mehr allein aus dem Haus, seit im Tegeler Forst auf ihn geschossen worden war. Entweder Heike oder Orlando mussten ihn begleiten. Das Leben war ein anderes geworden. Er konnte nicht richtig ein- und durchschlafen, er war reizbarer als vorher und bekam Wutausbrüche, wo er vor Wochen nur müde gelächelt hätte, etwa, wenn wieder einmal eine S-Bahn ausfiel.

»Herrgott, haben sich denn alle Idioten Deutschlands bei der Deutschen Bundesbahn versammelt!«

Und er konnte sich viel schwerer auf etwas konzentrieren. Beim Raten von Kreuzworträtseln dachte er darüber nach, ob sein Vater lieber Cognac oder Whiskey getrunken hatte, beim Bestücken des Geschirrspülers hielt er inne, weil er sich fragte, wer bei seinen Eltern Geschirr, Kochtöpfe und Besteck abgewaschen und wer abgetrocknet hatte, saß er vor dem Fernseher, um sich ein Spiel der Champions League anzusehen, versuchte er, Schillers »Die Kraniche des Ibykus« aufzusagen. *Zum Kampf der Wagen und Gesänge,/Der auf Korinthus' Landesenge/Der Griechen Stämme froh vereint …*

Der Nachbar über ihm warf beim Staubsaugen aus

Versehen einen Stuhl um, Mannhardt fuhr zusammen, begann zu zittern und wäre am liebsten unter das Sofa gekrochen.

Klingelte das Telefon, nahm er schon gar nicht mehr ab, weil er Angst hatte, da würde nur jemand herausfinden wollen, ob er zu Hause sei oder nicht.

»Gegen Ihre Hypervigilanz muss ich Ihnen unbedingt etwas verschreiben«, hatte sein Hausarzt gesagt, und er hatte genickt, ohne zu wissen, worunter er litt. Im Internet war dann zu lesen, dass damit eine »extreme Wachsamkeit« gemeint war.

Er versuchte, darüber zu scherzen, und meinte zu Orlando, er würde sich bei einem Wachschutzdienst bewerben. »Mit meiner Hypervigilanz nehmen sie mich bestimmt.«

»Du solltest dich bei einer Psychologin auf die Couch legen«, riet ihm Heike.

Mannhardt verzog das Gesicht. »Mit einer Psychologin auf die Couch, nein!«

Er weigerte sich strikt, »professionelle Hilfe« in Anspruch zu nehmen, wie sie das in der Serie »In aller Freundschaft« immer ausdrückten, wenn einer der Patienten »nicht mehr sauber tickte«, wie die Berliner es formuliert hätten.

Es klingelte. Wieder schrak er so zusammen, dass er fürchtete, einen Herzinfarkt zu erleiden. Da war der Killer! Mannhardt suchte seine Ängste zu unterdrücken und bewegte sich Richtung Gegensprechanlage.

»Ja bitte? Wer ist da?«

»Orlando mit Martin Nehmer, der dich gern sprechen möchte.«

»Moment!« Mannhardt wollte zum Fenster, um zu sehen, wer da wirklich am Hauseingang aufgetaucht war, zögerte aber. Wenn der Killer unten stand und nur auf diesen Augenblick gewartet hatte? Quatsch! Er trat vorsichtig ans Fenster, von der Gardine getarnt. Tatsächlich: Unten standen sein Enkel und dessen Freund. Jetzt drückte er auf den Türöffner.

Als sie dann am Wohnzimmertisch beisammensaßen, berichtete ihm Martin Nehmer von seinem Problem.

»Man verdächtigt mich, versucht zu haben, ein Arschloch zu erschießen. Christian Schloch, A. R. Schloch.«

Mannhardt setzte eine dienstliche Miene auf. »Und – haben Sie?«

»Nein.«

»Obwohl Sie allen Grund dazu gehabt hätten. Sie haben doch sicherlich öfter davon geträumt?«

Martin Nehmer zögerte mit einer Antwort. »Ja, schon …«

Mannhardt lachte. »Das ist doch schon ein halbes Geständnis!«

Jetzt griff Orlando ein. »Können wir bitte ein wenig ernsthafter sein. Das Ganze hier ist keine Comedyshow.«

»Schade.« Mannhardt riss sich aber nun zusammen. »Es spricht vieles dafür, dass es derselbe Täter war, der auf Schloch und mich geschossen hat und uns beide verfehlt hat. Warum das? Irgendwie muss er nicht mehr so gut zielen und treffen können. Ist er krank geworden, hat er irgendwelche Hemmungen entwickelt?«

»Du gehst wie Schneeganß davon aus, dass alle Morde zuvor von ein und demselben Täter verübt worden sind?« Orlando hatte sich die Namen auf einen Zettel geschrieben.

»Ja, und ich frage mich genauso wie Schneeganß: Sind das nun Beziehungs- oder Zufallstaten?«

»Und keine ›Botschaftstaten‹?«, fragte Orlando. »Dass jemand aller Welt die Botschaft vermitteln will, dass Gott alle die straft, die gegen seine Gebote verstoßen haben?«

»Das glaube ich weniger.«

Martin Nehmer schloss sich Mannhardt an. »Ich glaube eher an den Zufall, denn ich habe nicht so viel schriftstellerische Fantasie, um mir auszumalen, dass ein und derselbe Mensch tiefer gehende Beziehungen zu einem Professor und einem Hausmeister unterhalten haben soll.«

Orlando lächelte. »Du plädierst doch nur für den Zufall, weil du damit bei Schloch als Täter ausscheiden würdest.«

Martin Nehmer redete sich jetzt in Rage. »Ich scheide ja auch deswegen aus, weil die Kripo – und auch dein Großvater – davon ausgeht, dass ein und dieselbe Person die fünf Menschen erschossen hat, da in allen Fällen dieselbe Waffe benutzt worden ist. Und ich habe diese Waffe nie in der Hand gehabt!«

»Sagen Sie«, hielt Mannhardt ihm vor, »können Sie das beweisen?«

»Man hat keine bei mir gefunden.«

»Als ob man eine Pistole nicht irgendwo verstecken oder in irgendein Gewässer werfen könnte!«, höhnte Mannhardt.

Orlando tat so, als sei er schon Strafrichter. »Können

Sie, Herr Mannhardt, denn 100-prozentig ausschließen, dass die betreffende Pistole nicht von Hand zu Hand gewandert ist, also nach vollbrachter Tat immer wieder weiterverkauft worden ist?«

Mannhardt zögerte mit einer Antwort. »Nein, völlig auszuschließen ist das nicht, denn in Berlin ist ja alles möglich, aber ich würde die Wahrscheinlichkeit bei bestenfalls 0,5 Prozent ansetzen.«

»Immerhin. Das ist mehr, als die Astronomen bei der Entstehung eines Planeten annehmen, auf dem es Leben wie auf der Erde gibt.«

ACHTZEHN

Hansjürgen Mannhardt konnte nicht einschlafen und nicht durchschlafen, zu sehr quälte ihn die Frage, was für ein Motiv der Mann gehabt haben mochte, der im Tegeler Forst auf ihn geschossen hatte. Und erwachte er am Morgen todmüde, dann fing er schon wieder an zu grübeln. Heike machte sich schon echt Sorgen um ihn.

»Irgendwann drehst du noch mal durch und landest in der Psychiatrie.«

Mannhardt lachte. »Die ganze Welt ist doch im Augenblick ein einziges Irrenhaus.«

Die große Frage war, ob und wann der Mann, ein solcher konnte es nur sein, zum zweiten Versuch antreten würde. Reichte es ihm, dass er Mannhardt ins Krankenhaus gebracht hatte und dass die beiden Wunden nur langsam verheilten, oder wollte er ihn unbedingt auf den Friedhof bringen? Bei einem Zufallstäter war eine zweite Attacke logischerweise auszuschließen, nicht aber bei einer Beziehungstat. Doch wer, mit dem oder mit der Mannhardt einmal eine enge Beziehung unterhalten hatte, war a so fürchterlich sauer auf ihn und b so rachsüchtig, dass er zu einer solchen Tat fähig war? Einzig seine Ex-Ehefrau wäre vielleicht dazu imstande gewesen, aber die war längst verstorben, und bei seinen großen Kindern war so etwas unvorstellbar. Und so lange und so oft er auch die Liste aller ehemaligen Kollegen und Freunde durchging, da kam keiner infrage.

Orlando und Heike rieten ihm, doch einmal alle Revue passieren zu lassen die er in seiner Zeit bei der Mordkommission hinter Schloss und Riegel gebracht hatte. Danke, als wäre er da nicht selbst drauf gekommen. Er bemühte eine besondere Subkomponente des Langzeitgedächtnisses, nämlich das episodische Gedächtnis. Wann und wo hatte es bei der Festnahme eines Täters eine filmreife Szene à la Hollywood gegeben? Da wollte ihm auf Knopfdruck nichts einfallen, denn zumeist war bei einer Festnahme alles Routine gewesen. Was hatte er einmal gelernt: *Unzulässig ist es …, die Flucht eines Straftäters durch Handlungen zu verhindern, die zu einer ernsthaften Beschädigung seiner Gesundheit oder zu einer unmittelbaren Gefährdung seines Lebens führen.* Das schloss für den normalen Kriminalkommissar aus, sich wie James Bond zu gebärden. *Sobald sich die festgenommene Person der Festnahme nicht lediglich durch Flucht erwehrt, sondern den Festnehmenden angreift, so ist auch der Einsatz von Gewalt zulässig.* Ja, schön und gut, ab und an hatte er schon einmal zur Dienstwaffe gegriffen und Warnschüsse abgegeben, aber das waren doch alles keine derartigen Dramen gewesen, dass ihn der Betroffene noch Jahre später auf der Abschussliste haben würde. Und letztlich in den Knast gebracht hatte nicht er einen Straftäter, sondern Staatsanwalt und Richter.

Mannhardt gab auf, in seinem Gedächtnis nach einer Episode zu suchen, die irgendwie außergewöhnlich im Leben eines Kriminalkommissars gewesen wäre, bis …

… bis er in der Hochbahn saß, in einem Zug der Linie 1, um bis zur Endstation Warschauer Straße zu fahren. Von dort war es zu Fuß nicht weit zur Mercedes-Benz Arena Berlin, der ehemaligen *o2* World. Orlando kam von der anderen Seite mit der S-Bahn. Sie wollten sich wieder einmal ein Spiel von Alba ansehen, denn der Enkel mochte Basketball.

Der Zug verließ den Bahnhof Kottbusser Tor und fuhr in Richtung Görlitzer Bahnhof. Nun erlebte auch Mannhardt seinen Flashback:

Sie sind auf der Suche nach einem Mann, der bei einem Banküberfall eine Frau angeschossen und womöglich erschossen hat. Es gibt Hinweise, dass er irgendwo in der Gegend um das Kottbusser Tor untergetaucht ist. Das ist ein bisschen Berlins Soho. Es gibt ein Phantombild des Bankräubers, und Mannhardt hat es sich genau eingeprägt. An einer Currywurstbude sieht er den Gesuchten stehen.

»Entschuldigung, sind Sie zufällig der Carlo Kolbatzki?«

»Wieso?«

»Weil ein Haftbefehl gegen Sie vorliegt.«

Da flieht der Gesuchte, läuft wie ein Irrer Richtung Hochbahnhof Kottbusser Tor. Eine Waffe scheint er nicht bei sich zu haben. Er rennt bei Rot über die Straße und hastet die Treppe zur Hochbahn hinauf. Mannhardt hat sofort realisiert, dass der andere wesentlich schneller ist als er. Wenn jetzt ein U-Bahn-Zug abfahrbereit auf dem Bahnhof oben steht, ist der Flüchtende gerettet.

Doch es ist weit und breit kein Zug zu sehen. Und es kommt auch keiner, als Mannhardt endlich oben angekommen ist. Mannhardt läuft auf Kolbatzki zu, verzichtet aber darauf, das Übliche zu schreien (»Kriminalpolizei! Hände hoch oder ich schieße!«), weil er dadurch arglose Fahrgäste gefährden könnte. Was bleibt Kolbatzki da, als zum Ende des Bahnsteigs zu laufen und auf die Gleise zu springen. Er tut es, und Mannhardt folgt ihm, obwohl er panische Angst hat und denkt, dass das ein Selbstmordkommando ist. Sie hetzen in Richtung Görlitzer Bahnhof. Von daher kommt ihnen ein Zug entgegen. Die nach oben hin offene Stromschiene funkelt in der Sonne. Kolbatzki stürzt. Der Zug kann rechtzeitig bremsen und kommt einen Meter vor Kolbatzki zum Stehen. Mannhardt nimmt Kolbatzki fest.

Sobald sie Warschauer Straße angekommen waren, zog Mannhardt sein Handy aus der Tasche und rief Schneeganß an.

»Du, ich habe da einen Kandidaten für euch.«

*

Carlo Kolbatzki war zu intelligent, um nicht zu wissen, dass ihm die Kriminalpolizei in den nächsten Tagen und Stunden auf die Spur gekommen sein würde. Dümmer, als die Polizei erlaubt, konnte sie ja schwerlich sein.

Die nächsten Tage und Stunden … Schon in den nächsten Minuten konnte sein Todeskampf beginnen, so schlecht ging es ihm. Im Liegen waren seine Kopfschmerzen so stark, dass es kaum auszuhalten war, und Tabletten brachten da auch kaum noch Linderung. Wenn er am Morgen aufwachte, war ihm fürchterlich übel und er musste sich erbrechen. Seine Sehstörungen nahmen zu, und immer öfter litt er unter Krampfanfällen. Mal traf es den linken Arm, mal die linke Wade. Manchmal gab es auch nur kurze Zuckungen hier und dort am Körper. Außerdem hatte er das Gefühl, seine Fähigkeit zum artikulierten Sprechen verloren zu haben. Kein Wunder, hatte er sich doch seit Jahren mit keinem Menschen mehr länger als zwei Minuten unterhalten. Stand er vor dem Spiegel und sprach mit sich selber, kam ihm seine Stimme immer fremder vor. Er nuschelte nur noch.

Was ihn am Leben hielt, war der Wille, sein großes Werk zu vollenden und auch noch Mannhardt und Schloch endgültig ins Jenseits zu befördern. Und er musste sich beeilen, bevor seine rechte Hand noch mehr zitterte und seine Augen so schlecht waren, dass er praktisch nur noch um die Ecke gucken konnte. Mit Sicherheit waren die ersten Versuche, die beiden zu erschießen, deswegen missglückt. Aber beim zweiten Anlauf würde er ganz nahe an sie herangehen und ihnen den Lauf seiner Pistole in die Schläfe drücken. Da konnte dann nichts mehr schiefgehen.

NEUNZEHN

Gunnar Schneeganß hatte so viel Berufserfahrung und Jessica Schamp ein so ausgeprägtes Bauchgefühl, dass sie sich sicher waren, die »Schalldämpfer-Morde«, wie sie bei ihnen hießen, bald aufgeklärt zu haben. Das hing mit dem Anruf zweier Frauen und ihres pensionierten Kollegen Mannhardt zusammen.

»Mein Name ist Nadine Neumann, ich bin … ich war eine Freundin von Sandra Schwarz, die ja …«

»Wir wissen Bescheid …«

»Und ich bin noch einmal alle Namen durchgegangen, also alle, die Sandra gehasst haben könnten, und da bin ich auf Carlo gestoßen.«

»Carlo wen?«

»Carlo Kolbatzki. Der war einmal mit Sandra verheiratet. Sie haben sich dann getrennt, als sie was mit seinem besten Freund angefangen hatte, mit Marcel Rackow.«

»Und der ist ja dann auch mit ihr zusammen erschossen worden.«

»Ja, eben.«

»Und warum haben Sie uns das nicht eher gesagt, Frau Neumann?«

»Weil ich im Krankenhaus gelegen habe. Bei mir ist im Kopf ein Aneurysma geplatzt, und da habe ich mich eine Zeitlang an nichts mehr erinnern können.«

So hatten sie das Gespräch mit Nadine Neumann

protokolliert, und dann hatte Marina Rackow angerufen.

»Ich bin ja zusammengebrochen, als ... Und dann habe ich erst einmal alles verdrängt. Jetzt bin ich aber bei einem Gespräch mit meiner Therapeutin, wo wir alles aufarbeiten, auf einen Mann gekommen, der so rachsüchtig sein könnte, dass er ... Also, das ist der Carlo Kolbatzki.«

Dann hatte sich Mannhardt gemeldet und ihnen gesagt, dass er sich an eine ganz besondere Festnahme erinnern könne, an die eines gewissen Carlo Kolbatzki.

Carlo Kolbatzki.

Endlich war sie da, die so ersehnte heiße Spur!

Jetzt galt es zu checken, ob dieser Kolbatzki mit den anderen drei Toten, die mit derselben Waffe erschossen worden waren – Professor Zabakuk, Michael Kuhnert und Bernhard Sandberg – in einer besonderen Beziehung gestanden hatte, dies auch ohne spezielles Computerprogramm. Ebenso war bei Schloch nachzuhaken.

Zuerst fragten sie bei der Verwaltung der Freien Universität nach, ob draußen in Dahlem ein gewisser Carlo Kolbatzki studiert habe, was und bei wem. Es dauerte eine Weile, aber dann kam die Antwort: »Ja, BWL bei Professor Zabakuk.«

Schneeganß und Jessica Schamp rissen die Arme hoch. »Eins zu null!« Im Grunde, nahm man die Aussagen von Nadine Neumann, Marina Rackow und Mannhardt hinzu, stand es aber schon vier zu null für sie.

Die Nachforschungen im Umfeld von Michael Kuhnert und Bernhard Sandberg ergaben dagegen nichts.

»Was wir wissen, reicht aber allemal, uns diesen Kolbatzki einmal vorzuknöpfen«, sagte Schneeganß.

»Wenn ich Profiler wäre«, überlegte Jessica Schamp, »dann würde ich mich fragen, ob es ein gemeinsames Motiv gibt, gerade die umzubringen, die er umgebracht hat. Zabakuk, BWL-Professor …? Was kann da der Grund, der Auslöser gewesen sein?«

Schneeganß lachte. »Na, dass der ihn hat durchfallen lassen.«

»Okay.« Jessica Schamp nickte. »Und bei Sandra Schwarz und Marcel Rackow ist die Sache auch klar: Sie hat ihn mit ihm betrogen, also waren beide fällig. Und bei unserem lieben Hansjürgen Mannhardt ist die Sache auch klar: Der hat ihn in den Knast gebracht. Sandberg, der Hauseigentümer, wird Kolbatzki vor die Tür gesetzt haben. Also auch hier: Rache! Aber was ist mit Kuhnert, dem Lehrer? Bei dem kann Kolbatzki doch unmöglich in die Schule gegangen sein? Und mit Schloch, diesem A. R. Schloch? Warum sollte er von dem verrissen worden sein? Ein Carlo Kolbatzki ist mir weder als Schauspieler und Sänger noch als Schriftsteller irgendwie untergekommen.«

»Tja …« Schneeganß wusste darauf auch keine Antwort. »Vielleicht haben wir es doch mit einer Mischung von Beziehungs- und Zufallstaten zu tun. Aber am besten, wir fragen diesen Kolbatzki mal selber.«

Jetzt machten sie und ihr Team sich daran, Kolbatzkis Adresse herauszubekommen. Bald schon kam die erste Meldung: »Teikeweg, Mariendorf.«

*

Kolbatzki wagte es schon gar nicht mehr, aus dem Fenster seiner Laube zu schauen, denn jeder Spaziergänger oder Walker konnte ein getarnter Kriminalbeamter sein. Man war sicher schon dabei, seine Parzelle zu umstellen, um einen Fluchtversuch zu verhindern. Angst vor einer Festnahme und allen ihr folgenden Vernehmungen hatte er eigentlich keine, was er einzig und allein fürchtete, war der Umstand, dass er dann sein großes Werk nicht mehr vollenden konnte: seine Abschussliste bis zu den letzten beiden Kandidaten abzuhaken, Mannhardt und Schloch. Immer öfter befand er sich schon in einem Zustand, der einer Nahtoderfahrung nahekam: Eine ungeheure Helligkeit war um ihn herum, erlöst von allem irdischen Leid und aller Schuld schwebte er durch den Weltraum, voll Frieden, Freude und Glückseligkeit.

Sollte er sich kampflos ergeben, wenn die Kripoleute anrückten, sollte er sich auf einen Schusswechsel einlassen und hoffen, tödlich getroffen zu werden? Er wusste es nicht, er wusste nur, dass er möglichst schnell von hier verschwinden musste, wenn er noch eine Chance haben wollte, auch noch Mannhardt und Schloch zu erledigen. Sollte er gleich losziehen, um sie irgendwo zu erwischen, oder erst untertauchen und auf eine günstige Gelegenheit warten? Aber wo untertauchen? Im Wald in Berlin und um Berlin herum? In einem billigen Hotel, wo er sich an der Rezeption als Ausländer ausgab? In einem Obdachlosenasyl, wo niemand groß Fragen stellte?

Es war schwer, sich für etwas zu entscheiden.

ZWANZIG

Gunnar Schneeganß und Jessica Schamp hatten mithilfe von Einwohner- und Sozialamt herausbekommen, wo sie Carlo Kolbatzki finden konnten: auf einem Kleingartengelände in Wilmersdorf.

»Kolonie Oeynhausen«, las Jessica Schamp von einem Zettel ab, den man ihr gereicht hatte.

»Ich denke, wir Deutschen haben seit 1918 keine Kolonien mehr«, sagte Schneeganß.

Jessica Schamp ließ sich nicht beirren. »Da soll er seine Datsche haben.«

»Seine Laube«, stellte Schneeganß klar. »Wilmersdorf liegt in West-Berlin, und da haben wir Lauben – und wir essen Brathähnchen und keine Goldbroiler.«

Nachdem sie ihre Schwierigkeiten in der Kommunikation eines östlich und eines westlich sozialisierten Deutschen überwunden hatten, konnten sie den Großeinsatz organisieren, der ihnen notwendig erschien: das Umstellen des weiten Laubengeländes zwischen der Forckenbeck-, der Mecklenburgischen, der Friedrichshaller und der Cunostraße. Als dies geschehen war, konnte sich die »SOKO Schalldämpfer« auf die Suche nach Kolbatzki machen, Gunnar Schneeganß und Jessica Schamp an ihrer Spitze. Nach Befragung etlicher Laubenpieper, die beim Sprengen, Gießen, Unkrautzupfen und Rasenmähen waren, standen sie endlich am

Zaun vor Kolbatzkis Hütte. Jessica Schamp entsicherte ihre Dienstwaffe.

»Hier spricht die Kriminalpolizei!«, schrie Schneeganß. »Herr Kolbatzki, kommen Sie bitte mit erhobenen Händen heraus.«

Nichts.

Schneeganß wiederholte seine Aufforderung.

Als wieder nichts geschah, zog auch er seine Waffe und versuchte, das Gartentor zu öffnen. Es war abgeschlossen. Da gab er seinen sie flankierenden Kollegen das Zeichen, den eh schon ausgebeulten Maschendrahtzaun niederzutreten. Vorsichtig näherten sie sich nun schräg von der Seite der »Villa Kolbatzki«, wie Schneeganß die ärmliche Laube/Datsche genannt hatte. War dieser Kolbatzki wirklich der Mann, der fünf Morde und zwei Mordversuche auf dem Konto hatte, dann war mit allem zu rechnen. Schön, sie hatten ihre schusssicheren Westen angelegt, aber die halfen nichts gegen eine Kugel in die Stirn.

Schneeganß hämmerte gegen die Tür der Laube, wobei er Angst haben musste, dass das ganze Gebäude in sich zusammenfiel.

»Herr Kolbatzki, kommen Sie mit erhobenen Händen heraus!«

Drinnen regte sich nichts, kein Geräusch drang nach draußen. Ein paar Spatzen und Meisen protestierten lauthals gegen den Polizeieinsatz und die Störung der innerstädtischen Idylle.

»Vielleicht hat er schon Selbstmord begangen«, mutmaßte Jessica Schamp.

»Das werden wir gleich sehen.«

Mit diesen Worten trat Schneeganß die Tür ein. Es quoll ihnen ein Schwall übel riechender Luft entgegen, aber es roch nicht nach einer verwesenden Leiche.

»Er scheint ausgeflogen zu sein«, stellte Schneeganß fest, nachdem er alles mit einem schnellen Blick überflogen hatte. »Auf mancher Müllhalde sieht es ordentlicher aus als hier.«

»Suchen wir nach seiner Pistole«, schlug Jessica Schamp vor und begann auch gleich damit, indem sie sich niederkniete und unter Kolbatzkis Bett leuchtete. »Hier ist sie nicht.«

Nach einer Viertelstunde intensiver Suche gaben sie auf, Kolbatzki musste die Walther PPQ mitgenommen haben.

»Also wird er wieder auf der ›Jagd‹ sein«, sagte Jessica Schamp. »Fragt sich nur, ob er bei Mannhardt und diesem Schloch einen zweiten Versuch unternehmen wird oder ob noch ein ganz anderer auf seiner Abschussliste steht.«

Schneeganß überlegte einen Augenblick. »Das können wir unmöglich herausfinden. Also: Großfahndung nach Kolbatzki und Personenschutz für Mannhardt und Schloch. Wir müssen sie sofort über alles informieren und ihnen sagen, dass sie auch so etwas wie Lockvögel für uns sind.«

Sie riefen beide an und machten sich dann auf den Weg zu ihnen, um alles genauer mit ihnen zu bereden. Von der Kleingartenkolonie an der Forckenbeckstraße bis zu Schlochs Wohnung in der Fehlerstraße war es nicht weit. Aber ehe sie ihren weitab von Kolbatzkis Domizil geparkten Wagen erreicht hatten und in der

Fehlerstraße angekommen waren, mochte doch eine Viertelstunde vergangen sein. Vor dem Hauseingang, den sie suchten, stand ein Rettungswagen der Feuerwehr mit blitzenden Blaulichtern. Sie sprangen aus dem Auto.

»Mein Gott!«, rief Jessica Schamp. »Da wird Kolbatzki schon zugeschlagen haben.«

*

Hansjürgen Mannhardt fühlte sich wie ein Hase, der über ein freies Feld rannte, während über ihm ein Steinadler schwebte, der jederzeit nach unten stoßen und ihn totbeißen konnte. Er hätte sich am liebsten zu Hause eingeschlossen, richtig verbarrikadiert, aber Schneeganß und Jessica Schamp hatten ihn überredet, den Lockvogel zu spielen.

»Mit Schloch hat das nicht geklappt. Der hat durch die ganze Aufregung einen Herzinfarkt erlitten und liegt nun im Salernitana-Krankenhaus. Da wird er streng bewacht, und Kolbatzki hat keine Chance. Also wird er es bei dir versuchen.« So Schneeganß.

Nicht, dass sich Mannhardt wünschte, nun auch einen Herzinfarkt zu erleiden und ins Krankenhaus zu kommen, aber irgendwo hoffte er doch auf ein Wunder, das es ihm ersparte, als Zielscheibe durch die Stadt zu fahren und zu laufen. Mochte er auch von einer Schar gut getarnter Zivilfahnder umgeben sein, ein Kolbatzki fand sicherlich auch da einen Weg, ihn mit seiner letzten Kugel zu erwischen. Er solle das tun, was er auch ohne seine Lockvogelrolle getan hätte, hatte man ihm gesagt, also machte er sich auf zum Campus Friedrichsfelde, um den werdenden Kommissaren etwas über die Grenzen des Profilings zu erzählen.

Als er im Flur stand und gehen wollte, umarmte ihn Heike lange und innig. Das tat gut, obwohl er wegen der kugelsicheren Weste, die er trug, von ihrer Wärme nicht viel spürte.

»Pass gut auf dich auf!«

Mannhardt lachte. »Das machen hoffentlich die anderen.«

Silvio klatschte ihn ab. »Wir sehen uns bei deiner Beerdigung!«

Während Mannhardt auf die Straße trat, formulierte er schon einige Kernaussagen seiner kommenden Lehrveranstaltung. »In meiner langen beruflichen Praxis waren die Täterprofile, die man mir auf den Schreibtisch gelegt hat, viel zu unspezifisch, um bei der Fahndung wirklich relevante Hinweise zu liefern. Was kann ich mit der Information anfangen, dass 40 Prozent der Vergewaltiger als Kinder Bettnässer waren? Und um zu wissen, dass dieser Carlo Kolbatzki, der ja mindestens fünf Morde begangen hat und auch mich erschießen wollte, schwerwiegende Persönlichkeitsstörungen aufweisen muss, muss man keinProfiler sein.« Manche drehten sich nach ihm um und dachten, er hätte eine Macke, die meisten glaubten aber, er würde beim Laufen telefonieren und in ein kleines verstecktes Mikrofon sprechen.

Mannhardt hielt es für nicht unwahrscheinlich, dass Kolbatzki ihm hier in Tegel auflauerte, wo man in der immer belebten Fußgängerzone schnell untertauchen konnte.

Schon war er an der Treppe angekommen, die hinunter zum Zwischengeschoss des U-Bahnhofs Alt-Tegel führte. Bis man den Bahnsteig erreichte, ging es durch enge und verwinkelte Gänge. Wenn Mannhardt Kolbatzki gewesen wäre, hätte er sich hier hinter einen der hellblau gekachelten Pfeiler gestellt und … Mannhardt konnte nicht stehen bleiben und den Kopf nach allen Richtungen drehen, aber vor sich am Kiosk mit den Zeitungen und den Süßigkeiten und Snacks sah er Schneeganß und Jessica Schamp stehen. Fast hätte er ihnen ein fröhliches Guten Morgen zugerufen. Die Zivilfahnder um sich herum kannte er persönlich nicht, aber er witterte sie irgendwie. Fast wünschte er sich, dass Kolbatzki hier und jetzt zuschlagen würde. Doch nichts passierte.

Mannhardt stieg in den wartenden Zug nach Alt-Mariendorf. Alt-Tegel war Endstation, und er konnte ohne Mühe einen Sitzplatz mit Blick in Richtung Tür ergattern.

Er stellte sich vor, was Kolbatzki tun würde, wenn er ihn, Mannhardt, so im Zug sitzen sah. Am ehesten wohl blieb er in der offenen Tür stehen und drückte in der Sekunde ab, in der sich die Türen automatisch schlossen und der Zug anfuhr. Wenn er dann auf den Bahnsteig sprang, war er über alle Berge, bevor der Zug wieder zum Halten kam und alle sich irgendwie orientiert hatten. Dass er von einer Schar von Polizisten umgeben war und alle sein Fahndungsfoto vor Augen hatten, konnte Kolbatzki ja nicht ahnen. Und wenn doch? Das würde ihn in seinem Wahn auch nicht abhalten.

Der Zug fuhr an, glitt in den Tunnel und hielt auf

der letzten unterirdischen Station. Hinter dem Bahnhof Borsigwerke ging es dann bis zum Kurt-Schumacher-Platz auf einen Damm hinauf.

»Holzhauser Straße!«

Gleich kamen sie an der JVA Tegel vorbei, und einen Ort, der symbolischer für seine geplante Tat war, konnte es ja für Kolbatzki gar nicht geben.

Und da stand er tatsächlich auf dem Bahnsteig.

*

Professor Doktor Jürgen Granschütz war gerade von einem langen Urlaub auf den Malediven zurückgekommen und hatte sich schon lange auf den Besuch von Doktor William Pugh gefreut, dem Kollegen von der neurochirurgischen Station im St. George's Hospital in London, einem Assistenten des großen Henry Marsh. Sie kannten sich seit den Tagen als Erasmus-Studenten und trafen sich regelmäßig, um die verzwicktesten Fälle durchzugehen, die bei ihnen in London und hier in Berlin am Salernitana-Krankenhaus angefallen waren.

Zuerst fragten sie danach, wie es dem anderen seit ihrer letzten Begegnung privat und beruflich so ergangen war, dann setzten sie sich vor den Bildschirm, um sich die MRT-Bilder von Patienten anzusehen, deren Tumore als *out of the ordinary* einzustufen waren. Die große Frage war, ob man sie entfernen konnte oder nicht.

Nach einiger Zeit kamen sie auch zu den Aufnahmen von Carlo Kolbatzki. »Ich habe ihm gesagt, dass sein Tumor inoperabel ist«, kommentierte Granschütz die Bilder. »Ich jedenfalls würde es nicht wagen. Die

Gefahr, dass wir das umgebende Gewebe beschädigen, ist mir zu groß. Er wäre hinterher nur noch ein menschliches Wrack.«

»Hm …« Der Engländer dachte nach. »Ich will dich nicht kränken, lieber Jürgen, aber ich glaube, dass ich das könnte und gern hier bei euch in der Klinik ausprobieren würde. Wir haben in London eine neue Art der Neuronavigation entwickelt, mit der wir den Tumor sozusagen schonend von hinten packen können, ›DTI 2.0‹ haben wir das genannt. Und mit einer guten Fluoreszenzmarkierung schaffen wir es 100-prozentig, dass dein Patient hinterher als kerngesund gelten kann.«

»Okay, ich schreibe ihm nachher einen Brief, dass er sich so schnell wie möglich bei uns einfinden soll.«

Eine Stunde später diktierte Granschütz seiner Sekretärin den Brief, danach ging er gedankenversunken durch die Gänge seiner Klinik und prallte dabei gegen einen bulligen Polizisten, der neben der Tür eines Patientenzimmers postiert war.

»Oh Pardon!« Granschütz hatte sich mit einem Reflex entschuldigt und merkte erst jetzt, dass er keinen Pfleger gerammt hatte, sondern einen Polizeibeamten. »Nanu, ist einer unserer Patienten ein Mörder, und Sie sollen verhindern, dass er die Flucht ergreift?«

»Umgekehrt.«

Granschütz liebte es, ab und an nicht ernsthaft sein zu müssen. »Wie, er soll verhindern, dass Sie das Weite suchen?«

»Nein, drinnen liegt ein Literaturkritiker, Christian Schloch, und auf den hat dieser Kolbatzki schon einmal geschossen. Ich soll nun verhindern, dass …

Granschütz glaubte zu träumen. Hatte er sich da verhört oder? Nein, nur das nicht! »Was ist denn mit diesem Kolbatzki? Ich habe monatelang keine Berliner Zeitungen gelesen.«

»Es besteht der dringende Tatverdacht, dass Kolbatzki fünf Menschen erschossen hat.«

»Mein Gott!« Irgendwie fühlte sich Granschütz mitschuldig daran. Hätte er Kolbatzki nach der Diagnose, dass er einen inoperablen Gehirntumor habe, festhalten und in die geschlossene Psychiatrie einweisen müssen? Nein, das wäre seines Wissens kaum möglich gewesen, und weder hatte er davon gelesen noch in seiner langen Praxis selbst erlebt, dass ein Gehirntumor so etwas wie einen Amoklauf ausgelöst hätte. Klar, durch die Geschwulst mussten im Gehirn Areale ausgeschaltet worden sein, die bisher alle aggressiven Bestrebungen blockiert hatten. Wie das gegangen war, konnte man nur feststellen, wenn man nach Kolbatzkis Tod dessen Gehirn untersuchte. Wenn er da die entscheidenden Vorgänge dokumentieren konnte, kam er groß heraus und hatte Chancen auf einen Lehrstuhl in London oder den USA. Wenn Kolbatzki gestorben war, musste sich das Salernitana-Krankenhaus unbedingt sein Gehirn sichern. Unsinn, denn sein Freund William Pugh würde ja alles daransetzen, Kolbatzki zu operieren, und dann hatte der noch ein langes Leben vor sich. Als Mörder im Knast. Womöglich wegen einer Fehldiagnose. Granschütz schluckte ein Beruhigungsmittel.

Irrtum! Nein, das war gar nicht Kolbatzki gewesen, der da auf dem Bahnhof gestanden hatte. Nur ein Mann, der eine gewisse Ähnlichkeit mit ihm aufwies. Mannhardt schalt sich, schon Gespenster zu sehen. In Fahrtrichtung rechts tauchte nun die JVA Tegel auf, vom Bahndamm aus gut sichtbar. Obwohl das hirnrissig war, hatte Mannhardt Angst, Kolbatzki könnte irgendwo auf einen Baum geklettert sein, um von dort aus auf ihn zu schießen und ihn durch die Scheibe des U-Bahn-Wagens hindurch am Kopf zu erwischen.

»Otisstraße!«

Nichts.

Auch auf dem Bahnhof Scharnweberstraße kein Kolbatzki. Mannhardt ging aber weiter davon aus, dass der ihn genau beobachtet hatte und wusste, wann er jeden Mittwoch zu seiner Lehrveranstaltung an der HWR erschien.

Zum Bahnhof Kurt-Schumacher-Platz ging es nun wieder in den Tunnel hinunter. Mannhardt blickte zur Netzspinne von U- und S-Bahn hinauf und zählte die Stationen bis zum Bahnhof Friedrichstraße, wo er in die S-Bahn umsteigen musste. Elf waren es.

Wenn Martin Nehmer einen Kriminalroman mit seiner Geschichte schreiben würde, ging es Mannhardt durch den Kopf, dann würde der den Titel tragen: »Fahrt in den Tod«.

Mannhardt versuchte erneut, sich in Kolbatzki hineinzuversetzen. Eine ganze Stadt jagte ihn, und es war so wie vor 85 Jahren in Fritz Langs Film »M«, nur dass Kolbatzki diesen Buchstaben nicht mit Kreide gemalt auf dem Rücken trug. Er hatte keine Chance mehr, der Festnahme zu entgehen, egal ob er nun hinterrücks auf ihn, Mannhardt, schoss oder ganz offen.

Und wenn es im Hörsaal der HWR draußen in Friedrichsfelde war.

*

Orlando war nicht erlaubt worden, seinen Großvater auf der Fahrt von Tegel nach Friedrichsfelde zu begleiten. Er wusste aber, dass der Friedrichstraße von der U- in die S-Bahn umstieg, und dort auf ihn zu warten, konnte ihm niemand verbieten. Aber wo, das war die große Frage, denn kam man mit der U6 aus Tegel an, dann gab es mehrere Möglichkeiten, in die S-Bahn Richtung Ahrensfelde, Strausberg oder Wartenberg umzusteigen, wobei die eine ebenso umständlich war wie die andere. Orlando entschied sich für die Möglichkeit Strausberg, weil sein Großvater dabei an der Ecke Friedrich- und Georgenstraße an einem Süßwarenladen vorbeikam, wo er immer gern sein geliebtes Nougat »tankte«. Er hatte den einzuschlagenden Weg genau vor Augen: den Bahnsteig entgegen der Fahrrichtung entlang, die Treppe hoch in ein Zwischengeschoss, dann durch einen langen Gang zu einer weiteren Treppe, die aber nun hinauf auf die Straße führte. Diese Treppe erreichte man durch eine Art Ladenpassage unter den Fernbahngleisen und dem westlichen Streckengleis der S-Bahn oben. Dort nun wartete Orlando.

Zehn Minuten, eine Viertelstunde …

… doch dann ging alles blitzschnell.

Sein Großvater steuerte auf den Aufgang zur S-Bahn zu, da sprang plötzlich der Bettler, der verhüllt auf einer

Decke gesessen hatte, auf und riss eine Pistole aus der Tasche.

»Achtung, Kolbatzki!«, schrien mehrere Männer, die auf Mannhardt aufpassen sollten und die dicht hinter ihm waren. Einer riss Mannhardt zu Boden und warf sich über ihn.

Da steckte sich Kolbatzki, ohne dass ihn einer daran hindern konnte, den Lauf seiner Walther PPQ in den Mund und drückte ab.

*

Am Abend schickte Orlando Mannhardt eine E-Mail. »Ich habe eben in einer Aphorismensammlung etwas von Heinrich Heine gefunden, das man diesem Carlo Kolbatzki auf den Grabstein schreiben sollte: Die allerschlimmste Krankheit ist das Leben; und heilen kann sie nur der Tod.«

HORST BOSETZKY
Teufelssee

978-3-8392-2022-1 (Paperback)
978-3-8392-5291-8 (pdf)
978-3-8392-5290-1 (epub)

»QUITT« PRO QUO Der Berliner Förster Thomas Lafnitz macht sich mit seiner autoritären Art nicht gerade Freunde. Auch Forstlehrling Dietmar Menz hat die Nase voll von seinem Chef und erschießt ihn. Da alle Spuren im Sande verlaufen, schalten sich der pensionierte Kriminalhauptkommissar Hansjürgen Mannhardt und sein Enkel, der Jurastudent Orlando ein. Als auch sie nicht weiterkommen, verschlägt es sie durch Zufall in ein Amish Dorf in Ohio und der Fall nimmt eine überraschende Wendung.

HORST BOSETZKY
Witwenverbrennung

978-3-8392-1665-1 (Paperback)
978-3-8392-4607-8 (pdf)
978-3-8392-4606-1 (epub)

TÖDLICHES TESTAMENT In einer brennenden Villa im vornehmen Dahlem wird die Leiche von Sandra Roßwein entdeckt. Sie ist die Witwe des Inhabers einer deutsch-indischen Handelsfirma, der auf einer Indienreise ums Leben gekommen ist. Ihr Mann war vollkommen von der alten indischen Kultur besessen und legte in seinem Testament fest, seine Frau solle sich nach seinem Tode verbrennen lassen. Hat sie sich also tatsächlich selbst verbrannt oder hat jemand Roßweins letzten Willen vollstreckt?

HORST BOSETZKY
Fahnenflucht

978-3-8392-1403-9 (Paperback)
978-3-8392-4127-1 (pdf)
978-3-8392-4126-4 (epub)

MORD IM BERLINER FRISIERSALON Berlin im Jahre 1917. Es gibt Massenstreiks gegen den Krieg und Hunger, auf den Märkten werden Stände geplündert, Schwarzhändler erzielen Höchstpreise.

Um nicht an der Front verheizt zu werden, desertiert der junge Friseur Louis Maleike, verkleidet sich als Frau und lebt als Louise Schulz in einem kriegsbedingt geschlossenen Herrenfrisiersalon. Als ein Mord geschieht, gerät Louise alias Louis unter Verdacht und muss untertauchen. Kommissar Fokko v. Falkenrhede heftet sich an seine Fersen …

GMEINER SPANNUNG